季羡林（1911.8.6—2009.7.11）

中国著名文学家、语言学家、教育家和社会活动家、翻译家、散文家，精通12国语言。曾任中国科学院哲学社会科学部委员、北京大学副校长、中国社科院南亚研究所所长。

主要作品：《清华园日记》《朗润集》《留德十年》《牛棚杂忆》《病榻杂记》《书斋杂录》等。

何仙槎（思源）先生与山东教育

季羡林

年纪大一点的山东老乡和北京人大概都还能记得何仙槎先生这个名字。他当过山东教育厅长和北平市长。

1929年，我在山东省立济南高中读书，他当时是教育厅长。在学生眼中，那是一个大官。有一天，他忽然在校长的陪同下，走到了极为拥挤和简陋的学生宿舍里去。这颇引起了一阵轰动。时隔六十年，今天回忆起来，当时情景栩栩如在眼前。

到了1935年，我在母校当了一年国文教员之后，考取了清华大学与德国的交换研究生。我一个穷书生，囊内空空，付不起赴德的路费。校长宋还吾老师慨然带我到教育厅去谒见何思源厅长。没等我开口，他已早知我的目的，一口回绝。我有一个致命的缺点（？）：脸皮太薄，不善于求人，只好唯唯而退。宋校长责怪我太老实。我天生是一个上不得台盘的人，肮脏傲骨，一时难改，有什么办法呢？

中华国学大系

丛书策划　王佩芬

中华国学大系·季羡林

风雅师友间

季羡林 著

清华大学出版社
北京

内容简介

本书收录了季羡林先生的一些忆念师友的文章，一篇篇感人至深的文章，勾勒出先生主要的人际关系图表。在质朴、真诚、生动的故事中，传达着对待师长和朋友的真切感情，展现先生尊师重道、君子之交的风雅典范。

图书在版编目（CIP）数据

风雅师友间/季羡林著. --北京：清华大学出版社，2016

(中华国学大系•季羡林)

ISBN 978-7-302-38895-1

Ⅰ.①风…　Ⅱ.①季…　Ⅲ.①散文集-中国-当代　Ⅳ.①I267

中国版本图书馆CIP数据核字(2015)第004874号

责任编辑：朱敏悦
封面设计：缪　惟
责任校对：王凤芝
责任印制：宋　林

出版发行：清华大学出版社
网　　址：http://www.tup.com.cn，http://www.wqbook.com
地　　址：北京清华大学学研大厦A座　**邮　　编：**100084
社 总 机：010-62770175
邮　　购：010-62786544
投稿与读者服务：010-62776969，c-service@tup.tsinghua. edu.cn
质量反馈：010-62772015，zhiliang@tup.tsinghua.edu.cn
印 装 者：北京尚唐印刷包装有限公司
经　　销：全国新华书店
开　　本：150mm×230mm　**印张：**22.25　**插页：**6　**字数：**262千字
版　　次：2016年8月第1版　**印次：**2016年8月第1次印刷
定　　价：59.00元

产品编号：061336-01

謹以此書獻给我的母校

季羡林

2001年11月《清华园日记》出版在即，季羡林先生欣然题词。

自强不息

厚德载物

唐 怀素

祝融高坐对寒峰
云水昭秋九万重
五月衲衣犹近火
起来白鹤冷青松

季羡林书

书房

沉思

前言

季羡林先生字希逋，又字齐奘，是一位蜚声海内外的东方学大师、语言学家、文学家、国学家、佛学家、史学家、教育家和社会活动家。1911年8月6日出生于山东省清平县(现临清市)康庄镇官庄一个农民家庭，2009年7月11日逝世于北京，享年98岁。

先生精通英、德、梵、巴利文，能阅俄、法文，尤精于吐火罗文，是世界上仅有的精于此语言的几位学者之一。先生著作等身，翻译了以印度史诗《沙恭达罗》为代表的大量外国作品。先生精研学术，学贯中西，“梵学、佛学、吐火罗文研究并举，中国文学、比较文学、文艺理论研究齐飞”，硕果累累。先生文学造诣深厚，散文、随笔、杂文、小说、诗歌，诸种文体无不得心应手，成就斐然；其作品语言行云流水，感情自然真挚，深受读者喜爱。

综观先生生平之学识、文章与为人，足为后人高山仰止。先生谦逊，生前曾撰文三辞桂冠：“国学大师”“学界泰斗”“国宝”。今先生已驾鹤西去，身后留下一座无比丰厚的宝藏。经过后人的挖掘，将来先生戴上更多的“桂冠”，也是很有可能的。

清华大学出版社出版的“中华国学大系”，所涉及的作者均为一代硕儒，群星璀璨，这是广大读者的福音。丛书策划者王佩芬老师将季羡林先生卷定为首卷，这不仅因为先生在学术上崇高的地位，更因为先生在多个维度展示的道德与智慧所产生的巨大的社会影响力。将季羡林先生卷定为首卷，真乃实至名归。

季羡林先生一生作品洋洋洒洒，何止以千百万计，著作等身，蔚为大观。编者安莉、郑永吉二人不拘先生著作之文体、短长，以六大主题（同书名）为线索，精选契合之文章，以其内在逻辑和精神予以排列，辑之成书。由此，读者可以看到一个达观智慧的长者、一个悲欢喜乐的邻人、一个广结善缘的朋友、一个云游四海的旅人、一个热爱传统的现代知识分子、一个言传身教的教书先生，每个维度均精彩纷呈！

本书成稿后，亦反复推敲，增删数次。其间，清华大学出版社邵宴昌老师给予了很多宝贵意见，为本丛书增色不少。李强老师多次往返于季承先生公寓沟通汇报修改事宜，颇为辛苦。所幸，一年多来，大家群策群力，终于有了结果，本丛书可以付梓了！季羡林先生离开我们已有6年，其时，散发着芳香油墨味的新书正是我们对先生的怀念与告慰。

本书虽谨慎成稿，但囿于时间与学识，疏漏之处在所难免，敬请方家批评指正。

目录

遥忆师门数仞墙

马上新诗犹忆友

异国光阴肯滞人

遥忆师门数仞墙

我和济南——怀鞠思敏先生

说到我和济南，真有点不容易下笔。我六岁到济南，十九岁离开，一口气住了十三年之久，说句夸大点的话，济南的每一寸土地都会有我的足迹。现在时隔五十年，再让我来谈济南，真如古话所说的，一部十七史不知从何处说起了。

我想先谈一个人，一个我永世难忘的人，这就是鞠思敏先生。

我少无大志。小学毕业以后，不敢投考当时大名鼎鼎的一中，觉得自己只配入“破正谊”，或者“烂育英”。结果我考入了正谊中学，校长就是鞠思敏先生。

同在小学里一样，我在正谊也不是一个用功勤奋的学生。从年龄上来看，我是全班最小的之一。实际上也还是一个孩子。上课之余，多半是到校后面大明湖畔去钓蛙、捉虾。考试成绩还算可以，但是从来没有考过甲等第一名、第二名。对这种情况我根本就不放在心上。

但是鞠思敏先生却给了我极其深刻的印象。他个子魁梧，步履庄重，表情严肃却又可亲。他当时并不教课，只是在上朝会时，总是亲自对全校学生讲话。这种朝会可能是每周一次或者多次，我已经记不清楚。他讲的也无非是处世待人的道理，没有什么惊人之论。但是从他嘴里讲出来，那缓慢而低沉的声音，认真而诚恳的态度，真正打动了我们的心。在以后长达几十年中，我每每回忆这种朝会，每一回忆，心里就油然起幸福之感。

以后我考入山东大学附设高中，校址在北园白鹤庄，一个林木茂密、绿水环绕、荷池纵横的好地方。这时，鞠先生给我们上课了，他教的是伦理学，用的课本就是蔡元培的《中国伦理学史》。书中道理也都是人所共知的，但是从他嘴里讲出来，似乎就增加了分量，让人不得不相信，不得不去遵照执行。

鞠先生不是一个光会卖嘴皮子的人。他自己的一生就证明了他是一个言行一致、极富有民族气节的人。听说日本侵略者占领了济南以后，慕鞠先生大名，想方设法，劝他出来工作，以壮敌伪的声势。但鞠先生总是严加拒绝。后来生计非常困难，每天只能吃开水泡煎饼加上一点咸菜，这样来勉强度日，终于在忧患中郁郁逝世。他没有能看到祖国的光复，更没有能看到祖国的解放。对他来说，这是天大的憾事。我也在离开北园以后没有能再看到鞠先生，对我来说，这也是天大的憾事。这两件憾事都已成为铁一般的事实，我将为之抱恨终天了。

然而鞠先生的影像却将永远印在我的心中，时间愈久，反而愈显得鲜明。他那热爱青年的精神，热爱教育的毅力，热爱祖国的民族骨气，我们今天处于社会主义建设中的中国人民，不是还要认真去学习吗？我每次想到济南，必然会想到鞠先生。他自己未必知道，他有这样一个当年认识他时还是一个小孩子、而今已是皤然一翁的学生在内心里是这样崇敬他。我相信，我决不会是唯一的这样的人，在全济南，在全山东，在全中国还不知道有多少人怀有同我一样的感情。在我们这些人的心中，鞠先生将永远是不死的。

1982年10月12日

他实现了生命的价值——悼念朱光潜先生

听到孟实先生逝世的消息，我的心情立刻沉重起来。这消息对我并不突然，因为他毕竟是快九十岁的人了，而且近几年来，身体一直不好。但是，如果他能再活上若干年，对我国的学术界，对我自己，不是更有好处吗？

现在，在北京大学内外，还颇有一些老先生可以算做我的师辈。因为，我当学生的时候，他们已经是教授了。但是，我真正听过课的老师，却只剩下孟实先生一人。按旧日的习惯，我应该称他为业师。在今天的新社会中，师生关系内容和意义都有了一些改变。但是，尊师重道仍然是我们要大力提倡的。我对于我这一位业师，一向怀有深深的敬意。而今而后，这敬意的接受者就少掉重要的一个了。

五十多年前，我在清华大学西洋文学系念书。我那时是二十岁上下。孟实先生是北京大学的教授，在清华大学兼课，年龄大概三十四五岁吧。他只教一门文艺心理学，实际上就是美学，这是一门选修课。我选了这一门课，认真地听了一年。当时我就感觉到，这一门课非同凡响，是我最满意的一门课，比那些英、美、法、德等国来的外籍教授所开的课好到不能比的程度。朱先生不是那种口若悬河的人，他的口才并不好，讲一口带安徽味的蓝青官话，听起来并不“美”。看来他不是一个演说家，讲课从来不看学生，两只眼向上翻，看的好像是天花板上或者窗户上的某一块地方，然而却没有废话，每一句话都清清楚楚。他介绍西方各国流行的文艺理论，有时候举一些中国旧诗词作例子，并不牵强附会，我们一听就懂。对那些古里古怪的理论，他确实能讲出一个道理来，我听起来津津有味。我觉得，他是一个有学问的人，一个在学术上诚实的人，他不哗众取宠，他不用连自己都不懂的“洋玩意儿”去欺骗、吓唬年轻的中国学生。因此，在开课以后不久，我就爱上了这一门课，每周盼望上课成为我的乐趣了。

孟实先生在课堂上介绍了许多欧洲心理学家和文艺理论家的新理论，比如李普斯的感情移入说，还有什么人的距离说等等。他们从心理学方面，甚至从生理学方面来解释关于美的问题。其中有不少理论我觉得是有道理的，一直到今天我仍然记忆不忘。要说里面没有唯心主义成分，那是不能想象的。但是资产阶级的科学家，只要是一个有良心、不存心骗人的人，他总是会在不同程度上正视客观实际的，他的学说总会有合理成分的。我们倒洗澡水不应该连婴儿一起倒掉。达尔文和爱因斯坦难道不是资产阶级的科学家吗？但是，你能说，他们的学说完全不正确吗？我们过去有一些人习惯于用贴标签的办法来处理学术问题，把极其复杂的学术问题过分地简单化了。这不利于学术的发展。这种倾向到了“十年浩劫”期间，在“四人帮”的煽动下，达到了骇人听闻的荒谬的程度。“四人帮”竟号召对相对论一窍不通的人来批判爱因斯坦，成为千古笑谈。孟实先生完全不属于这一类人。他老老实实，本本分分，自己认识到什么程度，就讲到什么程度，一步一个脚印，无形中影响了学生。

离开清华以后，我出国一住就是十一年。在这期间，国内正在奋起抗日，国际上则是第二次世界大战。“烽火连八年，家书抵亿金。”在一段相当长的时间内，我完全同祖国隔离，什么情况也不知道，1946年回国，立即来北大工作。那时孟实先生也转来北大。他正编一个杂志，邀我写文章。我写了一篇介绍《五卷书》的文章，发表在那个杂志上。他住的地方离我的住处不远。他的办公室（他当时是西方语言文学系主任，我是东方语言文学系主任）和我的办公室相隔也不远。但是我无论如何也回忆不起来，我曾拜访过他。说起来似乎是件怪事，然而却是事实。现在恐怕有很多人认为我是什么“社会活动家”。其实我的性格毋宁说是属于孤僻一类，最怕见人。我的老师和老同学很多，我几乎是谁都不拜访。天性如此，无可奈何，而今就是想去拜访孟实先生，也完全不可能了。

我因为没有在重庆或者昆明呆过，对于抗战时期那里的情况完全不了解。对于朱先生当时的情况也完全不清楚。到了北平以后，听了三言两语，我有时候也同几个清华的老同学窃窃私议过。到了1949年北平解放前夕，按朱先生的地位，他完全有资格乘南京派来的专机离开中国大陆的。然而他没有这样做，他毅然留了下来，等待北平的解放。其中过程细节，我完全不清楚。然而这件事却给我留下了深刻的印象：朱先生毕竟是经受住了考验，选择了一条唯一正确的道路。

我常常想，在解放前，中国的知识分子大概分为三类：先知先觉的、后知后觉的、不知不觉的。第一类是少数，第三类也是少数。孟实先生（还有我自己），在政治上不是先知先觉，但又绝非不知不觉。爱国无分少长，革命难免先后，这恐怕是一条规律。孟实先生同一大批旧社会来的知识分子一样，经过了几十年的观察与考验、前进和停滞，既走过阳关大道，也走过独木小桥，最终还是认识了真理，认为共产党指出的道路是唯一正确的，因而坚定不移地在这一条路上走下去。孟实先生有一些情况我原来并不清楚。只是到了前几年，我读到他在抗战期间从重庆给周扬同志写的一封信，我才知道，他对国民党并不满意，他也向往延安。我心中暗自谴责：我没有能全面了解孟实先生。总之，我认为，孟实先生一生是大节不亏的。他走的道路是一切正直的中国知识分子都应该走的道路。

这一条道路当然也决不会是平坦的。三十多年来，风风雨雨，几乎所有的老知识分子都在风雨中经受磨炼。最突出的例子当然是“十年浩劫”。孟实先生被关进了牛棚。我是自己“跳”出来的，一跳也就跳进了牛棚。想不到几十年前的师生现在成了“同棚”。牛棚生活不是三言两语所能说清的。在这里暂且不谈。孟实先生在棚里的一件小事，我却始终忘记不了。他锻炼身体有一套方术，大概是东西均备，佛道沟通。在那种阴森森的生活环境中，他居然还在锻炼身体，我实在非常吃惊，而且替他捏一把汗。晚上睡下以后，我发现他在被窝里胡折腾，不知道搞一些什么名堂。早晨他还偷跑到一个角落里去打太极拳一类的东西。有一次被“监改人员”发现了，大大地挨了一通批。在这些“大老爷”眼中，我们锻炼身体是罪大恶极的。这是一件微不足道的小事，然而它的意义却不小。从中可以看出，孟实先生对自己的前途没有绝望，对我们的事业也没有绝望，他执着于生命，坚决要活下去。否则的话，他尽可以像一些别的难兄难弟一样，破罐子破摔算了。说老实话，我在当时的态度实在比不上他。这一件事，我从来没有同他谈起过，只是暗暗地记在心中。

“四人帮”垮台以后，天日重明，孟实先生以古稀之年，重又精神抖擞，从事科研、教学和社会活动。他的生活异常地有规律。每天早晨，人们总会看到一个瘦小的老头在大图书馆前漫步。在工作方面，他抓得非常紧，他确实达到了壮心不已的程度。他译完了黑格尔的美学，又翻译维柯的著作。这些著作内容深奥，号称难治，能承担这种翻译工作的，并世没有第二人，孟实先生以他渊博的学识和湛深的外语水平，兢兢业业，勤勤恳恳，争分夺秒，锲而不舍，“焚膏油以继晷，恒兀兀以穷年”，终于完成了这项艰巨的工作，给我们留下了宝贵的财富，得到了学术界普遍的赞扬。

孟实先生学风谨严，一丝不苟，谦虚礼让，不耻下问。他曾多次问到我关于古代印度宗教的问题。他对中外文学都有精湛的研究，这是学术界公认的。他的文笔又流利畅达，这也是学者中间少有的。思想改造运动时，有人告诉我说是喜欢读朱先生写的自我批评的文章。我当时觉得非常可笑：这是什么时候呀，你居然还有闲情逸致来欣赏文章！然而这却是事实，可见朱先生文章感人之深。他研究中外文艺理论，态度同样严肃认真。他翻译外国名著，也是句斟字酌，不轻易下笔。严复说：“一名之立，旬月踟蹰。”我在朱先生身上也发现了这种认真负责的态度。解放后，他努力学习辩证唯物主义和历史唯物主义，并以此指导自己的研究工作，给我们树立了榜样。

现在，孟实先生离开了我们。他一生执着追求，没有偷懒。将近九十年的漫长的道路，走过来并不容易。峰回路转，柳暗花明，他都碰到过。顺利与挫折，他都经受过。但是，他在千辛万苦之后，毕竟找到了真理，热爱祖国，热爱社会主义，找到了一个中国知识分子的最好的归宿。现在人们常谈生命的价值。我认为，孟实先生是实现了生命的价值的。

听到孟实先生逝世的消息时，我并没有流泪，但是在写这篇短文时，却几次泪如泉涌。生生死死，自然规律，任何人也改变不了。古人说：“大块劳我以生，息我以死。”孟实先生，安息吧！你的形象将永远留在你这一个年迈而不龙钟的学生的心中。

1986年3月

悼念曹老

几个月以前，北京大学召开了庆祝曹老（靖华）九十华诞座谈会。我参加了，发了言，我说，曹老的道德文章，可以为人师表。《关东文学》编辑部的同志要我写一篇祝贺文章，我答应了，立即动笔。但是，只写了一半，便有西安、香港之行，没有来得及写完。回京以后，听到曹老病情转恶。但我立刻又有北戴河之行，没能到医院去看望他。不意他竟尔仙逝。老辈学人中又弱一个，给我连年来对师友的悼念又增添一份沉重的力量，让我把祝贺文章腰斩，来写悼念文字，不禁悲从中来了。

记得在大约四年以前，我还在学校工作，曹老的家属从医院打电话给学校领导，说曹老病危，让学校派人去见“最后一面”。我奉派前往，看到他的病并不“危”，谈笑风生。我当时心情十分矛盾，我把眼泪硬压在内心里，陪他谈笑。他不久就出了院，而且还参加了一个在京西宾馆召开的会。我们见面，彼此兴奋。我一想到“最后一面”，心里就觉得非常有趣。他则怡然坦然，坐在台阶上，同我谈话。以后，听说他又进了医院，出出进进，记不清有多少次了。时光流逝，一晃就是几年，他终于度过了自己的九十周岁诞辰。我原以为他还能奇迹般地出出进进几次，而终无危险，向着百岁迈进，可他终于一病不起了。

同很多人一样，我认识曹老有一个曲折的过程。

我是先读他的书，然后闻知他的英勇事迹，最后才见面认识。我在大学读书期间，曾读过曹老的一些翻译作品。1946年夏天，我在离开祖国十一年之后，终于经历了千辛万苦，回到了祖国的怀抱里。我当时心情十分矛盾，一个年轻的游子又回到母亲跟前，心里感到特别温暖。但是在所谓胜利之后，国民党的“劫收”大员，像一群蝗虫，无法无天，乱抢乱夺。我又不禁忧从中来。我在上海停留期间，夜里睡在克家的榻榻米上，觉得其乐无穷。有一天，忽然听到传闻，国民党警察在南京下关车站蛮横地毒打了进京请愿的进步人士，其中就有曹老。从此曹靖华（我记得当时是曹联亚）这个名字就深深地印在我的记忆中。

一直到解放以后，我才在北京大学见到曹老。他在俄语系工作，我在东语系。由于行当不同，接触并不多。但是，他留给我的印象是非常好的。他长我十四岁，论资排辈，他应该算是我的老师。他为人淳朴无华，待人接物，诚挚有加，彬彬有礼，给人以忠厚长者的印象。他不愧是中国旧文化精华的一个代表人物，同他交往，使人如坐春风化雨中。

但是，这只是他性格的一个方面。在另一方面，他却如金刚怒目，对待反动派决不妥协。他通过翻译苏联的革命文学，哺育了一代代的革命新人。他的功绩将永远为中国人民所记忆。而他自己也以身作则。早年他冒风险同鲁迅先生交往，支持人民的正义斗争，坚贞不屈，数十年如一日，终于经历了严霜烈日，走过了不知多少独木小桥，迎来了次第春风。他真正做到了“横眉冷对千夫指，俯首甘为孺子牛”。

在以后长达几十年的交往中，我对他的敬意与日俱增。有很长的一段时间，他是《世界文学》的主编，我是编委之一。每隔几个月，总要召开一次编委会，大家放言高论，其乐融融。解放以后，我参加的会议真可谓多矣。我决不是一个“开会迷”，有一些会让我苦不堪言。但是，对《世界文学》的会，我却真有一点“迷”了。同老友见面，同曹老见面，成为我的一大乐事。

我曾在悼念朱光潜先生的文章中提到，我最不喜欢拜访人。即使是我最尊敬的老师和老友，我也难得一访。我自己知道，这是一种怪癖，想改之者久矣。但是山难移，性难改，至今没有什么改进。对待曹老，我也是如此。尽管我对他有深厚的敬意和感情，但是曹老的家我却一次也没有去过。平常在校园中见了面，总要问寒问暖，说上一阵子话，看来彼此都是兴奋而又欣慰。在外面开会时碰到，更要促膝长谈。我往往暗自庆幸：北大是一个出百岁老人的地方。我们的老校长马寅初先生，活到一百多岁。我的美国老师温德教授也庆祝过自己的一百周岁。曹老为什么不能活到一百岁呢?

然而曹老毕竟没有活到一百岁。这对中国文学艺术界来说是一大损失，对他的学生和朋友来说是一件无法弥补的憾事。有生必有死，这是自然规律，我辈凡人谁也无法抗御。我们只能用这个来安慰自己。同时，我又想到，年过九十，也算是寿登耄耋，在世界上，自古以来，就是十分罕见的。曹老可以安息了。

北大以老教授多闻名全国。我自己虽然久已年逾古稀，但是抬眼向前看，比我年纪大的还有一大排，我只能算是小弟弟，不敢言老，心中更无老意，常常感到，在燕园中，自己是幸福的人。然而近二三年以来，老成颇多凋谢，蓦抬头：我眼前的队伍逐渐缩短了，宛如深秋古木，在不知不觉中，叶片一片片地飘然落下。我虽然自谓能用唯物的态度对待生死问题，然而内心深处也难免引起一阵阵的颤抖了。

嗟乎，死者已矣。我们生者的责任更大起来了。我感到自己肩头沉重了起来。

1987年9月13日

我记忆中的老舍先生

老舍先生含冤逝世已经二十多年了。在这一段相当长的时间内，我经常想到他，想到的次数远远超过我认识他以后直至他逝世的三十多年。每次想到他，我都悲从中来。我悲的是中国失去一个热爱祖国、热爱人民的正直的大作家，我自己失去一位从年龄上来看算是师辈的和蔼可亲的老友。目前，我自己已经到了晚年，我的内心再也承受不住这一份悲痛，我也不愿意把它带着离开人间。我知道，原始人是颇为相信文字的神秘力量的，我从来没有这样相信过。但是，我现在宁愿做一个原始人，把我的悲痛和怀念转变成文字，也许这悲痛就能突然消逝掉，还我心灵的宁静，岂不是天大的好事吗?

我从高中时代起，就读老舍先生的著作，什么《老张的哲学》《赵子曰》《二马》，我都读过。到了大学以后，以及离开大学以后，只要他有新作出版，我一定先睹为快，什么《离婚》《骆驼祥子》等等，我都认真读过。最初，由于水平的限制，他的著作我不敢说全都理解。可是我总觉得，他同别的作家不一样。他的语言生动幽默，是地道的北京话，间或也夹上一点山东俗语。他没有许多作家那种忸怩作态让人读了感到浑身难受的非常别扭的文体，一种新鲜活泼的力量跳动在字里行间。他的幽默也同林语堂之流的那种着意为之的幽默不同。总之，老舍先生成了我毕生最喜爱的作家之一，我对他怀有崇高的敬意。

但是，我认识老舍先生却完全出于一个偶然的机会。30年代初，我离开了高中，到清华大学来念书。当时老舍先生正在济南齐鲁大学教书。济南是我的老家，每年暑假我都回去。李长之是济南人，他是我的唯一的一个小学、中学、大学“三连贯”的同学。有一年暑假，他告诉我，他要在家里请老舍先生吃饭，要我作陪。在旧社会，大学教授架子一般都非常大，他们与大学生之间宛然是两个阶级。要我陪大学教授吃饭，我真有点受宠若惊。及至见到老舍先生，他却全然不是我心目中的那种大学教授。他谈吐自然，蔼然可亲，一点架子也没有，特别是他那一口地道的京腔，铿锵有致，听他说话，简直就像是听音乐，是一种享受。从那以后，我们就算是认识了。

以后是激烈动荡的几十年。我在大学毕业以后，在济南高中教了一年国文，就到欧洲去了，一住就是十一年。中国胜利了，我才回来，在南京住了一个暑假。夜里睡在国立编译馆长之的办公桌上；白天没有地方呆，就到处云游，什么台城、玄武湖、莫愁湖等等，我游了一个遍。老舍先生好像同国立编译馆有什么联系。我常从长之口中听到他的名字，但是没有见过面。到了秋天，我也就离开了南京，乘海船绕道秦皇岛，来到北平。

以后又是更为激烈震荡的三年。用美式装备武装到牙齿的国民党反动军队，被彻底消灭。蒋介石一小撮逃到台湾去了。中国人民苦斗了一百多年，终于迎来了解放的春天。我们这一群知识分子都亲身感受到，我们确实已经站起来了。就在这样的情况下，我在当时所谓故都又会见了老舍先生，距第一次见面已经有二十多年了。

我现在已经记不清楚我们重逢时的情景，但是我却清晰地记得起50年代初期召开的一次汉语规范化会议时的情景。当时语言学界的知名人士，以及曲艺界的名人，都被邀请参加，其中有侯宝林、马增芬姊妹等等。老舍先生、叶圣陶先生、罗常培先生、吕叔湘先生、黎锦熙先生等等都参加了。这是解放后语言学界的第一次盛会。当时还没有达到会议成灾的程度，因此大家的兴致都很高，会上的气氛也十分亲切融洽。

有一天中午，老舍先生忽然建议，要请大家吃一顿地道的北京饭。大家都知道，老舍先生是地道的北京人，他讲的地道的北京饭一定会是非常地道的，都欣然答应。老舍先生对北京人民生活之熟悉，是众所周知的。有人戏称他为“北京土地爷”。他结交的朋友，三教九流都有。他能一个人坐在大酒缸旁，同洋车夫、旧警察等旧社会的“下等人”，开怀畅饮，亲密无间，宛如亲朋旧友，谁也感觉不到他是大作家、名教授、留洋的学士。能做到这一步的，并世作家中没有第二人。这样一位老北京想请大家吃北京饭，大家的兴致哪能不高涨起来呢？商议的结果是到西四砂锅居去吃白煮肉，当然是老舍先生做东。他同饭馆的经理一直到小伙计都是好朋友，因此饭菜极佳，服务周到。大家尽兴地饱餐了一顿。虽然是一顿简单的饭，然而却令人毕生难忘。当时参加宴会今天还健在的叶老、吕先生大概还都记得这一顿饭吧。

还有一件小事，也必须在这里提一提。忘记了是哪一年了，反正我还住在城里翠花胡同没有搬出城外。有一天，我到东安市场北门对门的一家著名的理发馆里去理发，猛然瞥见老舍先生也在那里，正躺在椅子上，下巴上白糊糊的一团肥皂泡沫，正让理发师刮脸。这不是谈话的好时机，只寒暄了几句，就什么也不说了。等我坐在椅子上时，从镜子里看到他跟我打招呼，告别，看到他的身影走出门去。我理完发要付钱时，理发师说，老舍先生已经替我付过了。这样芝麻绿豆的小事殊不足以见老舍先生的精神，但是，难道也不足以见他这种细心体贴人的心情吗？

老舍先生的道德文章，光如日月，巍如山斗，用不着我来细加评论，我也没有那个能力。我现在写的都是一些小事。然而小中见大，于琐细中见精神，于平凡中见伟大，豹窥一斑，鼎尝一脔，不也能反映出老舍先生整个人格的一个缩影吗？

中国有一句俗话："好死不如赖活着。"这一句话道出了一个真理。一个人除非万不得已决不会自己抛掉自己的生命。印度梵文中"死"这个动词，变化形式同被动态一样。我一直觉得非常有趣，非常有意思。印度古代语法学家深通人情，才创造出这样一个形式。死几乎都是被动的。有几个人主动地去死呢？老舍先生走上自沉这一条道路，必有其不得已之处。有人说，人在临死前总会想到许多许多东西的，他会想到自己的一生的。可惜我还没有这个经验，只能在这里胡思乱想。当老舍先生徘徊在湖水岸边决心自沉时，眼望湖水茫茫，心里悲愤填膺，唤天天不应，唤地地不答，悠悠天地，仿佛只剩下自己孤身一人，他会想到自己的一生吧！这一生是忠诚于祖国、忠诚于人民的一生，然而到头来却落到这等地步。为什么呢？究竟是为什么呢？如果自己留在美国不回来，著书立说，优游自在，洋房、汽车、声名禄利，无一缺少，舒舒服服地过一辈子，说不定能寿登耄耋，富埒王侯。他不是为了热爱自己的祖国母亲，才毅然历尽艰辛回来的吗？是今天祖国母亲无法庇护自己那远方归来的游子了呢？还是不愿意庇护了呢？我猜想，老舍先生决不会埋怨自己的祖国母亲，祖国母亲永远是可爱的，在任何情况下都是可爱的。他也决不会后悔回来的。但是，他确实有一些问题难以理解，他只有横下一条心，一死了之。这样的问题，我们今天又有谁能够理解呢？我想，老舍先生还会想到自己院子里种的柿子树和菊花。他当然也会想到自己的亲人，想到自己的朋友。所有这一些都是十分美好可爱的。对于这一些难道他就一点也不留恋吗？决不会的，决不会的。但是，有一种东西梗在他的心中，像大毒蛇缠住了他，他只能纵身一跳，投入波心，让弥漫的湖水给自己带来解脱了。

两千多年以前，屈原自沉于汨罗江。他行吟泽畔，心里想的恐怕同老舍先生有类似之处吧。他想到："蝉翼为重，千钧为轻；黄钟毁弃，瓦釜雷鸣。"他又想到："世人皆浊我独清，众人皆醉我独醒。"难道老舍先生也这样想过吗？这样的问题，有谁能够答复我呢？恐怕到了地球末日也没有人能答复了。我在泪眼模糊中，看到老舍先生戴着眼镜，在和蔼地对我笑着；我耳朵里仿佛听到了他那铿锵有节奏的北京话。我浑身颤抖，连灵魂也在剧烈地震动。

呜呼！我欲无言。

1987年10月1日晨

要论资排辈，了一先生应该是我的老师。如果我记忆不错的话，他是1932年从法国回国到清华大学来任教的。我当时是西洋文学系三年级的学生。因为行当不同，我们没有什么接触。只有一次，我们的老师吴雨僧（宓）教授请我们几个常给《大公报》文学副刊写文章的学生吃饭，地点是在工字厅西餐部，同桌有了一先生。当时师生之界极严，学生望教授高入云天，我们没能说上几句话。

以后是漫长的将近二十年。1950年，我随中国文化代表团访问印度和缅甸。因为是解放后第一个大型的出国代表团，所以筹备的时间极长。周总理亲自过问筹备工作，巨细不遗。在北京筹备了半年多，又到广州呆了一段时间。在此期间，我们访问了岭南大学。了一先生是那里的文学院长，他出来招待我们。由于人多，我们也没能说上多少话。我同时还拜谒了我的老师陈寅恪先生，他也在那里教书。那是我第一次到广州。时令虽已届深秋，但是南国花木依然蓊郁，绿树红花，相映成趣。我是解放后第一次出国，心里面欣慰、惊异、渴望、自满，又有点忐忑不安，说不出是一种什么滋味，甜甜的，又有点酸涩。在岭南大学校园里，看到了含羞草一类的东西，手指一戳，叶子立即并拢起来，引起了我童心般的好奇。再加上见到了了一先生和寅恪先生，心里感到很温暖。

此情此景，至今历历如在目前。

以后又是数年的隔绝。1952年高等学校进行了院系调整。1954年中山大学语言学系调整到北京大学中文系，了一先生也迁来北京。从此见面的时间就多起来了。

从宏观上来看，了一先生和我都是从事语言研究的。解放以后，提倡集体主义精神，成立机构，组织学会，我同了一先生共事的机会大大地多了起来。首先是国务院（最初叫政务院）文字改革委员会。了一先生和我从一开始就都参加了。了一先生重点放在制定汉语拼音方案方面。我参加的是汉字简化工作。在相当长的时间内，我们经常在一起开会，常常听到他以平稳缓慢的声调，发表一些卓见。其次是《中国大百科全书·语言文字卷》的编纂工作。了一先生是中国语言学界的元老之一，在很多问题上，我们都要听他的意见。在编纂过程中，我们在一起开了不少的会。了一先生还承担了重要词条的编写工作。智者千虑，必有一失。他写的词条别人提出了意见，他一点权威架子也没有，总是心平气和地同年轻的同志商谈修改的意见。这一件事给我留下了极其深刻的印象，我将毕生难忘。最后是中国语言学会的工作。为这一个重要的学会，他也费了不少的心血，几次大会，即使不在北京，他也总是不辞辛劳，亲自出席。大家都很尊敬他，他在会上的讲话或者发言，大家都乐意听。

通过了这样一些我们共同参加的工作，我对了一先生的为人认识得越来越具体，越来越清楚了。我觉得，他禀性中正平和，待人亲切和蔼。我从来没见他发过脾气，甚至大声说话，疾言厉色，也都没有见过。同他相处，使人如坐春风中。他能以完全平等的态度待人，无论是弟子，还是服务人员，他都一视同仁。北大一位年轻的司机告诉我说：有一次，他驱车去接了一先生，适逢他在写字，他请了一先生也给他写一幅，了一先生欣然应之，写完之后，还写上某某同志正腕，某某是司机的名字。这一幅珍贵的字条，这位年轻的司机至今还珍重保存。一提起来，他欣慰感激之情还溢于言表。

谈到了一先生的学术成就，说老实话，我实在没有资格来说三道四。虽然我们同属语言学界，但是研究的具体对象却悬殊很大。了一先生治语音学、汉语音韵学、汉语史、中国古文法、中国语言学史、汉语诗律学、中国语法理论、中国现代语法、同源字等等。我自己搞的则是印度佛教梵文以及新疆古代语言文字、吐火罗文之类。二者搭界的地方微乎其微。了一先生学富五车，著作等身。我确实读过不少他的著作，但是并没有读完他所有的著作。以这样一个水平来发表意见，只能算是管窥蠡测而已。可是我又觉得非发表一点意见不行。所以我现在只能从低水平上说一点个人的意见，至于是否肤浅甚至谬误，就无法过多地考虑了。

我想用八个字来概括了一先生的学风或者学术成就：中西融会，龙虫并雕。

什么叫中西融会呢？我举一个比较明显的例子。了一先生治中国音韵学用力甚勤，建树甚多。原因何在呢？在中国音韵学史上，从明末清初起，直至二十世纪二三十年代，大师辈出，成就远迈前古。顾炎武、戴东原等启其端。到了乾嘉时代，钱大昕、段玉裁、王念孙、王引之诸大师出，辉煌如日中天。清末以后，章太炎、黄季刚、王静安等，追踪前贤，多所创获。这些大师审音之功既勤，又师承传授，汉语古音体系基本上弄清楚了。但是，他们也有不足之处，他们对于发音部位、发音方法缺乏近代科学的审析方法，因而间或有模糊之处。而这一点正是西方汉学家的拿手好戏。瑞典高本汉研究中国汉语古音，自成体系，成绩斐然，受到中国学者如胡适、林语堂等的尊崇，叹为得未曾有。实际上欧洲学者的成就正是中国学者的不足之处。了一先生一方面继承了中国的优秀传统，特别是乾嘉大师的衣钵，另一方面又精通西方学者的近代的科学方法，因而在汉语音韵学的研究中走出了一条新路。所以我说他是中西融会。至于他在汉语史等方面的研究上也表现出融会中西两方的优点的本领，并且取得了重大的成就。

什么叫龙虫并雕呢？了一先生把自己的书斋命名为龙虫并雕斋。意思十分清楚：既雕龙，又雕虫，二者同样重要，无法轩轾，或者用不着轩轾。他的著作中有《龙虫并雕斋诗集》《龙虫并雕斋文集》《龙虫并雕斋琐语》等。可见了一先生志向之所在。这一件事情，看似微末，实则不然。从中国学术史上来看，学者们大致分为两类。一类专门从事钻研探讨，青箱传世，白首穷经，筚路蓝缕，独辟蹊径，因而名标青史，举世景仰。一类专门编写通俗文章，用现在的话来说，就是做普及工作。二者之间是有矛盾的，前者往往瞧不起后者，古人说："雕虫小技，壮夫不为。"可以充分透露其中消息。实际上，前者不乐意、不屑于做后者的工作，往往是不善于做。能兼此二者之长的学者异常的少，了一先生是其中之一。在前者中，他是巨人；对于后者，他不但乐意做，而且善于做。他那许多通俗的文章起了很大的作用。他的著作《江浙人怎样学习普通话》《广东人怎样学习普通话》，对于普及普通话工作所起的推动作用，是难以估量的。从这里也可以看出了一先生的远大的眼光和广阔的胸怀。我认为，这是非常非常难得的，是值得我们大家都去学习的。"阳春白雪"，我们竭诚拥护，这是不可缺少的。难道说"国中和者数千人”的“下里巴人”就不重要，就是可以缺少的吗？

我在上面谈了我对了一先生为人和为学的一些看法。在世界和中国学术史上，常常碰到一种现象，那就是：一个学者的为人和为学两者之间有矛盾。有的人为学能实事求是，朴实无华，而为人则诡谲多端，像神龙一般，令人见首不见尾。另外一些人则正相反，为学奇诡难测，而为人则淳朴坦荡。我觉得，在了一先生身上，为人与为学则是完全统一的。他真正是文如其人，或者人如其文。在这两个方面他给人的印象都是本本分分，老老实实，只有实事求是之心，毫无哗众取宠之意。大家都会承认，这一点是非常难得的。

多少年来，我曾默默地观察、研究中国的知识分子，了一先生也包括在里面。我觉得，中国知识分子实在是一群很特殊的人物。他们的待遇并不优厚，他们的生活并不丰足。比起其他国家来，往往是相形见绌。在过去几十年的所谓政治运动中，被戴上了许多离奇荒诞匪夷所思的帽子，磕磕碰碰，道路并不平坦。在“十年浩劫”中，更是登峰造极，受到了不公正的冲撞。了一先生也没有能幸免。但是，时过境迁，到了今天，我从知识分子口中没有听到过多少抱怨的言谈。从了一先生口中也没有听到过。他们依然是任劳任怨，勤奋工作，“焚膏油以继晷，恒兀兀以穷年”。他们中的很多人真正做到了“淡泊以明志，宁静以致远”，为培养青年学生，振兴祖国学术而拼搏不辍。在这样一些人中，了一先生是比较突出的一个。如果把这样一群非常特殊的人物称为世界上最好的知识分子，难道还有什么不妥之处吗？

人们不禁要问：原因何在呢？难道中国知识分子是一群圣人、神人、不食人间烟火的仙人吗？当然不是。我个人认为，只有在过去是半封建半殖民地的中国，这样的知识分子才能出现。在这些人身上，爱国主义是根深蒂固、血肉相连的。帝国主义国家的某一些（不是全体）知识分子，不管在国家兴旺时多么高谈爱国，义形于色；只要稍有风吹草动，立即远走高飞，把自己的国家丢到脖子后面，什么爱国主义，连一点影子都没有了。在中国则不然。知识分子在旧社会吃过苦头，受到过帝国主义者的压迫。今天得到了解放，当然会由衷地欢畅和感激。要说他们对今天当前的情况完全满意，那也不是事实。但是，只要向前看，就可以看到，不管我们目前还有多少困难和问题，不管还有多少大风大浪，总起来说，我们的社会还是向上的，前途是光明的。因此，中国知识分子的爱国之情决不会改变。这一点，在了一先生身上，在许多知识分子身上，显得非常突出。我觉得，这是中国知识分子的最可宝贵的品质，年轻一代人应该永远保持下去。

了一先生离开我们了。但是，他的人品，他的学术却永远不会离开我们。他留给我们的千多万字的学术著作是我们的宝贵财富。我们要认真学习、研究，再从而发扬光大之，使中国的语言研究更上一层楼。这不是我一个人的想法。从这一册琳琅满目的纪念论文集中，我仿佛听到了我们大家的共同的心声。

愿了一先生为人和治学的精神永存。

1987年11月4日

在中国近现代史上，胡适是一个起过重要作用但争议又非常多的人物。过去，在极“左”思想的支配下，我们曾一度把他完全抹煞，把他说得一文不值、反动透顶。十一届三中全会以后，我们看问题比较实事求是了。因此对胡适的评价也有了一些改变。但是，最近我在一份报刊上一篇文章中读到（胡适）“一生追随国民党和蒋介石”，好像他是一个铁杆国民党员、蒋介石的崇拜者。根据我的了解，好像事情不完全是这个样子，因此禁不住要说几句话。

胡适不赞成共产主义，这是一个事实，是谁也否认不掉的。但是，他是不是就是死心塌地地拥护国民党和蒋介石呢？这是一个值得探讨的问题。他从来就不是国民党员，他对国民党并非一味地顺从。他服膺的是美国的实验主义，他崇拜的是美国的所谓民主制度。只要不符合这两个尺度，他就挑点小毛病，闹着独立性。对国民党也不例外。最著名的例子是他在《新月》上发表的文章：《知难行亦不易》，是针对孙中山先生的著名学说“知难行易”的。我在这里不想讨论“知难行易”的哲学奥义，也不想涉及孙中山先生之所以提出这样主张的政治目的。我只想说，胡适敢于对国民党的“国父”的重要学说提出异议，是需要一点勇气的。蒋介石从来也没有听过“国父”的话，他打出孙中山先生的牌子，其目的只在于欺骗群众。但是，有谁胆敢碰这块牌子，那是断断不能容许的。于是，文章一出，国民党蒋介石的御用党棍一下子炸开了锅，认为胡适简直是大不敬，竟敢在太岁头上动土，一犬吠影，百犬吠声，这一群走狗一拥而上。但是，胡适却一笑置之，这一场风波不久也就平息下去了。

另外一个例子是胡适等新月派的人物曾一度宣扬“好人政府”，他们大声疾呼，一时甚嚣尘上。这立刻又引起了一场喧闹。有人说，他们这种主张等于不说，难道还有什么人主张坏人政府吗？但是，我个人认为，在国民党统治下而提倡好人政府，其中隐含着国民党政府不是好人政府的意思。国民党之所以暴跳如雷，其原因就在这里。

这样的小例子还可以举出一些来，但是，这两个也就够了。它充分说明，胡适有时候会同国民党闹一点小别扭的。个别“诛心”的君子义正辞严地昭告天下说，胡适这样做是为了向国民党讨价还价。我没有研究过“特种”心理学，对此不敢赞一辞，这里且不去说它。至于这种小别扭究竟能起什么作用，也不在我研究的范围之内，也不去说它了。我个人觉得，这起码表明胡适不是国民党蒋介石的忠顺奴才。

但是，解放以后，我们队伍中的一些人创造了一个新术语，叫做“小骂大帮忙”。胡适同国民党闹点小别扭就归入这个范畴。什么叫“小骂大帮忙”呢？理论家们说，胡适同国民党蒋介石闹点小别扭，对他们说点比较难听的话，这就叫做“小骂”。通过这样的“小骂”，给自己涂上一层保护色，这种保护色是有欺骗性的，是用来迷惑人民的。到了关键时刻，他又出来为国民党讲话。于是人民都相信了他的话，天下翕然从之，国民党就“万寿无疆”了。这样的“理论”未免低估了中国老百姓的觉悟水平。难道我们的老百姓真正这样糊涂、这样低能吗？国民党反动派最后垮台的历史，也从反面证明了这种说法是不正确的，是不符合实际情况的。把胡适说得似乎比国民党的中统、军统以及其他助纣为虐的忠实走狗还要危险，还要可恶，也是不符合实际情况的。

我最近常常想到，解放以后，我们中国的知识分子学习了辩证法，对于这一件事无论怎样评价也不会过高的。但是，正如西方一句俗语所说的那样：一切闪光的不都是金子。有人把辩证法弄成了诡辩术，老百姓称之为“变戏法”。辩证法稍一过头，就成了形而上学、唯心主义、教条主义，就成了真正的变戏法。一个最著名的例子就是，在封建时代赃官比清官要好。清官能延长封建统治的寿命，而赃官则能促其衰亡。周兴、来俊臣一变而为座上宾，包拯、海瑞则成了阶下囚。当年我自己也曾大声疾呼宣扬这种荒谬绝伦的谬论，以为这才是真正的辩证法，为了自己这种进步，这种“顿悟”，而心中沾沾自喜。一回想到这一点，我脸上就不禁发烧。我觉得，持“小骂大帮忙”论者的荒谬程度，与此不相上下。

上面讲的对胡适的看法，都比较抽象。我现在从回忆中举两个具体的例子。我于1946年回国后来北大工作，胡适是校长，我是系主任，在一起开会、见面讨论工作的机会是非常多的。我们俩都是国立北平图书馆的什么委员，又是北大文科研究所的导师，更增加了见面的机会。同时，印度尼赫鲁政府派来了一位访问教授师觉月博士和六七位印度留学生。胡适很关心这一批印度客人，经常要见见他们，到他们的住处去看望，还请他们吃饭。他把照顾印度朋友的任务交给了我。所有这一切都给了我更多的机会，来观察、了解胡适这样一个当时在学术界和政界都红得发紫的大人物。我写的一些文章也拿给他看，他总是连夜看完，提出评价。他这个人对任何人都是和蔼可亲的，没有一点盛气凌人的架子。这一点就是拿到今天来也是颇为难能可贵的。今天我们个别领导干部那种目中无人、天上天下唯我独尊的气势我们见到的还少吗？根据我几年的观察，胡适是一个极为矛盾的人物。要说他没有政治野心，那不是事实。但是，他又死死抓住学术研究不放。一谈到他有兴趣的学术问题，比如说《水经注》《红楼梦》、神会和尚等等，他便眉飞色舞，忘掉了一切，颇有一些书呆子的味道。蒋介石是流氓出身，一生也没有脱掉流氓习气，他实际上是玩胡适于股掌之上。可惜胡适对于这一点似乎并不清醒。有一度传言，蒋介石要让胡适当总统。连我这个政治幼儿园的小学生也知道，这根本是不可能的，这是一场地地道道的骗局。可胡适似乎并不这样想。当时他在北平的时候不多，经常乘飞机来往于北平南京之间，仆仆风尘，极为劳累，他却似乎乐此不疲。我看他是一个异常聪明的糊涂人。这就是他留给我的总印象。

我现在谈两个小例子。首先谈胡适对学生的态度。我到北大以后，正是解放战争激烈地展开、国民党反动派垂死挣扎的时候。北大学生一向是在政治上得风气之先的，在反对国民党反动统治方面，也是如此。北大的民主广场号称北京城内的“解放区”。学生经常从这里列队出发，到大街上游行示威，反饥饿，反迫害，反内战。国民党反动派大肆镇压、逮捕学生。从“小骂大帮忙”的理论来看，现在应当是胡适挺身出来给国民党帮忙的时候了，是他协助国民党反动派压制学生的时候了。但是，据我所知道的，胡适并没有这样干，而是张罗着保释学生，好像有一次他还亲自找李宗仁，想利用李的势力让学生获得自由。有的情景是我亲眼目睹的，有的是听到的。恐怕与事实不会相距过远。

还有一件小事，是我亲身经历的。大约在1948年的秋天，人民解放军已经对北京形成了一个大包围圈，蒋介石集团的末日快要来临了。有一天我到校长办公室去见胡适，商谈什么问题。忽然走进来一个人——我现在忘记是谁了，告诉胡适说，解放区的广播电台昨天夜里有专门给胡适的一段广播，劝他不要跟着蒋介石集团逃跑，将来让他当北京大学校长兼北京图书馆馆长。我们在座的人听了这个消息，都非常感兴趣，都想看一看胡适怎样反应。只见他听了以后，既不激动，也不愉快，而是异常的平静，只微笑着说了一句："他们要我吗？"短短的五个字道出了他的心声。看样子他已经胸有成竹，要跟国民党逃跑。但又不能说他对共产党有刻骨的仇恨。不然，他决不会如此镇定自若，他一定会暴跳如雷，大骂一通，来表示自己对国民党和蒋介石的忠诚。我这种推理是不是实事求是呢？我认为是的。

总之，我认为胡适是一位非常复杂的人物，他反对共产主义，但是拿他那一把美国尺子来衡量，他也不见得赞成国民党。在政治上，他有时候想下水，但又怕湿了衣裳。他一生就是在这种矛盾中度过的。他晚年决心回国定居，说明他还是热爱我们祖国大地的。因此，说他是美国帝国主义的走狗，说他"一生追随国民党和蒋介石"，都不符合实际情况。

解放后，我们有过一段极"左"的历史，对胡适的批判不见得都正确。十一届三中全会以后，我们拨乱反正，知人论世，真正的辩证法多了，形而上学、教条主义、似是而非的伪辩证法少了。我觉得，这是了不起的成就，了不起的转变。在这种精神的鼓舞下，我为胡适说了上面这一些话，供同志们探讨时参考。

1987年11月25日

我想讲三点意见。第一是对大会的评价。

我听了许多先生的谈话，他们都认为这次会是成功的会。我认为这反映了客观实际。我们过去在开完会后习惯讲什么“团结的大会”“胜利的大会”，好像一个俗套。但今天我们要说会议是成功的，并非俗套，而有事实根据，这主要表现在：

一、认识了会议的重大意义。许多先生都持同样看法。在来参加会议之前，我并没有认识到会议的意义有多大，经过两天多的会议，认识到这个会的意义非常大。

二、各抒己见，畅所欲言。这次小组会分两个组，每组的讨论都各抒己见，大家有什么意见都讲出来了，畅所欲言，大家没有什么保留。中央的政策就是要大家讲话，这是一个了不起的变化。这个良好的会风是成功的一个标志。

三、我们对陈寅恪先生的了解加深了。我从30年代就开始听陈先生的课，陈先生的著作几乎都拜读了。可我对陈先生的了解同三天之前比，不是量变，而是质变，对陈先生的了解加深了。

四、以文会友，以友辅仁。我们有以文会友的优良传统，我们的文是陈先生的学术，以学术会朋友。许多先生的著作我都读过，名字听过，可未见过，而这次都见到了。参加这次会的是老中青学者，这次我们认识了，我相信以后我们还是朋友。

五、小组会的形式灵活。过去我们在国内开会，小组分得很死，指定名字把人员固定到一个小组，这次我们采取自愿的形式，这样的形式好。

以上五点说明我们的会是成功的，不是一句空话。这个评价是我自己的评价，同时参考了许多先生的意见。

第二，对陈寅恪先生学术或者对其整个人的看法。

就我听到的，几乎所有到会的人都认为陈先生是个大学者、一代大师，他融合中西，学贯古今，博大精深，爱国，才、学、识都具备等。其中一些学者也有些疑问。刚才黄约瑟先生谈到历史唯物主义问题，但未讲下去，我是否理解错你的意思。陈先生在解放后对马列主义史学是什么态度，这是一个问题。这个问题在“文革”前提出，我没有异议，陈先生不是一个马克思主义者，可现在我则不敢说。郭沫若先生、范文澜先生、翦伯赞先生这几位马列主义史学家对中国历史的分析判断，和陈先生对中国历史的分析判断，根本区别究竟何在？这很简单，过去可以说，有没有阶级观点，有没有以阶级斗争为纲，就是区别。阶级本身很复杂，我并没有否定马克思主义的意思。近来我有些偏见，对理论毫不感兴趣，因为碰钉子太多了。但我对一个理论信服，即马克思主义理论。马克思的《资本论》中的“剩余价值”“劳动价格与价值”的理论，我觉得分析得细致入微，很能说服人，讲历史的生产关系和生产力发展的矛盾，也能说服人。我认为，只有马克思主义的基本理论才是理论，我不是否定马克思主义，我是否定教条的马克思主义。现在的理论太多了，如果搞一点考据有人则瞧不起你。陈先生从未标榜自己是马克思主义者，但在会上的报告中间，占一半的先生认为陈先生有朴素的唯物主义、朴素的辩证法，这就与马克思主义有相通之处，这可能高了，但我说不出高在哪里。世界学术史上，不管社会科学、人文科学还是自然科学，一个学者如果是实事求是的，有良心的，他就必然是唯物主义者。一个人标榜自己是马克思主义者，他可能是马克思主义者，也可能不是。他不标榜自己是马克思主义者，但可能是唯物主义者。我们总讲陈先生实事求是，实事求是就是唯物主义。关于陈先生和马克思主义的关系，我建议，史学界的先生们，将前面所谈到的郭老、翦老、范老等几老对待一个简单问题的分析，和陈先生的分析研究一下，看看究竟差别在何处？是不是除了马列主义之词句以外，就没有什么东西了。如果陈先生的方法实事求是，马列主义也应实事求是，那么对一问题的研究不会产生两种可能。我认为值得研究。

第三，我们今天从陈寅恪先生那里究竟能学习什么东西。

我们开这个会，有的先生不远千里而来，有的不远万里而来，说明我们开这个会意义重大。汪荣祖先生讲得好，我们现在只是开始，不是终结。我现在主要对青年学者讲几句话，我们应该考虑一下，通过这个会，我们，特别是青年学者从这次会中应学到什么东西。中国有句老话，“长江后浪推前浪，世上新人换旧人”，这是一个自然规律，社会发展规律，社会永远不能停留在一个地方，所以我们任何人，都只能是环节中的一环。打一个比喻，跑接力赛，我们跑一阵，把棒递给你们，你们再跑下去。我听说有的青年人开玩笑说，要打倒老家伙。我现在说，你们不要打倒我们，否则等你们年龄大了，别人也要打倒你。我们手里都有接力棒，谁也不是开始，谁也不是终结。可是我们承认，年轻人比我们好，否则人类就不能进步。我们走在前边，年轻人在后边跟来。你们一定要超过我们，不超过我们，原地踏步走，踏两万年也不能进步。因此，我对年轻同志讲，将来我们把棒交给你，你要跑了，将来你要交给你的学生，你应该比我们强。我们应该为你让路，创造机会，不能做绊脚石，老人容易保守，但年轻人要警惕骄傲，要互相学习，谁也不要打倒谁，老的学者要为年轻人开路，做先锋，年轻人要认真学习老人的优点。

我谈一谈超越问题。超越陈先生并不简单。整个社会是在发展，是在前进，这是一般的情况。但是中间应该有一些例外，一般来讲，后人要超越前人，但是那些高峰、巨人在某些方面是超越不了的。主要原因是环境不允许再出那样的人。马克思讲希腊神话有永久的魅力，理由在此。陈先生是学术巨人，在他的范围之内无法超越，原因就是我们今后不可能再有他那样的条件。总的倾向是可以超越的，但又不可以超越。我同意汪先生的观点，又可以超越，又不可以超越。

我个人认为通过这次会，年轻人可以向陈先生学习的东西，可归纳为六句话：

一、不泥古人，不做古人的奴隶。陈先生不做古人的奴隶，我希望年轻人也不做古人的奴隶。

二、跟上时代。陈先生最大的特点是“预流”，“预流”就是跟上时代潮流，每个时代有每个时代的新学问，王国维先生也是这样讲的。他讲有新材料有新学问，新材料是主要的，但我认为完全归于新材料也不一定准确。每个时代有每个时代的潮流，学者应赶上潮流，赶不上潮流，则要落伍。要预流，必须跟上时代。陈先生是跟上时代的，现在的时代潮流我说不清楚，主潮是什么东西，我谈不出。现在有一个不好的现象，名词多，内容少，新名词是必要的，问题是吸收外来东西，光吸收名词不行，重要的是吸收内容。现在的年轻人应踏踏实实，学术要讲道德，自己不懂的不要愚弄别人。现在有很多人写文章时，引别人的书不讲出处，这是不好的学风。

三、实事求是。它牵涉考证问题。我受了些影响，喜欢考证。陈先生的绝大部分文章是考证。对考证如何看是一个问题，现在的年轻人最讨厌考证。胡适先生非常注重考证。读书，首先要看懂，考证，有时是看懂的必要手段。研究任何问题，特别是历史，必须要走的第一步是要看懂文章，看不懂文章，任何现代的主义都没有用，要看懂文章，非要考证。年轻的同志对考证不要讲得太神，也不要全盘否定，这条路是不能逾越的，否则出笑话。

四、独辟蹊径。前人走的路你不要走，一定要开辟新道路。陈先生在他涉足的领域都有新见解，而且他写文章有一个大的特点，没有水分，开门见山谈问题，花言巧语他不讲。

五、关心时事。对陈先生很难得，他非常关心时事，当我们解放初一边倒时，陈先生写诗表示忧虑。当原子弹上天时，陈先生非常兴奋，他认为我们有力量摆脱外国人的控制。

六、热爱祖国。这一点很清楚，用不着多说。

以上几点都是陈先生身上具备的，也是我们应该向陈先生学习的。

1988年5月28日

回忆雨僧先生

雨僧先生离开我们已经十多年了。作为他的受业弟子，我同其他弟子一样，始终在忆念着他。

雨僧先生是一个奇特的人，身上也有不少的矛盾。他古貌古心，同其他教授不一样，所以奇特。他言行一致，表里如一，同其他教授不一样，所以奇特。别人写白话文，写新诗；他偏写古文，写旧诗，所以奇特。他反对白话文，但又十分推崇用白话文写成的《红楼梦》，所以矛盾。他看似严肃、古板，但又颇有一些恋爱的浪漫史，所以矛盾。他能同青年学生来往，但又凛然、俨然，所以矛盾。

总之，他是一个既奇特又矛盾的人。

我这样说，不但丝毫没有贬意，而且是充满了敬意。雨僧先生在旧社会是一个不同流合污、特立独行的畸人，是一个真正的人。

当年在清华读书的时候，我听过他几门课："英国浪漫诗人""中西诗之比较"等。他讲课认真、严肃，有时候也用英文讲，议论时有警策之处。高兴时，他也把自己新写成的旧诗印发给听课的同学，《空轩十二首》就是其中之一。这引得编《清华周刊》的学生秀才们把他的诗译成白话，给他开了一个不大不小而又无伤大雅的玩笑。他一笑置之，不以为忤。他的旧诗确有很深的造诣，同当今想附庸风雅的、写一些根本不像旧诗的"诗人"，决不能同日而语。他的“中西诗之比较”实际上讲的就是比较文学。当时这个名词还不像现在这样流行。他实际上是中国比较文学的奠基人之一，值得我们永远怀念的。

他坦诚率真，十分怜才。学生有一技之长，他决不掩没，对同事更是不懂得什么叫忌妒。他在美国时，邂逅结识了陈寅恪先生。他立即驰书国内，说：“合中西新旧各种学问而统论之，吾必以寅恪为全中国最博学之人。”也许就是由于这个缘故，他在清华作为西洋文学系的教授而一度兼国学研究院的主任。

他当时给天津《大公报》主编一个《文学副刊》。我们几个喜欢舞笔弄墨的青年学生，常常给副刊写点书评一类的短文，因而无形中就形成了一个小团体。我们曾多次应邀到他那在工字厅的住处：藤影荷声之馆去做客，也曾被请在工字厅的教授们的西餐餐厅去吃饭。这在当时教授与学生之间存在着一条看不见但感觉到的鸿沟的情况下，是非常难能可贵的。至今回忆起来还感到温暖。

我离开清华以后，到欧洲去住了将近十一年。回到国内时，清华和北大刚刚从云南复员回到北平。雨僧先生留在四川，没有回来。其中原因，我不清楚，也没有认真去打听。但是，我心中却有一点疑团：这难道会同他那耿直的为人有某些联系吗？是不是有人早就把他看做眼中钉了呢？在这漫长的几十年内，我只在60年代初期，在燕东园李赋宁先生家中拜见过他，以后就再没有见过面。

在“十年浩劫”中，他当然不会幸免。听说，他受过惨无人道的折磨，挨了打，还摔断了什么地方，我对此丝毫也不感到奇怪。以他那种奇特的特立独行的性格，他决不会投机说谎，决不会媚俗取巧。受到折磨，倒是合乎规律的。反正知识久已不值一文钱，知识分子被视为“老九”。在黄钟毁弃、瓦釜雷鸣的时代，我们又有什么话好说呢？雨僧先生受到的苦难，我有意不去仔细打听，不知道反而能减轻良心上的负担。至于他有什么想法，我更是无从得知。现在，他终于离开我们，走了。从此人天隔离，永无相见之日了。

雨僧先生这样一个奇特的人，这样一个不同流合污、特立独行的人，是会受到他的朋友们和弟子们的爱戴和怀念的。现在编集的这一本《回忆吴宓先生》就是一个充分的证明。

他的弟子和朋友都对他有自己的一份怀念之情，自己的一份回忆。这些回忆不可能完全一样，因为每一个人都有自己观察事物和人物的角度和特点。但是又不可能完全不一样。因为回忆的毕竟是同一个人——我们敬爱的雨僧先生。这一部回忆录就是这样一部既不一样又不不一样的汇合体。从这个一样又不一样的汇合体中可以反照出雨僧先生整个的性格和人格。

我是雨僧先生的弟子之一，在贡献上我自己那一份回忆之余，又应编者的邀请写了这一篇序。这两件事都是我衷心愿意去做的。也算是我献给雨僧先生的心香一瓣吧。

本文为《回忆吴宓先生》一书的序言。

1989年3月22日

难道人到了晚年就只剩下回忆了吗？我不甘心承认这个事实，但又不能不承认。我现在就是回忆多于前瞻。过去六七十年不大容易想到的师友，现在却频来入梦。

其中我想得最多的是董秋芳先生。

董先生是我在济南高中时的国文教员，笔名冬芬。胡也频先生被国民党通缉后离开了高中，再上国文课时，来了一位陌生的教员，个子不高，相貌也没有什么惊人之处，一只手还似乎有点毛病，说话绍兴口音颇重，不很容易懂。但是，他的笔名我们却是熟悉的。他翻译过一本苏联小说：《争自由的波浪》，鲁迅先生作序。他写给鲁迅先生的一封长信，我们在报刊上读过，现在收在《鲁迅全集》中。因此，面孔虽然陌生，但神交却已很久。这样一来，大家处得很好，也自是意中事了。

在课堂上，他同胡先生完全不同。他不讲什么“现代文艺”，也不宣传革命，只是老老实实地讲书，认真小心地改学生的作文。他也讲文艺理论，却不是弗里茨，而是日本厨川白村的《苦闷的象征》《出了象牙之塔》，都是鲁迅先生翻译的。他出作文题目很特别，往往只在黑板上大书“随便写来”四个字，意思自然是，我们愿意写什么，就写什么；愿意怎样写，就怎样写，丝毫不受约束，有绝对的写作自由。

我就利用这个自由写了一些自己愿意写的东西。我从小学经过初中到高中前半，写的都是文言文；现在一旦改变，并没有感到有什么不适应。原因是我看了大量的白话旧小说，对五四以来的新文学作品，鲁迅、胡适、周作人、郭沫若、郁达夫、茅盾、巴金等人的小说和散文几乎读遍了，自己动手写白话文，颇为得心应手，仿佛从来就写白话文似的。

在阅读的过程中，潜移默化，在无意识中形成了自己对写文章的一套看法。这套看法的最初根源似乎是来自旧文学，从庄子、孟子、史记，中间经过唐宋八大家，一直到明末的公安派和竟陵派，清代的桐城派，都给了我不同程度、不同方式的灵感。这些大家时代不同，风格迥异，但是却有不少共同之处。根据我的归纳，可以归为三点：第一，感情必须充沛真挚；第二，遣词造句必须简练、优美、生动；第三，整篇布局必须紧凑、浑成。三者缺一，就不是一篇好文章。文章的开头与结尾，更是至关重要。后来读了一些英国名家的散文，我也发现了同样的规律。我有时甚至想到，写文章应当像谱乐曲一样，有一个主旋律，辅之以一些小的旋律，前后照应，左右辅助，要在纷纭变化中有统一，在统一中有错综复杂，关键在于有节奏。总之，写文章必须惨淡经营。自古以来，确有一些文章如行云流水，仿佛是信手拈来，毫无斧凿痕迹。但是那是长期惨淡经营终入化境的结果。如果一开始就行云流水，必然走入魔道。

我这些想法形成于不知不觉之中，自己并没有清醒的意识。它也流露于不知不觉之中，自己也没有清醒的意识。有一次，在董先生的作文课堂上，我在“随便写来”的启迪下，写了一篇记述我回故乡奔母丧的悲痛心情的作文。感情真挚，自不待言。在谋篇布局方面却没有意识到有什么特殊之处。作文本发下来了，却使我大吃一惊。董先生在作文本每一页上面的空白处都写了一些批注，不少地方有这样的话：“一处节奏”“又一处节奏”，等等。我真是如拨云雾见青天：“这真是我写的作文吗？”这真是我写的作文，不容否认。“我为什么没有感到有什么节奏呢？”这也是事实，不容否认。我的苦心孤诣连自己都没有意识到，却为董先生和盘托出。知己之感，油然而生。这决定了我一生的活动。从那以后，六十年来，我从事研究的是一些稀奇古怪的东西，与文章写作风马牛不相及。但是感情一受到剧烈的震动，所谓“心血来潮”，则立即拿起笔来，写点什么。至今已到垂暮之年，仍然是积习难除，锲而不舍。这同董先生的影响是绝对分不开的。我对董先生的知己之感，将伴我终生了。

高中毕业以后，到北京来念了四年大学，又回到母校济南高中教了一年国文，然后在欧洲呆了将近十一年，1946年才回到祖国。在这长达二十多年的时间内，我一直没有同董秋芳老师通过信，也完全不知道他的情况。50年代初，在民盟的一次会上，完全出我意料之外，我竟见到了董先生。看那样子，他已垂垂老矣。我激动得说不出话来，他也非常激动。但是我平生有一个弱点：不善于表露自己的感情。董先生看来也是如此。我们每个人心里都揣着一把火，表面上却颇淡漠，大有君子之交淡如水之慨了。

我生平还有一个弱点，我曾多次提到过，这就是，我不喜欢拜访人。这两个弱点加在一起，就产生了致命的后果：我同我平生感激最深、敬意最大的老师的关系，看上去有点若即若离了。

不记得是什么时候了，董先生退休了，离开北京回到了老家绍兴。这时候大概正处在“十年浩劫”期间，我是泥菩萨过江，自身难保，自顾不暇，没有余裕来想到董先生了。

又过了一些时候，听说董先生已经作古。乍听之下，心里震动得非常剧烈。一霎时，心中几十年的回忆、内疚、苦痛，蓦地抖动起来。我深自怨艾，痛悔无已。然而已经发生过的事情是无法挽回的。看来我只能抱恨终天了。

我虽然研究佛教，但是从来不相信什么生死轮回，再世转生。可是我现在真想相信一下。我自己屈指计算了一下，我这一辈子基本上是一个善人，坏事干过一点，但并不影响我的功德。下一生，我不敢，也不愿奢望转生为天老爷，但我定能托生为人，不至走入畜生道。董先生当然能转生为人，这不在话下。等我们两个隔世相遇的时候，我相信，我的两个弱点经过地狱的磨炼已经克服得相当彻底，我一定能向他表露我的感情，一定常去拜访他，做一个程门立雪的好弟子。

然而，这一些都是可能的吗？这不是幻想又是什么呢？“他生未卜此生休。”我怅望青天，眼睛溢满了泪水。

1990年3月24日

吴雨僧（宓）先生逝世后12年，“文化大革命”泼到他身上的污泥浊水，已被完全洗清。他的亲属和弟子们会于陕西西安和泾阳，隆重举行“吴宓先生诞辰95周年纪念大会暨国际学术讨论会”。作为他的及门弟子，我虽然没能躬与盛会，但是衷心感慰激动，非可言宣。被污蔑、被诽谤只能是暂时的，而被推重、被怀念则是永恒的。历史上不乏先例。

将近六十年前，我在清华大学外国语言文学系读书时，听过雨僧先生两门课：“英国浪漫诗人”和“中西诗之比较”。当时他主编天津《大公报·文学副刊》，我忝列撰稿人名单中，写过一些书评之类的文章，因此同他接触比较多。工字厅“藤影荷声之馆”也留下了我的足迹。当时我和我的同学们对雨僧先生的态度是有矛盾的。一方面，我们觉得他可亲可敬；他为人正派，表里如一，没有当时大学教授们通常有的那种所谓“教授架子”，因而对他极有好感。但是另一方面，我们对他非常不了解，认为他是一个怪人，古貌古心，不随时流，又在搞恋爱，大写其诗，并把他写的《空轩十二首》在课堂上发给同学们，从而成为学生小报的嘲笑对象。我对他最不了解的是他对当时新文学运动的态度。我们这一群年轻学生，无一不崇拜新派，厌恶旧派。解放后有一段时期流行的“左”比“右”强的风气，不意我们已经有了，虽然是无意识的。所谓“新派”指的是胡适、陈独秀、鲁迅等文坛上的著名人物。所谓“旧派”则指的是以雨僧先生为首的“学衡派”。我们总认为学衡派保守复古，开历史倒车。实际上，我们对新派的主张了解得比较多，对旧派的主张则可以说是没有了解，有时还认为不屑一顾。这种偏见在我脑海里保留了将近六十年。一直到这一次学术讨论召开，我读了大会的综合报道和几篇论文，才憬然顿悟：原来是自己错了。

五四运动，其功决不可泯。但是主张有些过激，不够全面，也是事实，而且是不可避免的。有人主张矫枉必须过正，不过正不足以矫枉。这个道理也可以应用到五四运动上。特别是用今天的眼光来看，五四运动在基本上正确的情况下，偏颇之处也是不少的，甚至是相当严重的。主张打倒孔家店，对中国旧文化不分青红皂白一律扬弃，当时得到青年们的拥护。这与以后的“文化大革命”确有相通之处。其错误是显而易见的。

雨僧先生当时挺身而出，反对这种偏颇，有什么不对？他热爱祖国，热爱祖国文化，但并不拒绝吸收外国文化的精华。只因他从来不会见风使舵，因而被不明真相者或所见不广者视为顽固，视为逆历史潮流而动。这真是天大的冤枉。

而我作为雨僧先生的学生又景仰先生为人者，竟也参加到这个行列里来，说来实在惭愧。如果只有我一个人这样一时糊涂，倒也罢了。据我所知，当时几乎所有的年轻人都同我一样，这就非同小可了。如果没有这一次纪念会，我这愚蠢的想法必然还会继续下去。现在，我一方面感谢这一次纪念会给了我当头一棒，另一方面痛感对不起我的老师。我们都应该对雨僧先生重新认识，肃清愚蠢，张皇智慧，这就是我的愿望。我希望，这次纪念会是一个良好的开端，对雨僧先生我们还要继续研究，深入研究，大大地发扬他那颗热爱祖国，热爱人民，热爱祖国文化的拳拳赤子之心，永远纪念他，永远学习他。

我感谢李赋宁教授和蔡恒教授要我写这一篇序，我因而得到机会，彻底纠正我对雨僧先生的一些不正确的看法。

1990年9月23日

晚节善终　大节不亏——悼念冯芝生（友兰）先生

芝生先生离开我们，走了。对我来说，这噩耗既在意内，又出意外。约莫三四个月以前，我曾到医院去看过他，实际上含有诀别的意味。但是，过了不久，他又奇迹般地出了院。后来又听说，他又住了进去。以九十五周岁的高龄，对医院这样几出几进，最后终于永远离开了医院，也离开了我们。难道说这还不是意内之事吗？

可是芝生先生对自己的长寿是充满了信心的。他在八八自寿联中写道：

何止于米？相期以茶。

胸怀四化，寄意三松。

米寿指八十八岁，茶寿指一百零八岁。他活到九十五岁，离茶寿还有十三年，当然不会满足的。去年，中国文化书院准备为他庆祝九十五岁诞辰，并举办国际学术讨论会。他坚持要到今年九十五周岁时举办。可见他信心之坚。他这种信心也感染了我们。我们都相信，他会创造奇迹的。今年的庆典已经安排妥帖，国内外请柬都已发出，再过一个礼拜，就要举行了。可惜他偏在此时离开了我们，使庆祝改为悼念。不说这是意外又是什么呢？

在芝生先生弟子一辈的人中，我可能是接触到冯友兰这个名字最早的人。1926年，我在济南一所高中读书，这是一所文科高中。课程中除了中外语文、历史、地理、心理、伦理、《诗经》《书经》等等以外，还有一门人生哲学，用的课本就是芝生先生的《人生哲学》。我当时只有十五岁，既不懂人生，也不懂哲学。但是对这一门课的内容，颇感兴趣。从此芝生先生的名字，就深深地印在我的心中。我认为，他是一个高不可攀的大人物。屈指算来，现在已有六十四年了。

后来，我考进了清华大学，入西洋文学系。芝生先生是文学院长。当时清华大学规定，文科学生必须选一门理科的课，逻辑学可以代替。我本来有可能选芝生先生的课，临时改变主意，选了金岳霖先生的课。因此我一生没有上过芝生先生的课。在大学期间，同他根本没有来往，只是偶尔听他的报告或者讲话而已。

时过境迁，我大学毕业后，当了一年高中国文教员，到欧洲去飘泊了将近十一年。抗日战争后，回到了祖国。由于陈寅恪先生的介绍，到北大来工作。这时芝生先生从大后方复员回到北平，仍然在清华任教。我们没有接触的机会，只是偶尔从别人口中得知芝生先生在西南联大时的情况，也有过一些议论。这在当时是难以避免的。至于真相究竟如何，谁也不去探究了。

不久就迎来了解放。据我的推测，芝生先生本来有资格到台湾去的。然而他留下没走，同我们共同度过了一段既感到光明，又感到幸福的时刻。至于他是怎样想的，我完全不知道。不管怎样，他的朋友和弟子们从此对他有了新的认识，这却是事实。他曾给毛泽东同志写过一封信，毛主席回复了一封比较长的信。“十年浩劫”期间，我听他亲口读过。他当时是异常激动的。此是后话，这里暂且不表了。

不久，我国政府组成了一个文化代表团，应邀赴印度和缅甸访问。这是新中国成立后第一个比较大型的出访代表团，团员中颇有一些声誉卓著、有代表性的学者、文学家和艺术家。丁西林任团长，郑振铎、陈翰笙、钱伟长、吴作人、常书鸿、张骏祥、周小燕等等，以及芝生先生都是团员，我也滥竽其中。秘书长是刘白羽。因为这个团很重要，周总理亲自关心组团的工作，亲自审查出国展览的图片。记得是，1951年整个夏天，我们都在做准备工作，最费事的是画片展览。我们到处拍摄、搜集能反映新中国新气象的图片，最后汇总在故宫里面的一个大殿里，满满的一屋子，请周总理最后批准。我们忙忙碌碌，过了一个异常紧张但又兴奋愉快的夏天。

那一年国庆节前，我们到了广州，参加了观礼活动。我们在广州又住了一段时间，将讲稿或其他文件译为英文，做好最后的准备工作。此时，广州解放时间不长，国民党的飞机有时还来骚扰，特务活动也时有所闻。我们出门，都有便衣、怀藏手枪的保安人员跟随，暗中加以保护。我们一切都准备好后，便乘车赴香港，换乘轮船，驶往缅甸，开始了对天竺和缅甸的长达几个月的长征……

从此以后，我们全团十几个人就马不停蹄，跋山涉水，几乎是一天换一个新地方，宛如走马灯一般。脑海里天天有新印象，眼前时时有新光景，乘船，乘汽车，乘火车，乘飞机，几乎看尽了春、夏、秋、冬四季风光，享尽了印缅人民无法形容的热情的款待。我不能忘记，我们曾在印度洋的海船上，看飞鱼飞跃。晚上在当空的皓月下，面对浩渺蔚蓝的波涛，追怀往事。我不能忘记，我们在印度闻名世界的奇迹泰姬陵上欣赏“琼楼玉宇高处不胜寒”的奇景。我不能忘记，我们在亚洲大陆最南端科摩林海角沐浴大海，晚上共同招待在黑暗中摸黑走八十里路、目的只是想看一看中国代表团的印度青年。我不能忘记，我们在佛祖释迦牟尼打坐成佛的金刚座旁流连瞻谒，我从印度空军飞机驾驶员手中接过几片菩提树叶，而芝生先生则用口袋装了一点金刚座上的黄土。我不能忘记，我们在金碧辉煌的土邦王公的天方夜谭般的宫殿里，共同享受豪华晚餐，自己也仿佛进入了童话世界。我不能忘记，在缅甸茵莱湖上，看缅甸船主独脚划船。我不能忘记，我们在加尔各答开着电风扇，啃着西瓜，度过新年。我不能忘记的事情太多太多了，怎么说也是说不完的。一想起印缅之行，我脑海里就成了万花筒，光怪陆离，五彩缤纷。中间总有芝生先生的影子在，他长须飘胸，道貌岸然。其他团员也都各具特点，令人忆念难忘。这情景，当时已道不寻常，何况现在事后追思呢？

根据解放后一些代表团出国访问的经验，在团员与团员之间的关系方面，往往可以看出三个阶段。初次聚在一起时，大家都和和睦睦，客客气气。后来逐渐混熟了，渐渐露出真面目，放言无忌。到了后期，临解散以前，往往又对某一些人心怀不满，胸有芥蒂。这个三段论法，真有点厉害，常常真能兑现。

但是，我们的团却不是这个样子。

我们自始至终，都是能和睦相处的。我们团中还产生了一对情侣，后来有情人终成了眷属，可见气氛之融洽。在所有的团员和工作人员中，最活跃的是郑振铎先生。他身躯高大魁梧，说话声音洪亮。虽然已经渐入老境，但不失其赤子之心。他同谁都谈得来，也喜欢开个玩笑，而最爱抬杠。团中爱抬杠者，大有人在。代表团成立了一个抬杠协会，简称“杠协”。大家想选一个会长，领袖群伦。于是月旦群雄（东汉名士许邵，150—195，字子将，汝南人，初为郡功曹，深受敬重。他好评论人物，每月更换一名，时称汝南“月旦评”。曾评曹操为“治世之能臣，乱世之奸雄”——编者注）。最后觉得郑先生喜抬杠，而不自知其为抬杠，已经达到抬杠圣境，圆融无碍。大家一致推选他为杠协会长，在他领导之下，团中杠业发达，皆大欢喜。

郑先生同芝生先生年龄相若，而风格迥异。芝生先生看上去很威严，说话有点口吃。但有时也说点笑话，足证他是一个懂得幽默的人。郑先生开玩笑的对象往往就是芝生先生。他经常喊芝生先生为“大胡子”，不时说些开玩笑的话。有一次，理发师正给芝生先生刮脸，郑先生站在旁边起哄，连声对理发师高呼：“把他的络腮胡子刮掉！”理发师不知所措，一失手，真把胡子刮掉一块。这时候，郑先生大笑，旁边的人也陪着哄笑。然而芝生先生只是微微一笑，神色不变，可见先生的大度包容的气概。《世说新语》载：“王子猷、子敬曾俱坐一室，上忽发火。子猷遽走避，不惶取屐。子敬神色恬然，徐唤左右，扶凭而出，不异平常。世以此定二王神宇。”芝生先生的神宇有点近似子敬。

上面举的只是一件微末小事，但是由小可以见大。总之，我们的代表团就是在这种熟悉而不亵渎、亲切而互相尊重的气氛中，共同生活了半年。我得以认识芝生先生，也是在这一段时期内的事。屈指算来，到现在也近四十年了。

对于芝生先生的专门研究领域，中国哲学史，我几乎完全是一个门外汉，不敢胡言乱语。但是他治中国哲学史的那种坚韧不拔的精神，我却是能体会到的，而且是十分敬佩的。为了这一门学问，他不知遭受了多少批判。他提倡的道德抽象继承论，也同样受到严厉的诡辩式的批判。但是，他能同时在几条战线上应战，并没有被压垮。他坚持真理，修正错误，不惜以今日之我非昨日之我，经常在修订他的《中国哲学史》，我说不清已经修订过多少次了。我相信，倘若能活到一百零八岁，他仍然是要继续修订的。只是这一点精神，难道还不值得我们认真学习吗？

芝生先生走过了九十五年的漫长的人生道路，九十五岁几乎等于一个世纪。自从公元建立后，至今还不到二十个世纪。芝生先生活了公元的二十分之一，时间够长的了。他一生经历了清代、民国、洪宪、军阀混战、国民党统治、抗日战争，一直迎来了解放。道路并不总是平坦的，有阳关大道，也有独木小桥，曲曲折折，坎坎坷坷。然而芝生先生以他那奇特的乐观精神和适应能力，不断追求真理，追求光明，忠诚于自己的学术事业，热爱祖国，热爱祖国的传统文化，终于走完了人生长途，仰不愧于天，俯不怍于地。我们可以说他是晚节善终，大节不亏。他走了一条中国老知识分子应该走的道路。在他身上，我们是可以学习到很多东西的。

芝生先生！你完成了人生的义务，掷笔去逝，把无限的怀思留给了我们。

芝生先生！你度过漫长疲劳的一生，现在是应该休息的时候了。你永远休息吧！

1990年12月3日

《汤用彤先生诞生一百周年纪念论文集》序

在中国几千年的学术史上，每一个时代都诞生少数几位大师。是这几位大师标志出学术发展的新水平；是这几位大师代表着学术前进的新方向；是这几位大师照亮学术前进的道路；是这几位大师博古通今，又镕铸今古。他们是学术天空中光辉璀璨的明星。

中国近现代，当然也不能例外。但是，根据我个人的看法，近现代同以前的许多时代，都有所不同。举一个具体的例子，就是俞曲园（樾）先生和他的弟子章太炎（炳麟）。在他们师弟二人身上体现了中国19世纪末至20世纪初叶学术发展的一个大转变。俞曲园能镕铸今古；但是章太炎在镕铸今古之外，又能会通中西。这只要看一看曲园先生的文集，再读一读太炎先生《章氏丛书》，特别是其中的《文录》和《别录》中的许多文章，其区别立即呈现在眼前。太炎先生的文章如：《记印度西婆耆王纪念会事》《送印度钵罗罕保什二君序》《记印度事》《无政府主义序》《俱分进化论》《无神论》《大乘佛教缘起考》《大乘起信论辩》《梵文典序》《法显发现西半球说》等等，就是他会通中西的确凿证据，他的老师是写不出来的。

太炎先生以后，几位国学大师，比如梁启超、王国维、陈寅恪、陈垣、胡适等，都是既能镕铸今古，又能会通中西的。他们有别于前一代大师的地方就在这里。他们一方面继承了中国悠久的优秀的学术传统，特别是考据之学；另一方面又融会了西方的优秀传统，在形式和内容两个方面都是如此。他们发扬光大了中国的学术传统，使中国的学术研究面目为之一新，达到了空前的水平。

我认为，汤用彤（锡予）先生就属于这一些国学大师之列。这实际上是国内外学者之公言，绝非我一个人之私言。在锡予先生身上，镕铸今古、会通中西的特点是非常明显的。他对中国古代典籍的研读造诣很高，对汉译佛典以及僧传又都进行过深刻彻底的探讨，使用起来，得心应手，如数家珍。又远涉重洋，赴美国哈佛大学研习梵文，攻读西方和印度哲学。再济之以个人天资与勤奋，他之所以成为国学大师，岂偶然哉！

拿汤先生的代表作《汉魏两晋南北朝佛教史》来作一个例子，加以分析。此书于1938年问世，至今已超过半个世纪。然而，一直到现在，研究中国佛教史的中外学者，哪一个也不能不向这一部书学习，向这一部书讨教。此书规模之恢弘，结构之谨严，材料之丰富，考证之精确，问题提出之深刻，剖析解释之周密，在在可为中外学者们的楷模。凡此皆是有口皆碑，同声称扬的。在中国佛教史的研究上，这是地地道道的一部经典著作，它将永放光芒。

锡予先生的治学范围，当然不限于汉魏两晋南北朝佛教史。他在魏晋玄学的研究方面也有精深的造诣；对隋唐佛教也作过深刻的探讨；旁及印度哲学和欧美哲学。他完全当得起“会通中西”这一句话。

汤先生的人品也是他的弟子们学习的榜样。他淳真、朴素，不为物累；待人宽厚，处事公正。蔼然仁者，即之也温。他是一个真正的人，他是一个真正的学者，他是一个真正的大师。

我自己没有得到机会立雪程门。我在德国住了十年以后，先师陈寅恪先生把我介绍给汤先生和胡适之先生，我得以来到了北大，当上了教授。此后我以学生教授或教授学生的身份听过汤先生“魏晋玄学”的课。我觉得每一堂课都是一次特殊的享受，至今记忆犹新，终生难忘。我不自量力，高攀为锡予先生的弟子，以此为荣。

今年是汤先生诞生一百周年。先生虽谢世已久，然而他的影响却与日俱新。这一册纪念论文集就是最有力的证明。本册所收的论文，有的来自国内学者，有的来自国外学者，不少作者就是锡予先生的门生，有的则是他的崇拜者。仅此一端，即可以看出先生影响之广被。我相信，这一本纪念论文集对弘扬中华优秀文化，对加强中外学者的协作，将做出贡献。我满怀喜悦崇敬的心情写了这一篇序文。

1992年11月19日

也谈叶公超先生二三事

读了本报1993年8月11日《文学》王辛笛师弟（恕我狂妄，以兄自居，辛笛在清华确实比我晚一级）的《叶公超先生二三事》，顿有所感，也想来凑凑热闹，谈点公超先生的事儿。

但是，我对公超先生的看法，同辛笛颇有不同，因此，必须先说明几句。在背后，甚至在死后议论老师的长短，有悖于中国传统的尊师之道。不过，我个人觉得，我的议论，尽管难免有点苛求，却完全是善意的，甚至是充满了感情的。我为什么这样说呢？这里要交代一点时代背景。

老清华人都知道，在30年代，清华大学同别的大学稍有不同，用通俗的话来说，就是有点“洋气”，学生在校刊上常常同老师开点小玩笑，饶有风趣而无伤大雅。师不以为忤，生以此为乐。这样做，不但没有伤害了师生关系，好像更缩短了师生的距离，感情更融洽。

这样说，有点空洞。我举两个例子。第一个是吴雨僧（宓）先生。他为人正直，古貌古心，但颇有一些“绯闻”。他有一首诗，一开始两句是：“吴宓苦爱×××（原文如此），三洲人士共惊闻。”当时不能写出真姓名，但是从押韵上来看，真是呼之欲出。×××者，毛彦文也。雨僧先生还有一组诗，名曰《空轩十二首》，最初是在“中西诗之比较”课堂上发给我们的。据说每一首影射一位女子，真假无所考。校刊上把第一首今译为：

一见亚北貌似花，
顺着秫秸往上爬。
单独进攻忽失利，
跟踪盯梢也挨刷。

下面三句忘了。最后一句是：

椎心泣血叫妈妈。

“亚北”者，欧阳也，是外文系一位女生的姓。这一个今译本在学生中传诵，所以时隔六十年，我仍然能回忆起来。然而雨僧先生却泰然处之。

第二个例子是俞平伯先生。他是著名的诗人、散文家、红学专家。在清华时，我曾旁听过他讲唐宋诗词的课。大家都知道，他家学渊源，是国学大师俞樾的孙子或曾孙，自己能写诗，善填词。他讲诗词当然很有吸引力。在课堂上他选出一些诗词，自己摇头晃脑而朗诵之。有时闭上了眼睛，仿佛完全沉浸于诗词的境界中，遗世而独立。他蓦地睁大了眼睛，连声说：“好！好！好！就是好！”学生正在等他解释好在何处，他却已朗诵起第二首诗词来了。昔者晋人见好山水，便连声唤“奈何！奈何！”仔细想来，这是最好的赞美方式。因为，一落言筌，便失本意，反不如说上几句“奈何！”更具有启发意义。平伯先生的“就是好！”可以与此等量齐观。就是这位平伯先生，有一天忽然剃光了脑袋，这在当时学生和教授中都是从来没有见过的，于是轰动了全校。校刊上立即出现了俞先生出家当和尚的特大新闻。在众目睽睽之下，平伯先生怡然自得，泰然处之。他光着个脑袋，仍然在课堂上高喊：“好！好！就是好！”

举完了两个例子，现在再谈叶公超先生。

我在清华读的是外国语言文学系。虽然专门化(specialized)是德文，不过表示我读了一年至四年德文，实际上仍以英文为主，教授不分中西讲课都用英语，连德文也不例外。第一年英文，教授就是叶公超先生，用的课本是英国女作家Jane Austen的*Pride and Prejudice*。公超先生教学法非常奇特。他几乎从不讲解，一上堂，就让坐在前排的学生，由左到右，依次朗读原文，到了一定段落，他大声一喊：“Stop！”问大家有问题没有。没人回答，就让学生依次朗读下去，一直到下课。学生摸出了这个规律，谁愿意朗读，就坐在前排，否则往后坐。有人偶尔提一个问题，他断喝一声：“查字典去！”这一声狮子吼有大威力，从此天下太平，宇域宁静，相安无事，转瞬过了一年。

公超先生很少着西装，总是绸子长衫，冬天则是绸缎长袍或皮袍，下面是绸子棉裤，裤腿用丝带系紧，丝带的颜色与裤子不同，往往是颇为鲜艳的，作蝴蝶结状，随着步履微微抖动翅膀，用现在的话来说，就是非常“潇洒”。先生的头发，有的时候梳得光可鉴人，有的时候又蓬松似秋后枯草。他顾盼自嬉，怡然自得，学生们窃窃私议：先生是在那里学名士。

谈到名士，中国分为真假两类。“是真名士自风流”，什么叫“真名士”呢？什么又叫假名士呢？理论上不容易说清楚。我想，只要拿前面说到的俞平伯先生同叶公超先生一比，泾渭立即分明。大家一致的意见是，俞是真名士，而叶是假装的名士。前者直率天成，一任自然；后者则难免有想引起“轰动效应”之嫌。《世说新语》常以一句话或一件事，定人们的高下优劣。我们现在也从这一件事定二位的高下。

我想就以此为起点来谈公超先生的从政问题。辛笛说："在旧日师友之间，我们常常为公超先生在抗战期间由西南联大弃教从政，深致惋叹，既为他一肚皮学问可惜，也都认为他哪里是个旧社会中做官的材料，却就此断送了他十三年教学的苜蓿生涯，这真是一个时代错误。"我的看法同辛笛大异其趣。根据我个人在同俞平伯先生对比中所得到的印象，我觉得，公超先生确是一个做官的材料。你能够想象俞平伯先生做官的样子吗？

说到学问，公超先生是有一肚皮的。他人很聪明，英文非常好。在清华四年中，我同他接触比较多。我早年的那一篇散文《年》就是得到了他的垂青，推荐到《学文》上去发表的。他品评这篇文章时说："你写的不仅仅是个人的感受，而是'普遍的意识'(这是他的原话)。"我这篇散文的最后一句话是："一切都交给命运去安排吧！"这就被当时的左派刊物抓住了辫子，大大地嘲笑了一通没落的教授阶级垂死的哀鸣。我当时是一个穷学生，每月六元的伙食费还要靠故乡县衙门津贴，我哪里有资格代表什么没落的教授阶级呢？

不管怎样，我是非常感激公超先生的。我一生喜好舞笔弄墨，年届耄耋，仍乐此不疲。这给我平淡枯燥的生活抹上了一点颜色，增添了点情趣，难道我能够忘记吗？在这里我要感谢两位老师：一个高中时期的董秋芳(冬芬)先生，一个就是叶公超先生。如果再加上一位的话，那就是郑振铎先生。

我继承了"清华精神"写了这篇短文。虽对公超先生似有不恭，实则我是满怀深情地讲出了六十年前的感觉。想公超先生在天之灵必不以为忤，而辛笛师弟更不会介意的。

1993年10月3日

年纪大一点的山东老乡和北京人大概都还能记得何仙槎先生这个名字。他当过山东教育厅长和北平市长。

1929年，我在山东省立济南高中读书，他当时是教育厅长。在学生眼中，那是一个大官。有一天，他忽然在校长的陪同下，走到了极为拥挤和简陋的学生宿舍里去。这颇引起了一阵轰动。时隔六十年，今天回忆起来，当时情景栩栩如在眼前。

到了1935年，我在母校当了一年国文教员之后，考取了清华大学与德国的交换研究生。我一介书生，囊内空空，付不起赴德的路费。校长宋还吾老师慨然带我到教育厅去谒见何思源厅长。没等我开口，他已早知我的目的，一口回绝。我有一个致命的缺点(？)：脸皮太薄，不善于求人，只好唯唯而退。宋校长责怪我太老实。我天生是一个上不得台盘的人，脱胎换骨，一时难成，有什么办法呢？

再见到何思源先生，那已经是十五六年以后“天翻地覆慨而慷”的时候了。解放初期，北京山东中学校董会又开始活动，我同何都是校董。此时他早已卸任北平市长，在傅作义将军围城期间，何仙槎先生冒生命危险同一些人出城，同八路军谈判，和平解放北平，为人民立下了功勋。人民给了他回报，除了一些别的职务以外，他还当了山东中学校董。此时，我们之间已经没有什么距离，他也已工农化得颇为可观。最显眼的是抽烟用小烟袋，一副老农模样。校董开会时，我故意同他开玩笑，说到他当厅长时我去求帮的情景。彼此开怀大笑，其乐融融。

说句老实话，何仙槎先生对于山东教育是有功的。北伐成功后，山东省主席几易其人，从国民党的陈调元一直到割据军阀韩复榘，而他这教育厅长却稳坐钓鱼船。学生称他是“五朝元老”，微涵不恭之意。然而平心论之，如果没有他这个“五朝元老”，山东教育将会变成什么样子？难道不让人不寒而栗吗？陈调元、韩复榘这一帮人是极难对付的。他们手下都有一帮人，唱丑、唱旦、帮闲、篾片、清客、讨饭、喽啰、吹鼓手，一应俱全。教育厅长，虽非肥缺，然而也是全省几大员之一，他们怎么肯让同自己毫无瓜葛的人充当“五朝元老”呢？大概北大毕业生、美国哥伦比亚大学的金招牌镇住了他们，不得不尔。像韩复榘这样土匪式的人物，胸无点墨，杀人不眨眼，民间流传着许多笑话，说他反对“靠左边走”，原因是“都走左边，谁走右边呢”？何思源能同他们周旋，其中滋味，恐怕是“不足为外人道也”。然而，山东教育经费始终未断，教育没有受到破坏，仙槎先生应该说是为人民立了功。

总之，我认为，我们今天纪念何思源先生是完全应该的。

1993年11月25日

各位来宾，朋友们：

刚才主席让我作学术演讲。我本来就有点惶恐。这样一来的话我更加惶恐了，为什么呢？因为作为陈先生的弟子，我对陈先生的道德文章学习得相当不好，在座的好多陈先生的弟子都比我强，今天安排我来讲话，胡守为同志给我讲过几次，一定要我讲。我说我不行，现在又来了一个学术报告，实在是不敢当。我也没有什么稿子。昨天下午我才开始考虑这个问题，因此我的很多看法是昨天才形成的，也就是说，昨天下午才把整个的今天要讲话的大体框架完成，因此，我讲的话，恐怕很多地方是外行，请大家指正。

我今天讲，也要有个题目，我想讲讲“陈寅恪先生的爱国主义”。这个题目是怎么来的呢？大家都知道，陈先生的一家，从陈先生的祖父陈宝箴先生开始就是爱国的，散原老人是爱国的，陈先生是爱国的，陈先生的第四代流求、美延和流求、美延的下一代，我想都是爱国的。四代、五代爱国的，起码三代。英法联军攻进北京，火烧圆明园，当时陈宝箴先生在城里，看到火光，痛哭流涕。大家都知道，散原老人实际上是因日本侵略中国，老人拒绝服药、拒绝吃饭而去世的。那么，陈先生的爱国主义表现在什么地方？我想就这个题目，谈点我个人的看法，这里面牵涉

《柳如是别传》。

爱国主义这个词是很好的词，大家一听爱国主义啊，都是不会批判的，因为每个民族都有权利爱自己的国家。这几年呢，我就考虑爱国主义，词是个好词，可是我就考虑这又和我们市场上的货物一样，有真货，有假货，有冒牌的。我就说爱国主义应该区分两种：一种真正的；一种假冒伪劣的。这个区别并不难。大家知道，日本侵略中国，中国人，不管是国民党还是共产党，都要抗日的。这个大家没有否定。那么日本人也高呼爱国主义，东条英机高呼爱国。但是把中国的爱国主义与日本的爱国主义一对比，中间的区别是很大的。因此我就想，真正的爱国主义是正义的爱国主义，应该是这么一个样子，它不允许别的民族侵略自己，这是一；第二，也不侵略别的民族。因此，我认为真正的爱国主义与国际主义是相联系的。假的爱国主义就是侵略别人，压迫别人，然后反而高呼爱国。我干脆举日本军国主义为例，再举的话也容易：希特勒就是。希特勒的爱国主义喊得雷一般响，但却对别的国家发起了闪电战。他爱什么国呢？他爱他的法西斯国家，侵略别人，压迫别人，奴役别人。所以爱国主义应该分成这么两种，其道理是比较容易懂的，这我就不多说了。这真正的爱国主义呢，就是我刚才讲的陈宝箴先生、陈散原老人、寅恪先生的，为什么呢？因为它是抵抗外寇、不允许别的民族侵略自己，是正义的。后来我又想这个问题，恐怕正义的爱国主义又应当分为两个层次：一般人，我们中国人受别人侵略，我们起来反抗，爱我们的国家，我觉得这个是我们应该歌颂的、赞扬的。但我觉得这种爱国主义是一般的，层次不高；层次更高的是与文化联系起来。我想陈先生所撰的《王观堂先生挽词》的序，大家都看过，序很短，可是道理很深刻。怎么说呢，王静安先生与陈先生的岁数虽有差别，环境也不一样，可是两个人的关系真是心心相印、息息相关，“心有灵犀一点通”。诗中讲：“回思寒夜话明昌，相对南冠泣数行。”从中可以知道，当年陈先生与王观堂先生在清华大学工字厅寒夜中谈论过去的事，所以二人相对流泪，二人的感情是完全一致的。为什么？我今天想解释这个问题，我觉得这个问题实质上就是高层次的爱国主义。陈先生的这段挽词同在清华立的碑上的碑文（也出自陈先生之手）内容差不多。碑文也很短，讲的问题就是众所周知的中国文化。我们高喊弘扬中华民族的优秀文化。我们中华民族优秀文化究竟表现在什么地方，大家各自的看法可能不尽一致，我自己感觉到中华民族优秀文化的一个表现就是爱国主义。这一点我在北京已经讲过，可能有些同志不同意我的看法。我的看法也不是瞎想的。我不专门搞哲学，严格讲也不专门搞历史。但是喜欢胡思乱想。我想中国的爱国主义者，像中国汉朝的苏武、宋朝的岳飞及文天祥、明代的戚继光、史可法等，都是我们熟悉的。所以，我们中国的历史上，从汉朝一直到清朝有一系列爱国主义人物，深入人心。这种情况在别的国家很少见，我在欧洲呆了好多年，因此了解一点，欧洲如举一个著名的爱国者就不好举，什么原因呢？在座的都是历史学家，也有搞外国历史的，都清楚。原因很简单，我们是实事求是的，这是我们中国历史所决定的。中国这个国家非常奇怪。立国几千年，我们天朝大国，按道理讲，我们这样一个国家，在封建社会，那个天子、皇帝享有至高无上的权威，只允许侵略别人，不允许别人侵略，应该能够这么讲。可事实并不是这样子，大家都知道，从先秦的周代等时期开始，中国就被当时称为“蛮夷戎狄”的少数民族所侵扰；秦朝，秦始皇是一个了不起的人物，为了抵御北方的匈奴，他主持修筑长城。当然长城并不只是秦始皇时代才修筑的，在战国时期就修了。长城的修筑，有效地抵御了匈奴的侵扰；到了汉代，开国之主刘邦也被匈奴包围于平城；后来汉武帝时几员著名大将，跟匈奴作战，打了几个胜仗。可无论如何，北方的威胁却始终没有解除。曹操时，北方威胁仍存；到了五胡乱华时代则更不必说了。唐朝是一个了不起的朝代，唐太宗李世民的父亲李渊却对突厥秘密称臣。后来，唐太宗觉得称臣于突厥不大光彩，想方设法掩盖这个事实。整个唐代，北方的威胁一直没有解除。到了宋朝那就更清楚了，先是辽，后来是金。两个北宋皇帝徽宗、钦宗让人俘虏，这在中国历史上是很少见的。后来宋廷偏安于中国东南一隅。到了元朝，其统治民族蒙古是我们今天的兄弟民族，在当时不能这样看，蒙古在灭宋以前，已经建成了一个大帝国。我们不能把古代现代化。中华民族这个包括56个民族的大家庭，是在中国共产党领导下才明确形成的。满族，今天也是我们的兄弟民族，当时满族的文化与我们不一样，当然，满族一入关就汉化，可毕竟是另一个文化体系。

总而言之，我认为中国之所以产生爱国主义，就因为有外敌，而且一直没断，原来一直在北方，后来是东方，主要是倭寇，西方最厉害的是明朝末年从澳门进来的西方资本主义国家，后来形成了帝国主义。还有南方。东西南北都有外敌。我们讲历史唯物主义，要讲事实，存在决定意识，在这种情况下中国必然产生爱国主义，而这种爱国主义必然是正确的。当然，我们也不能说，中国封建社会以皇帝为代表的统治阶级没有侵略过别人，这话是不对的。中国汉族也侵略了别的不少民族，这是不能否定的。可总起来的话，是御外敌的。这是历史决定的，不是中华民族天生就爱国，这也不符合历史情况。欧洲则不是这种情况，欧洲长期是乱七八糟的，建国时间又短。美国的情况更特殊，它建国以来，基本上没有外敌，所以美国讲爱国主义，我不知道怎么爱法。这是我信口谈来。由此，我就想陈先生在给王观堂所撰的挽词前的短序中讲了这么一个想法：中华文化是三纲六纪。三纲六纪，据我的体会，里面就包括了爱国主义精神。如“君为臣纲”，说君臣这一纲，陈先生举了一个例子，“君为李煜亦期之以刘秀”，意思就是，人君的贤与否，无关重要。他只是一个符号，一个象征，他象征的是文化，象征的是国家。陈先生又讲，三纲六纪是抽象理想。文化是抽象的，抽象的东西必然有所寄托，陈先生原文作“依托”。一个是依托者，一个是被依托者。文化、三纲六纪是抽象的，抽象的本身表现不出来，它必然要依托他物，依托什么东西呢？陈先生讲的是社会制度，特别是经济制度，总起来就是国家。文化必然依托国家，然后才能表现，依托者没有所依托者不能表现，因此，文化与国家成为了同义词。再回过头来，王国维先生之所以自杀，当时外面议论很多，陈寅恪先生认为他不是为了具体的人，不是忠于清王室或宣统皇帝，认为他忠于清朝或宣统皇帝不过是流俗之见。王国维先生之所以执意自杀，就是因为他是这个文化所化之人，文化本身有一个依托——国，以王国维先生而言，这个依托就是清朝。所以，清朝是他的文化理想的依托者。后来陈先生讲十七年（1911—1928），从辛亥革命起，清朝灭亡，受清朝文化所化的最高代表王国维先生，这个国家不能存在了，按陈先生之意，所依托者一旦不能存在，文化也不能存在，那么，为这个文化所化之人也必然不能存在。所以，陈先生认为王静安先生之所以自杀是因为他所依托的那个国不能存在了，具体的东西不存在了，抽象的文化也无法依存，于是执意自杀。

那么，陈先生为什么与王国维先生心心相通？陈先生为什么写《柳如是别传》，这就是我的解释。中国外来文化，第一个是佛教，佛教有一个特点，就是它是不依靠武力而传播到中国的；后来元朝文化进入中国，靠的是武力；清朝文化亦然。日本人侵略中国，背后有武力。这二者之间的很大不同是，有些外来文化传入中国，不依靠武力，有的则依靠武力。就明末清初而言，正是清朝文化与汉族文化冲突很剧烈的一个时期，在这个时期，钱牧斋与柳如是及其他一大批文化人首当其冲。他们的心态，是为中国的汉族文化所化之人的心态。当明朝这个代表文化、使之具体化的国家不存在了，所依托的人，一批自杀了。钱牧斋虽说没有自杀，可是从他的心态看得出来。到了后来辛亥革命彻底推翻了封建王朝，这又是一个文化大变革的时期。王国维先生与陈先生均生活于当时，故陈先生对王先生之所以执意自杀，不同于流俗的那种解释，而是从文化的角度去看。因此，我说爱国主义有两个层次：一般的层次是我爱我的国家，不允许别人侵略；更高层次的则是陈先生式的爱国、王国维先生式的爱国。

有一个问题是近来常谈的。我看本次与会论文中也有，讲陈先生的诗中含有悲观主义情绪，调子不是那么乐观的。为什么呢？还有一个问题，大家都说陈先生是一位考据大师，这话一点也不错。考据这个学问到了陈先生手中得心应手，是到家了。那么，陈先生的考据与乾嘉朴学大师的有没有区别呢？我看区别很大。陈先生为人，不慕荣利，不与人争，大家都很容易误认为陈先生是“两耳不闻窗外事，一心只读圣贤书”，不关心时事的。实际上，在座的各位陈先生的弟子都知道，陈先生决不是那种人，陈先生是一位感情非常丰富，对自己的国家、人民非常爱护的人。他非常关心时事，他不仅关心过去的时事，也关心现在的时事。陈先生诗中，有古典，有今典，还有佛典，很复杂，我们甚至可以这么说，陈先生的所有著作中，都有一种感情，表面看起来是泛泛的考证，考证是无懈可击的，但考证里面有感情，乾嘉大师们就做不到这点，也不可能做到，二者所处的环境不一样。所以，我们了解、学习陈先生，一方面是学习他的考证、他的学术成就；另一方面是应学习他寄托在考证中的感情，他的每一篇论文（著），特别是《柳如是别传》，他的思想、感情寄托在里面。表面上看起来是繁琐考证——人名、地名，或者日期，核心却是爱国、爱文化。陈先生在1929年写了一首诗，送给北大历史系的学生，诗曰："群趋东瀛受国史，神州士夫羞欲死。"说学习中国史却要到日本去学。后来，陈先生寄望于北大历史系学生，希望他们一洗这一耻辱，这当然是爱国主义的表现。我看在这里爱国主义也有两种解释，一种是爱我的国家，一般的；一种是高层次的，爱我们的文化，陈先生此诗，包含高、低两层次的含义。

陈先生之所以在晚年费那么大的力量，克服那么大的困难来写《柳如是别传》，绝对不是为了考证而考证，从陈先生的考证，我们可以学习很多东西，不仅限于此。陈先生真正的感情、真正对中国文化的感情，都在里面。

解放以后，陈先生也写了不少的诗，外面有很多传说。陈先生在诗中是否对现实都满意呢？我认为这不可能，我甚至可以这么说，任何时代的政治也不能为当时的人百分之百地完全接受，我想将来也不会。陈先生的诗十分难懂，周一良先生讲过几次，的确是非常难懂，有些话不能直说，婉转地说，用典，所用的典也很冷僻，很难查。陈先生诗中表现的感情，我觉得并不奇怪，若在50年代，我还不能这样讲，经过了45年，陈先生的想法未必不正确。他忧国忧民，才如此作想。若他对我们的国家、我们的文化根本毫不在意，他就绝对不会写这样的诗。歌颂我们的国家是爱国，对我们的国家不满也是爱国，这是我的看法。若陈先生是真的不爱国的话，他就根本不会做学问、写诗。这正如当时某些上海人所说的“国事管他娘，打打麻将”。对国家漠不关心，才会这样。而陈先生的关心，就是爱国的表现，不管这个国正确不正确。

中山大学多次召开纪念陈寅恪先生的学术讨论会，我觉得非常英明，这为我们活着的人和下一代的人树立了一个爱国主义的榜样，应该得到最高的赞扬。我已说过，历史不是我的本行，所以，今天所讲，是我的乱想乱讲，说得不对的，请大家批评，谢谢大家。

羡林按：

我这一篇发言，既无讲稿，连提纲也没有。中大历史系的同志们，根据录音，整理成这个样子，实在不容易，应当向他们致谢。我看了一遍，只做了极小的改动，原来的口气都保留了。

1994年10月26日

回忆陈寅恪先生

别人奇怪，我自己也奇怪：我写了这样多的回忆师友的文章，独独遗漏了陈寅恪先生。这究竟是为什么呢？对我来说，这是事出有因，查亦有据的。我一直到今天还经常读陈先生的文章，而且协助出版社出先生的全集。我当然会时时想到寅恪先生的。我是一个颇为喜欢舞笔弄墨的人，想写一篇回忆文章，自是意中事。但是，我对先生的回忆，我认为是异常珍贵的，超乎寻常的神圣的。我希望自己的文章不要玷污了这一点神圣性，故而迟迟不敢下笔。到了今天，北大出版社要出版我的《怀旧集》，已经到了非写不行的时候了。

要论我同寅恪先生的关系，应该从六十五年前的清华大学算起。我于1930年考入国立清华大学，入西洋文学系（不知道从什么时候起改名为外国语文系）。西洋文学系有一套完整的教学计划，必修课规定得有条有理，完完整整。但是给选修课留下的时间却是很富裕的。除了选修课以外，还可以旁听或者偷听。教师不以为忤，学生各得其乐。我曾旁听过朱自清、俞平伯、郑振铎等先生的课，都安然无恙，而且因此同郑振铎先生建立了终生的友谊。但也并不是一切都一帆风顺。我同一群学生去旁听冰心先生的课。她当时极年轻，而名满天下。我们是慕名而去的。冰心先生满脸庄严，不苟言笑，看到课堂上挤满了这样多学生，知道其中有“诈”，于是威仪俨然地下了“逐客令”：“凡非选修此课者，下一堂不许再来！”我们悚然而听，慑然而退，从此不敢再进她讲课的教室。四十多年以后，我同冰心重逢，她已经变成了一个慈祥和蔼的老人，由怒目金刚一变而为慈眉菩萨。我向她谈起她当年“逐客”的事情，她已经完全忘记，我们相视而笑，有会于心。

就在这个时候，我旁听了寅恪先生的“佛经翻译文学”。参考书用的是《六祖坛经》，我曾到城里一个大庙里去买过此书。寅恪师讲课，同他写文章一样，先把必要的材料写在黑板上，然后再根据材料进行解释、考证、分析、综合，对地名和人名更是特别注意。他的分析细如毫发，如剥蕉叶，愈剥愈细愈剥愈深，然而一本实事求是的精神，不武断，不夸大，不歪曲，不断章取义，他仿佛引导我们走在山阴道上，盘旋曲折，山重水复，柳暗花明，最终豁然开朗，把我们引上阳关大道。读他的文章，听他的课，简直是一种享受，无法比拟的享受。在中外众多学者中，能给我这种享受的，国外只有亨利希•吕德斯（Heinrich Lüders），在国内只有陈师一人。他被海内外学人公推为考证大师，是完全应该的。这种学风，同后来滋害流毒的“以论代史”的学风，相差不可以道里计。然而，茫茫士林，难得解人，一些鼓其如簧之舌惑学人的所谓“学者”，骄纵跋扈，不禁令人浩叹矣。寅恪师这种学风，影响了我的一生。后来到德国，读了吕德斯教授的书，并且受到了他的嫡传弟子瓦尔德施密特（Waldschmidt）教授的教导和熏陶，可谓三生有幸，可惜自己的学殖瘠茫，又限于天赋，虽还不能说无所收获，然而犹如细流比沧海，空怀仰止之心，徒增效颦之恨。这只怪我自己，怪不得别人。

总之，我在清华四年，读完了西洋文学系所有的必修课程，得到了一个学士头衔，现在回想起来，说一句不客气的话：我从这些课程中收获不大。欧洲著名的作家，什么莎士比亚、歌德、塞万提斯、莫里哀、但丁等等的著作都读过，连现在忽然时髦起来的《尤利西斯》和《追忆似水年华》等等也都读过。然而大都是浮光掠影，并不深入。给我留下深远影响的课反而是一门旁听课和一门选修课。前者就是在上面谈到寅恪师的“佛经翻译文学”；后者是朱光潜先生的“文艺心理学”，也就是美学。关于后者，我在别的地方已经谈过，这里就不再赘述了。

在清华时，除了上课以外，同陈师的接触并不太多。我没到他家去过一次。有时候，在校内林荫道上，在熙往攘来的学生人流中，有时会见到陈师去上课。身着长袍，朴素无华，肘下夹着一个布包，里面装满了讲课时用的书籍和资料。不认识他的人，恐怕大都把他看成是琉璃厂某一个书店的到清华来送书的老板，决不会知道，他就是名扬海内外的大学者。他同当时清华留洋归来的大多数西装革履、发光鉴人的教授，迥乎不同。在这一方面，他也给我留下了毕生难忘的印象，令我受益无穷。

离开了水木清华，我同寅恪先生有一个长期的别离。我在济南教了一年国文，就到了德国哥廷根大学。到了这里，我才开始学习梵文、巴利文和吐火罗文。在我一生治学的道路上，这是一个极关重要的转折点。我从此告别了歌德和莎士比亚，同释迦牟尼和弥勒佛打起交道来。不用说，这个转变来自寅恪先生的影响。真是无巧不成书，我的德国老师瓦尔德施密特教授同寅恪先生在柏林大学是同学，同为吕德斯教授的学生。这样一来，我的中德两位老师同出一个老师的门下。有人说：“名师出高徒。”我的老师和太老师们不可谓不“名”矣，可我这个徒却太不“高”了。忝列门墙，言之汗颜。但不管怎样说，这总算是一个中德学坛上的佳话吧。

我在哥廷根十年，正值“二战”，是我一生精神上最痛苦然而在学术上收获却是最丰富的十年。国家为外寇侵入，家人数年无消息，上有飞机轰炸，下无食品果腹。然而读书却无任何干扰。教授和学生多被征从军。偌大的两个研究所：印度学研究所和汉学研究所，都归我一个人掌管。插架数万册珍贵图书，任我翻阅。在汉学研究所深深的院落里，高大阴沉的书库中；在梵学研究所古老的研究室中，阒无一人。天上飞机的嗡嗡声与我腹中的饥肠辘辘声相应和。闭目则浮想联翩，神驰万里，看到我的国，看到我的家。张目则梵典在前，有许多疑难问题，需要我来发覆。我此时恍如遗世独立，苦欤？乐欤？我自己也回答不上来了。

经过了轰炸的炼狱，又经过了饥饿，到了1945年，在我来到哥廷根十年之后，我终于盼来了光明，东西法西斯垮台了。美国兵先攻占哥廷根，后为英国人来接管。此时，我得知寅恪先生在英国医目疾。我连忙写了一封长信，向他汇报我十年来学习的情况，并将自己在哥廷根科学院院刊及其他刊物上发表的一些论文寄呈。出乎我意料地迅速，我得了先生的复信，也是一封长信，告诉我他的近况，并说不久将回国。信中最重要的事情是说，他想向北大校长胡适、代校长傅斯年、文学院长汤用彤几位先生介绍我到北大任教。我真是喜出望外，谁听到能到最高学府去任教而会不引以为荣呢？我于是立即回信，表示同意和感谢。

这一年深秋，我终于告别了住了整整十年的哥廷根，怀着“客树回看成故乡”的心情，一步三回首地到了瑞士。在这个山明水秀的世界公园里住了几个月，1946年春天，经过法国和越南的西贡，又经过香港，回到了上海。在克家的榻榻米上住了一段时间。从上海到了南京，又睡到了长之的办公桌上。这时候，寅恪先生也已从英国回到南京。我曾谒见先生于俞大维官邸中。谈了谈阔别十多年以来的详细情况，先生十分高兴，叮嘱我到鸡鸣寺下中央研究院去拜见北大代校长傅斯年先生，特别嘱咐我带上我用德文写的论文，可见先生对我爱护之深以及用心之细。

这一年的深秋，我从南京回到上海，乘轮船到了秦皇岛，又从秦皇岛乘火车回到了阔别十二年的北京（当时叫北平）。由于战争关系，津浦路早已不通，回北京只能走海路，从那里到北京的铁路由美国少爷兵把守，所以还能通车。到了北京以后，一片“落叶满长安”的悲凉气象。我先在沙滩红楼暂住，随即拜见了汤用彤先生。按北大当时的规定，从海外得到了博士学位回国的人，只能任副教授，在清华叫做专任讲师，经过几年的时间，才能转向正教授。我当然不能例外，而且心悦诚服，没有半点非分之想。然而过了大约一周的光景，汤先生告诉我，我已被聘为正教授，兼东方语言文学系的系主任。这真是石破天惊，大大地出我意料。我这个当一周副教授的纪录，大概也可以进入吉尼斯世界纪录了吧。说自己不高兴，那是谎言，那是矫情。由此也可以看出老一辈学者对后辈的提携和爱护。

不记得是在什么时候，寅恪师也来到北京，仍然住在清华园。我立即到清华去拜见。当时从北京城到清华是要费一些周折的，宛如一次短途旅行。沿途几十里路全是农田。秋天青纱帐起，还真有绿林人士拦路抢劫的。现在的年轻人很难想象了。但是，有寅恪先生在，我决不会惮于这样的旅行。在三年之内，我颇到清华园去过多次。我知道先生年老体弱，最喜欢当年住北京的天主教外国神甫亲手酿造的栅栏红葡萄酒。我曾到今天市委党校所在地当年神甫们的静修院的地下室中去买过几次栅栏红葡萄酒，又长途跋涉送到清华园，送到先生手中，心里颇觉安慰。几瓶酒在现在不算什么。但是在当时，通货膨胀已经达到了钞票上每天加一个“0”还跟不上物价飞速提高的速度的情况下，几瓶酒已非同小可了。

有一年的春天，中山公园的藤萝开满了紫色的花朵，累累垂垂，紫气弥漫，招来了众多的游人和蜜蜂。我们一群弟子们，记得有周一良、王永兴、汪篯等，知道先生爱花。现在虽患目疾，几近失明；但据先生自己说，有些东西还能影影绰绰看到一团影子。大片藤萝花的紫光，先生或还能看到，而且在那种兵荒马乱、物价飞涨、人命微浅、朝不虑夕的情况下，我们想请先生散一散心，征询先生的意见，他怡然应允。我们真是大喜过望，在来今雨轩藤萝深处，找到一个茶桌，侍先生观赏紫藤。先生显然兴致极高。我们谈笑风生，尽欢而散。我想，这也许是先生在那样的年头里最愉快的时刻。

还有一件事，也给我留下了毕生难忘的回忆。在解放前夕，政府经济实已完全崩溃。从法币改为银元券，又从银元券改为金元券，越改越乱，到了后来，到粮店买几斤粮食，携带的这币那券的重量有时要超过粮食本身。学术界的泰斗、德高望重、被著名的史学家郑天挺先生称之为“教授的教授”的陈寅恪先生也不能例外。到了冬天，他连买煤取暖的钱都没有，我把这情况告诉了已经回国的北大校长胡适之先生。胡先生最尊重最爱护确有成就的知识分子。当年他介绍王静庵先生到清华国学研究院去任教，一时传为佳话。寅恪先生在《王观堂先生挽词》中有几句诗：“鲁连黄鹞绩溪胡，独为神州惜大儒。学院遂闻传绝业，园林差喜适幽居”，讲的就是这一件事。现在却轮到适之先生再一次“独为神州惜大儒”了，而这个“大儒”不是别人，竟是寅恪先生本人。适之先生想赠寅恪先生一笔数目颇大的美元，但是，寅恪先生却拒不接受。最后寅恪先生决定用卖掉藏书的办法来取得适之先生的美元，于是适之先生就派他自己的汽车——顺便说一句，当时北京汽车极为罕见，北大只有校长的一辆——让我到清华陈先生家装了一车西文关于佛教和中亚古代语言的极为珍贵的书。陈先生只收两千美元。这个数目在当时虽不算少，然而同书比起来，还是微不足道的。在这一批书中，仅一部《圣彼得堡梵德大词典》市价就远远超过这个数目了。这一批书实际上带有捐赠的性质。而寅恪师对于金钱的一介不取的狷介性格，由此也可见一斑了。

在这三年内，我同寅恪师往来颇频繁。我写了一篇论文《浮屠与佛》，首先读给他听，想听听他的批评意见。不意竟得到他的赞赏。他把此文介绍给《中央研究院历史语言研究所集刊》发表。这个刊物在当时是最具权威性的刊物，简直有点“一登龙门，声价十倍”的威风。我自然感到受宠若惊。差幸我的结论并没有瞎说八道，几十年以后，我又写了一篇《再谈浮屠与佛》，用大量的新材料，重申前说，颇得到学界同行们的赞许。

在我同先生来往的几年中，我们当然会谈到很多话题。谈治学时最多，政治也并非不谈，但极少。寅恪先生决不是一个“闭门只读圣贤书”的书呆子。他继承了中国“士”的优良传统：天下兴亡，匹夫有责。从他的著作中也可以看出，他非常关心政治。他研究隋唐史，表面上似乎是满篇考证，骨子里谈的都是成败兴衰的政治问题，可惜难得解人。我们谈到当代学术，他当然会对每一个学者都有自己的看法。但是，除了对一位明史专家外，他没有对任何人说过贬低的话。对青年学人，只谈优点，一片爱护青年学者的热忱，真令人肃然起敬。就连那一位由于误会而对他专门攻击，甚至说些难听的话的学者，陈师也从来没有说过半句褒贬的话。先生的盛德由此可见。鲁迅先生从来不攻击年轻人，差堪媲美。

时光如电，人事沧桑，转眼就到了1948年年底，解放军把北京城团团包围住。胡适校长从南京派来了专机，想接几个教授到南京去，有一个名单。名单上有名的人，大多数都没有走，陈寅恪先生走了，这又成了某一些人探讨研究的题目：陈先生是否对共产党有看法？他是否对国民党留恋？根据后来出版的浦江清先生的日记，寅恪先生并不反对共产主义，他反对的仅是苏联牌的共产主义。在当时，这也许是一个怪想法，甚至是一个大逆不道的想法。然而到了今天，真相已大白于天下，难道不应该对先生的睿智表示敬佩吗？至于他对国民党的态度，最明显地表现在他对蒋介石的态度上。1940年，他在《庚辰暮春重庆夜宴归作》这一首诗中写道："食蛤那知天下事，看花愁近最高楼。"吴宓先生对此诗作注说："寅恪赴渝，出席中央研究院会议，寓俞大维妹丈宅。已而蒋公宴请中央研究院到会诸先生。寅恪于座中初次见蒋公，深觉其人不足为，有负厥职，故有此诗第六句。"按即"看花愁近最高楼"这一句。寅恪师对蒋介石，也可以说是对国民党的态度表达得不能再清楚明白了。然而，几年前，一位台湾学者偏偏寻章摘句，说寅恪先生早有意到台湾去。这真是天下一大怪事。

到了南京以后，寅恪先生又辗转到了广州，从此就留在那里没有动。他在台湾有很多亲友，动员他去台湾者，恐怕大有人在，然而他却岿然不为所动。其中详细情况，我不得而知。我们国家许多领导人，包括周恩来、陈毅、陶铸、郭沫若等等，对陈师礼敬备至。他同陶铸和老革命家兼学者的杜国庠，成了私交极深的朋友。在他晚年的诗中，不能说没有欢快之情，然而更多的却是抑郁之感。现在回想起来，他这种抑郁之感能说没有根据吗？能说不是查实有据吗？我们这一批老知识分子，到了今天，都已成了过来人。如果不昧良心说句真话，同陈师比较起来，只能说我们愚钝，我们麻木，此外还有什么话好说呢？

1951年，我奉命随中国文化代表团，访问印度和缅甸。在广州停留了相当长的时间，准备将所有的重要发言稿都译为英文。我当然不会放过这个机会的，我到岭南大学寅恪先生家中去拜谒。相见极欢，陈师母也殷勤招待。陈师此时目疾虽日益严重，仍能看到眼前的白色的东西。有关领导，据说就是陈毅和陶铸，命人在先生楼前草地上铺成了一条白色的路，路旁全是绿草，碧绿与雪白相映照，供先生散步之用。从这一件小事中，也可以看到我们国家对陈师尊敬之真诚了。陈师是极富于感情的人，他对此能无所感吗？

然而，世事如白云苍狗，变幻莫测。解放后不久，正当众多的老知识分子兴高采烈、激情未熄的时候，华盖运便临到头上。运动一个接着一个，针对的全是知识分子。批完了《武训传》，批俞平伯，批完了俞平伯，批胡适，一路批，批，批，斗，斗，斗，最后批到了陈寅恪头上。此时，极大规模的、遍及全国的反右斗争还没有开始。老年反思，我在政治上是个蠢材，对这一系列的批和斗，我是心悦诚服的，一点没有感到其中有什么问题。我虽然没有明确地意识到，在我灵魂深处，我真认为中国老知识分子就是“原罪”的化身，批是天经地义的。但是，一旦批到了陈寅恪先生头上，我心里却感到不是味。虽然经人再三动员，我却始终没有参加到这一场闹剧式的大合唱中去。我不愿意厚着面皮，充当事后的诸葛亮，我当时的认识也是十分模糊的；但是，我毕竟没有行动。现在时过境迁，在40年之后，想到我没有出卖我的良心，差堪自慰，能够对得起老师的在天之灵了。

可是，从那以后，直到老师于1969年在空前浩劫中被折磨得离开了人世，将近20年中，我没能再见到他。现在我的年龄已经超过了他在世的年龄五年，算是寿登耄耋了。现在我时常翻读先生的诗文。每读一次，都觉得有新的收获。我明确意识到，我还未能登他的堂奥。哲人其萎，空余著述。我却是进取有心，请益无人，因此更增加了对他的怀念。我们虽非亲属，我却时有风木之悲。这恐怕也是非常自然的吧。

我已经到了望九之年，虽然看样子离开为自己的生命画句号的时候还会有一段距离，现在还不能就作总结，但是，自己毕竟已经到了日薄西山、人命危浅之际，不想到这一点也是不可能的。我身历几个朝代，忍受过千辛万苦。现在只觉得身后的路漫长无边，眼前的路却是越来越短，已经是很有限了。我并没有倚老卖老，苟且偷安，然而我却明确地意识到，我成了一个“悲剧”人物。我的悲剧不在于我不想“不用扬鞭自奋蹄”，不想“老骥伏枥，志在千里”，而是在“老骥伏枥，志在万里”。自己现在承担的或者被迫承担的工作，头绪繁多，五花八门，纷纭复杂，有时还矛盾重重，早已远远超过了自己的负荷量，超过了自己的年龄。这里面，有外在原因，但主要是内在原因。清夜扪心自问：自己患了老来疯了吗？你眼前还有一百年的寿命吗？可是，一到了白天，一接触实际，件件事情都想推掉，但是件件事情都推不掉，真仿佛京剧中的一句话：“马行在夹道内，难以回马。”此中滋味，只有自己一人能了解，实不足为外人道也。

在这样的情况下，我有时会情不自禁地回想自己的一生。

自己究竟应该怎样来评价自己的一生呢？我虽遭逢过大大小小的灾难，像“十年浩劫”那样中国人民空前的愚蠢到野蛮到令人无法理解的灾难，我也不幸——也可以说是有“幸”身逢其盛，几乎把一条老命搭上，然而我仍然觉得自己是幸运的，自己赶上了许多意外的机遇。我只举一个小例子。自从盘古开天地，不知从哪里吹来了一股神风，吹出了知识分子这个特殊的族类。知识分子有很多特点。在经济和物质方面是一个“穷”字，自古已然，于今为烈。在精神方面，是考试多如牛毛。在这里也是自古已然，于今为烈。例子俯拾即是，不必多论。我自己考了一辈子，自小学、中学、大学，一直到留学，月有月考，季有季考，还有什么全国通考，考得一塌糊涂。可是我自己在上百场国内外的考试中，从来没有名落孙山，你能说这不是机遇好吗?

但是，俗话说：“一个篱笆三个桩，一个好汉三个帮。”如果没有人帮助，一个人会是一事无成的。在这方面，我也遇到了极幸运的机遇。生平帮过我的人无虑数百。要我举出人名的话，我首先要举出的，在国外有两个人，一个是我的博士论文导师瓦尔德施密特教授，另一个是教吐火罗语的老师西克教授。在国内的有四个人：一个是冯友兰先生，如果没有他同德国签订德国清华交换研究生的话，我根本到不了德国。一个是胡适之先生，一个是汤用彤先生，如果没有他们的提携的话，我根本来不到北大。最后但不是最少，是陈寅恪先生，如果没有他的影响的话，我不会走上现在走的这一条治学的道路，也同样是来不了北大。至于他为什么不把我介绍给我的母校清华，而介绍给北大，我从来没有问过他，至今恐怕永远也是一个谜，我们不去谈它了。

我不是一个忘恩负义的人。我一向认为，感恩图报是做人的根本准则之一。但是，我对他们四位，以及许许多多帮助过我的师友怎样“报”呢？专就寅恪师而论，我只有努力学习他的著作，努力宣扬他的学术成就，努力帮助出版社把他的全集出全、出好。我深深地感激广州中山大学的校领导和历史系的领导，他们再三举办寅恪先生学术研讨会，包括国外学者在内，群贤毕至。中大还特别创办了陈寅恪纪念馆。所有这一切，我这个寅恪师的弟子都看在眼中，感在心中，感到很大的慰藉。国内外研究陈寅恪先生的学者日益增多，先生的道德文章必将日益发扬光大，这是毫无问题的。这是我在垂暮之年所能得到的最大的愉快。

然而，我仍然有我个人的思想问题和感情问题。我现在是“后已见来者”，然而却是“前不见古人”，再也不会见到寅恪先生了。我心中感到无限的空漠，这个空漠是无论如何也填充不起来了。掷笔长叹，不禁老泪纵横矣。

1995年12月1日

他实际上不是我的第一位老师。在他之前，我已经有几位老师了。不过都已面影迷离，回忆渺茫，环境模糊，姓名遗忘。只有他我还记得最清楚，因而就成了第一了。

我这第一位老师，姓李，名字不知道。这并非由于忘记，而是当时就不注意。一个九岁的孩子，一般只去记老师的姓，名字则不管。倘若老师有“绰号”——老师几乎都有的——，则只记绰号，连姓也不管了。我们小学就有“Shao qianr（即知了，蝉。济南这样叫，不知道怎样写）”“卖草纸的”等等老师。李老师大概为人和善，受到小孩子的尊敬，又没有什么特点，因此逃掉起“绰号”这一有时颇使老师尴尬的关。

我原在济南一师附小上学，校长是新派人物，在山东首先响应五四运动，课本改为白话。其中有一篇《阿拉伯的骆驼》，是一个众所周知的寓言故事。我叔父忽然有一天翻看语文课本，看到这一篇，勃然大怒，高声说：“骆驼怎么能会说话！荒唐之至！快转学！”

于是我就转了学，转的是新育小学。因为侥幸认识了一个“骡”字，震动了老师，让我从高小开始，三年初小，统统赦免。一个字竟能为我这一生学习和工作提前了一两年，不称之为运气好又称之为什么呢？

新育校园极大，从格局上来看，旧时好像是什么大官的花园。门东向，进门左拐，有一排平房。沿南墙也有一排平房，似为当年仆人的住处。平房前面有一片空地，偏西有修砌完好的一大圆池塘，我可从来没见过里面有水，只是杂草从生而已。池畔隙地也长满了杂草，春夏秋三季，开满了杂花，引得蜂蝶纷至，野味十足，与大自然浑然一体。倘若印度大诗人泰戈尔来到这里，必然认为是办学的最好的地方。

进校右拐，是一条石径，进口处木门上有一匾，上书“循规蹈矩”。我对这四个字感到极大的兴趣，因为它们难写，更难懂。我每天看到它，但是一直到毕业，我也不知道是什么意思。

石径右侧是一座颇大的假山，石头堆成，山半有亭。本来应该是栽花的空地上，现在却没有任何花，仍然只是杂草丛生而已。遥想当年鼎盛时，园主人大官正在辉煌夺目之时，山半的亭子必然彩绘一新，耸然巍然。山旁的隙地上也必然是栽满了姚黄魏紫，国色天香。纳兰性德的词“晚来风动护花铃，人在半山亭”所流露出来的高贵气象，必然会在这里出现。然而如今却是山亭颓败，无花无铃，唯有夕阳残照乱石林立而已。

可是，我却忘记不了这一座假山，不是由于它景色迷人，而是由于它脚下那几棵又高又粗的大树。此树我至今也不知道叫什么名字。它春天开黄色碎花，引得成群的蜜蜂，绕花嗡嗡，绿叶与高干并配，花香与蜂鸣齐飞，此印象至今未泯。我之所以怀念它还有另外一个原因，当年连小学生也是并不那么“循规蹈矩”的——那四个字同今天的一些口号一样，对我们丝毫也不起作用。如果我们觉得哪个老师不行，我们往往会“架”（赶走也）他。“架”的方式不同，不要小看小学生，我们的创造力是极为丰富多彩的。有一个教师就被我们“架”走了。采用的方式是每个同学口袋里装满那几棵大树上结的黄色的小果子，这果子味涩苦，不能吃，我们是拿来作武器的。预备被“架”的老师一走进课堂，每人就从口袋里掏出那种黄色的小果子，投向老师。宛如旧时代两军对阵时万箭齐发一般，是十分有威力的。老师知趣，中了几弹之后，连忙退出教室，卷起铺盖回家。

假山对面，石径左侧，有一个单独的大院子，中建大厅，既高且大，雄伟庄严，是校长办公的地方。当年恐怕是大官的客厅，布置得一定非常富丽堂皇。然而，时过境迁，而今却是空荡荡的，除了墙上挂的一个学生为校长画的炭画像以外，只有几张破桌子，几把破椅子，一副寒酸相。一个小学校长会有多少钱来摆谱呢？

可是，这一间破落的大厅却给我留下了难以磨灭的印象，至今历历如在眼前。我曾在这里因为淘气被校长用竹板打过手心，打得相当厉害，一直肿了几天，胖胖的，刺心地痛。此外，厅前有两个极大的用土堆成用砖砌好的花坛，春天栽满了牡丹和芍药。有一年，我在学校里上英文补习夜班，下课后，在黑暗中，我曾偷着折过一朵芍药。这并不光彩的事，也使我忆念难忘，直至今天耄耋之年，仍然恍如昨日。

大厅院外，石径尽头，有一个小门，进去是一个大院子，整整齐齐，由东到西，盖了两排教室，是平房，房间颇多，可以供全校十几个班的学生上课。教室后面，是大操场，操场西面，靠墙还有几间房子，老师有的住在那里。门前两棵两人合抱的大榆树，叶子长满时，浓荫覆盖一大片地。树上常有成群的野鸟住宿。早晨和黄昏，噪声闹嚷嚷的，有似一个嘈杂无序的未来派的音乐会。

现在该说到我们的李老师了。他上课的地方就在靠操场的那一排平房的东头的一间教室里。他是我们的班主任，教数学、地理、历史什么的。他教书没有什么特点，因此，我回忆不出什么细节。我们当时还没有英文课，学英文有夜班，好像是要另出钱的，不是正课。可不知为什么我却清清楚楚地回忆起一个细节来：李老师在我们自习班上教我们英文字母，说f这个字母就像是一只大蜂子，腰细两头尖。这个比喻，形象生动，所以一生不忘。他为什么讲到英文字母，其他字母用什么来比喻，我都记不清了。

还有一件事情让我至今难以忘怀。有一年春天，大概是在清明前后，李老师领我们这一班学生，在我上面讲到的圆水池边上，挖地除草，开辟出一块菜地来，种上了一些瓜果蔬菜一类的东西。我们这一群孩子，平均十一二岁的年龄，差不多都是首次种菜，眼看着乱草地变成了整整齐齐、成垅成畦的菜地，春雨沾衣欲湿，杏花在雨中怒放。古人说：杏花春雨江南。我们现在是杏花春雨北国。地方虽异，其情趣则一也。春草嫩绿，垂柳鹅黄，真觉得飘飘欲仙。那时候我还不会“为觅新词强说愁”，实际上也根本无愁可说，浑身舒服，意兴盎然。我现在已经经过了八十多个春天，像那样的一个春天，我还没有过过，今后大概也不会再有了。

所有这一切，都是同李老师紧密联系在一起的。因此，众多的小学老师，我只记住了李老师一个人，也可以说是事出有因了吧。李老师总是和颜悦色，从不疾言厉色。他从来没有用戒尺打过任何学生，在当时体罚成风、体罚有理的风气下，这是十分难得的。他住的平房十分简陋，生活十分清苦。但从以上说的情况来看，他真能安贫乐道，不改其乐。

我十三岁离开新育小学，以后再没有回去过。我不知道李老师后来怎样了，心里十分悔恨。倘若有人再让我写一篇《赋得永久的悔》，我一定会写这一件事。差幸我大学毕业以后，国内国外，都步李老师后尘，当一名教师，至今已有六十多年了，我当一辈子教员已经是注定了的。只有这一点可以告慰李老师在天之灵。

李老师永远活在我的心中。

1996年7月

《胡适全集》序——还胡适以本来面目

在中国近百年来的学术史上、思想史上、文化史上、文学史上，甚至教育史上，胡适都是一个举足轻重的人物，一个矛盾重重的人物，一个物议沸沸扬扬的人物，一个很值得研究而又非研究不行的人物。

最近安徽教育出版社决定出版约莫有两千万字的《胡适文集》，征序于我。我没有怎样考虑，便轻率地答应了下来。现在说是轻率，但在当时并没有一点轻率的感觉，反而觉得确有点把握。因为我从中学起，一直到大学，到留学，到回国任教，胡适的著作从《尝试集》《胡适文存》起，一直到《胡适论学近著》，再加上报刊杂志上他的那一些政论文章都读过，有的还读了不止一遍。对他的学术造诣以及对政治和社会问题的看法，自己觉得颇有把握。在另一方面，在40年代后半期，我作为北京大学的一个系主任，同作为校长的胡适，经常有接触的机会，请示汇报，例所难免。在学术研究方面，我同他一样，都推崇考据之学，颇能谈得来。从而对他的为人，待人接物，应对进退，有充足的感性认识。有了这两个方面，为他的《全集》写序，心里是觉得颇有底儿的，答应下来，难道还能算是轻率吗？

但是，一旦静心构思，准备动笔，我才憬然顿悟：自己答应的真是过于轻率了。我平常写东西，下笔颇快。这一次我却想一改旧习，学一学我的老祖宗季文子，要“三思而后行”，想把序写得好一点，写出一点水平来。适逢当今学坛突然掀起一股“胡适热”，仅就我视线所及，已经有十多种关于胡适的论著和胡适本人的著作出版问世。我觉得，要想写好这一篇序，必须熟读今贤书，从他们的书中吸取营养，扩大自己的眼界，开拓自己的思路。这个想法不能说不正确。古代中外许多圣贤不都提倡多闻吗？

于是我就多方搜求，得到了十几种胡适的书和关于胡适的书，整整齐齐，罗列案头，准备一一阅读，然后下笔，定能彩笔生花，写出一篇美妙的序文来。读了第一本书，觉得获得了很多知识，心里甜丝丝的。读了第二本，又觉得增长了很多知识，心里又甜丝丝的。记得外国什么哲学家说过，读别人的书，好像是让别人在自己的脑袋里跑马。跑第一次马时，我觉得跑得好，跑得有道理。跑第二次马时，我就觉得有点不对头。比方说，第一次跑马，马头向东。第二次跑马，马头却突然转而向西。究竟是向东对呢，还是向西对？我有点糊涂起来了。我这“糊涂”并不“难得”，是于无意中得之的。在糊涂中，我自己暗自思忖：如果第三次跑马而马头向南，第四次跑马而马头向北，我脑袋里岂非天下大乱了吗？这样一来，我将茫然，懵然，无所适从，我将完全处于被动的地位，变成一位呆子。

我于是下定决心，当机立断，把案头的书推开，除了偶尔翻阅一下以外，不再从头认真细读。与其让别人在自己脑袋里跑马，何不让自己跑几趟马呢？此时，我仿佛成了菩提树下的如来佛，尘障全逝，本性固融，丢掉了桎梏，获得了大自在。

且看我跑出些什么结果来。

胡适在中国近百年来学术史思想史上的地位

中国近百年来的学术史，也可以说是20世纪的学术史，究竟应该怎样分期，我还没有读到并世贤哲们的著作。我自己在这方面决不敢以内行自居，本着“半瓶子醋晃荡”的原则，提出自己的看法。学术总是脱离不开政治的，以政治环境为纲，我想把20世纪的中国学术史分为五个阶段：

（一）1901—1911年

（二）1911—1919年

（三）1919—1949年

（四）1949—1978年

（五）1978—现在

我在下面试着加以简略的分析。

我觉得，要想探索中国近百年来的学术史，必须抓住三条线索或者三条脉络：一条是遵守乾嘉诸老的以考据为基础的治学方法；一条是利用西域和敦煌新发现或新出土的古代典籍和文物；一条是——利用美国学者费正清的现成的话——“中国对西方的反应”(China is response to the west)。第一条和第三条都明白易懂。只有第二条需要加点解释。中国学术史上——我想，世界学术史也一样——有一种现象或者甚至一条规律：有新材料发现，就能把学术研究向前推进一步，在学术史上形成一个新的阶段或新的时代。这样的例子，中外都不缺乏。在中国学术史上，最新的一次材料大发现，就是西域考古成果和敦煌遗书。关于这个问题，王静安先生做过演讲，而且他自己就是身体力行的人。陈寅恪先生在《王静安先生遗书•序》（见《金明馆丛稿二编》）一文中说：“然详绎遗书，其学术内容及治学方法，殆可举三目以概括之者。一曰取地下之实物与纸上之遗文互相释证。……二曰取异族之故书与吾国之旧籍互相补正。……三曰取外来之观念，与固有之材料互相参证。”这真可谓要言不烦。以简单明了的三目概括了王静安一生“几若无涯岸之可望”的治学范围和治学方法，真是大手笔。寅恪先生的第一目和第二目，相当于我上面说的第二条，第三目相当于我说的第三条，大家一看就可以明白。

我在下面分析我提出来的五个阶段时，就以陈先生的三目为纲。只有提纲，才能挈领。我的分析当然以适之先生为主，因为我不是在写《中国近百年来学术史》，而是写《胡适全集》的序。在五个阶段中，第一阶段与胡适关系不大，那时他还是青年学生。第二阶段则与他关系至大，他是这一阶段的主角。第三阶段他仍然演重要的角色。第四阶段他居住在台湾和美国，几与大陆学术界脱离。第五阶段则他已去世，没有可能再扮演什么角色了。岁月流转，时移世变，对陈先生的三目必须有所增添。这是很自然的事，用不着多加解释了。

以下就是分析。

第一阶段

虽然清王朝已朝不虑夕，但仍然有一个太后和两个皇帝坐在宝座上，发号施令，天下依然是大清帝国的天下。这种政治环境不能不对人们的心态起着作用。

在这期间，乾嘉诸老的考据学风对一些学者仍有影响。学术界的一些领袖人物，像章太炎、梁启超等忙着以不同的形式进行反满的活动，想重振大汉之天声，对学术研究不能不有所忽视，研究成果难以出现。但是，正在同时，由西方人进行的西域考古则硕果累累，而敦煌遗书的发现者最初也是西方人。北京的学者们虽已有所闻，但他们中之奸猾腐败者，只知窃取，据为己有，而不知研究利用，与西方学人根本对立。在学术研究方面根本谈不到对西方的反应。

在这一阶段，胡适还是一个少年，谈不上什么参与。

第二阶段

1911年，辛亥革命成功。不管对这个成功如何评价，反正北京已把皇帝改成总统（最初叫普理玺天德），五族共和了，中国几千年来的封建统治结束了。这种政治环境也必然对中国人民——学者当然也包括在里面——的心态起着作用。在政治上，共和了没有多久，洪宪复辟的丑剧就出台而后又迅速地覆灭。接着来了军阀混战，民不聊生。在学术文化圈子里，老一辈的领袖人物，如章太炎、严复、康有为、梁启超等等，都有点功成身退的意味，一点也不活跃，在这一阶段的前一半，几乎成了真空，然而却给胡适准备好了活动舞台。

胡适于1910年赴美留学，先学农，后改文学，又改哲学。在文学和哲学中，他如鱼得水，欢游自如，找到了安身立命之地。初到美国时，他对美国政治感到极大的兴趣，并且亲自参加一些活动，达到如疯如狂的地步。因此，终其一生他认为美国式的民主政治是最好的政治，这里就埋下了他既反对共产党的政治，也反对国民党的政治之根。在哲学思想方面，他的最高理想就是杜威实验主义，也可以说是终生以之的。在学术研究方面，从他所写的三篇最早的文章——《〈诗〉三百篇言字解》《尔汝篇》《吾我篇》——中，依稀可以看见乾嘉诸大师的考据学对他的影响，他也是终生服膺增加了一点新成分的考据学，他有时称之为“科学方法”。

胡适于1917年回国。他虽然去国七年之久，但是对国内的情况，他还是相当清楚的。他回国后看到的是一个民生凋敝、政治混乱的局面。学术界几乎是一片荒芜，好像是等待着他来一试身手，大显身手。他一不颓唐，二不郁闷，而是精神抖擞，投入到祖国的改造中去。他带回来的是满脑袋的西方，特别是美国的思想。从对西方的反应这个角度上看，这是最激烈的时候，激烈地向西方倾斜。胡适的思想实际上是“全盘西化”的思想。陈独秀于1915年在上海创办的《新青年》，可以说是为胡适准备好了一片活动场所。1917年，胡适的石破天惊的文章《文学改良刍议》，就发表在《新青年》1917年1月号上。这是中国近代“文艺复兴”的第一声响炮，影响深远。胡适原意是掀起一场新文化的运动，然而最终却变成了一场声势浩大的政治运动，胡适对此曾多次表示不满。胡适因此以二十多岁的青年“暴得大名”。

总之，第二阶段的后半期，胡适意气风发，主宰了当时的文坛和学坛。

第三阶段

在这一阶段的前半期，胡适仍然是中国学术界和思想界的主将，同时他又涉足政治，发表了一些政论文章。在学术研究方面，乾嘉诸老的考据学对他仍有极大的影响。他锐意弘扬自己的“科学方法”。最著名的两句话“大胆的假设，小心的求证”，是他津津乐道而又人所共知的。西域考古资料，他不甚措意。敦煌遗书也仅仅利用了一点关于神会和尚的资料。而在同时，中国学术界的诸大师，如王国维、陈寅恪等等则精心利用地下发掘出来的资料和敦煌遗书，写出了超越欧洲和日本学者水平的文章。在对西方的反应方面，胡适一仍旧贯，向西方，特别是向美国倾斜，在学术方面和政治方面，都是如此。

第四阶段

此时中华人民共和国已经成立。胡适逃出了大陆，有时住在美国，有时住在台湾。在台湾，他并没有受到青睐，有时还遭到批判。在大陆，从50年代中期起，他遭到严厉的批判，成为著名的“反面教员”。对学术界的正面影响，可以说是一点也没有，有人甚至谈胡色变，在大陆，胡适时代早已经结束了。胡适毕竟还是一个爱国者，不愿老死异乡的美国，晚年回到了台湾，刚过古稀之年，就走完了自己的人生历程。

第五阶段

1978年中国大陆上执行了改革开放的方针以后，经济上发生了天翻地覆的变化。文化界和学术界，也在多年窒息之后，从外面吹进了一股新风。中国的知识分子，被除掉了桎梏，思想活泼起来。在学术研究方面，敦煌学取得了辉煌的成绩，吐鲁番学也初具规模，一批年轻学人脱颖而出，预示出中国学术万紫千红、繁花似锦的时期即将在新的一个世纪内来临。对西方的反应是积极的。我们既主张拿来主义，也推行送去主义，这给我们带来了莫大的益处。胡适虽然早已离开了人世，但在这一股和煦的春风吹拂中，学术界正掀起一股“胡适热”，关于胡适的著作已经出版了十几种。胡适自己的著作也陆续出版，《胡适全集》即将出版，这将是胡适研究的登峰造极之举。对胡适的评价，也一反过去那种僵化死板的教条主义，转向比较实事求是的公平合理的康庄大道。还胡适以本来面目，此其时矣。

作为学者的胡适

我认为，胡适首先是一个学者，所以我把评估他的学术成就列为第一项。这里用“评估”二字，似乎夸大了一点，只能说是我对他的学术成就的印象而已。而且学者和思想家往往紧密相连，你中有我，我中有你。硬分为二，是不得已之举。其间界限是十分模糊的。

我不是写《胡适传》，我不想把他的学术著作一一罗列。如果举书名的话，也不过是为了便于说明问题。我想把他的学术著作粗略地分为六大类：

（一）早年的《〈诗〉三百篇言字解》《尔汝篇》《吾我篇》；

（二）整理国故和国学研究；

（三）以《说儒》为中心的《胡适论学近著》；

（四）关于神会和尚的研究；

（五）关于《水经注》的研究；

（六）为许多旧的长篇小说写序、作考证，一直到新红学、《白话文学史》和《哲学史》等。

这六大类约莫可以概括他的学术研究范围。

我对以上六大类都不一一做细致的论述和分析。我只根据我在上面划分中国近百年学术史的阶段时提出来的三条线索或者三条脉络，来笼统地加以概括。第一类中的三篇文章，明显地表现出来了，它们一方面受到了乾嘉考据的影响，另一方面又受到了西方语言研究的影响，特别是“吾”“我”“尔”“汝”这几个人称代词。汉字是没有曲折变化的，完全不像西方那样。在西方语言中，人称代词有四格——主格、宾格、所有格和受事格——从字形上来看，泾渭分明，而汉字则不然，格变只能表现在字变上。这一点很容易为不通西语者所疏忽。胡适至少通英语，对此他特别敏感，所以才能写出这样的文章。胡适自己说：

我那时对归纳法已经发生了兴趣，也有所了解，至少我已经知道了"归纳法"这个词汇了。同时我也完全掌握了以中国文法与外国文法作比较研究的知识而受其实惠。（《胡适口述自传》，页120～121）

可以看出他自己的认识。

谈到国学研究，先要澄清一个误解。我往往听到有人怀疑：胡适是新文化运动的领袖，怎么会一变而整理起国故来？这是不了解全面情况的结果。胡适说：

中国文艺复兴运动有四重目的：

（1）研究问题，特殊的问题和今日迫切的问题；

（2）输入学理，从海外输入那些适合我们作参考和比较研究用的学理；

（3）整理国故（把三千年来支离破碎的古学，用科学方法做一番有系统的整理）；

（4）再造文明，这是上三项综合起来的最后目的。（上引书，页203）

原来胡适是把整理国故或国学研究纳入他的"中国文艺复兴"的范畴之内的，同平常所理解的不同。

胡适对中国近三百年来的学术研究做了几点总结。在成就方面，他认为有三项：第一项是"有系统的古籍整理"；第二项是发现古书和翻刻古书；第三项是考古——发现古物。同时，他也指出了三大严重的缺点：第一个缺点是研究范围太狭窄；第二个缺点是太注重功力，而忽略了理解；第三个缺点是缺少参考比较的材料。他针对这三大缺点，提出了复兴和提倡国学研究的三点意见：第一，用历史的方法来尽量扩大研究的范围；第二，注意有系统的整理；第三，"专史式"的整理——诸如语言文字史、

文学史、经济史、政治史、国际思想交流史、科技史、艺术史、宗教史、风俗史等等。（上引书，页204～207）

以上就是胡适对整理国故的意见和贡献。

至于《胡适论学近著》中《说儒》那一篇长达数万言的论文，确是他的力作。他认为，“儒”字的原意是柔、弱、懦、软等等的意思。孔子和老子都属于被周灭掉的殷遗民的传教士，由于他们是亡国之民，他们不得不采取那种柔顺以取容的人生观。唐德刚先生对《说儒》这篇文章给予了至高无上的评价。他说：

> 适之先生这篇《说儒》，从任何角度来看，都是我国国学现代化过程中，一篇继往开来的划时代的著作。

他又说：

> 胡氏此篇不但是胡适治学的巅峰之作，也是中国近代文化史上最光辉的一段时期，所谓“30年代”的巅峰之作。我国近代学术，以五四开其端，到30年代已臻成熟期。那时五四少年多已成熟，而治学干扰不大，所以宜其辉煌也。这个时期一过以至今日，中国再也没有第二个“30年代”了。适之先生这篇文章，便是30年代史学成就的代表作。（上引书，页273～274）

我个人认为，唐先生对《说儒》的评价和对30年代学术的估价，是颇值得商榷的。《说儒》意见虽新颖，但并没有得到学术界的公认，郭沫若就有文章反驳。所谓“30年代”的学术成就，不知何所指。当时日寇压境，举国同愤，也不能说“干扰不大”。

关于适之先生的神会和尚的研究和《水经注》的研究，他的确用力很勤，可以说是半生以之。前者的用意在研究中国禅宗史，后者的用意在为戴震平反昭雪，其成绩都应该说是在《说儒》之上。

为旧小说写序，作考证，在这方面胡适的贡献是很大的，而影响也很大。在旧时代，小说不能登大雅之堂。由于胡适和其他一些学者的努力，小说公然登上了文学的殿堂，同其他昔日高贵的文学品种平起平坐。他对《红楼梦》的研究，我个人觉得是合情合理的。至于与此有联系的《白话文学史》，我认为是失败之作。因为白话同浅显的文言并无泾渭分明的界限，反不如用模糊理论来解释——可惜当时这个理论还没有产生。胡适有时牵强附会，甚至捉襟见肘，不能自圆其说。《中国哲学史》始终没有写完，晚年虽立下宏愿大誓，要把它写完，可惜他过早地逝去，留下了一部“未完成的杰作”。适之先生在学术问题上有时候偏激得离奇，比如对中国的骈文，他说“有欠文明”。他认为“四六”体起标点符号的作用，他把中国中古期文章体裁说成“鄙野”或“夷化”，因为它同古代老子和孔子所用的体裁完全不同，同后来唐宋八家的古文，也迥然有别。他拿欧洲“修道士的拉丁”和印度的“沙门梵文”来相比，前者我不懂，后者则完全不是这么一回事。我认为这是一位极其谨严的学者的极其可怪的偏见。这一点，唐德刚先生也是完全不同意的。（上引书，页274～275）

作为思想家的胡适

胡适不喜欢“哲学史”这个词儿，而钟爱“思想史”这个词儿。因此，我不称他为“哲学家”，而称他为“思想家”。

不管是哲学，还是思想，他都没有独立的体系，而且好像也从来没有想创立什么独立的体系，严格地讲，他不能算是一个纯粹的思想家。我给他杜撰了一个名词：行动思想家，或思想行动家。他毕生都在行动，是有思想基础的行动。大名垂宇宙的五四运动，在中国学术史上，中国文学史上，甚至中国政治史上，是空前的，而执大旗做领袖的人物，不能不说是胡适，这是他在既定的思想基础上行动的结果。一个纯粹的思想家是难以做到的。

说到思想，胡适的思想来源是相当复杂的，既有中国的传统思想，又有西方的古代一直到近代的思想，以后者为主。中国“全盘西化”的思想和他有密切的关系。年轻时候信仰世界主义、和平主义和国际主义。在这方面影响他的有中国的老子。老子主张“不争”说：“夫惟不争，故天下莫能与之争。”还有墨子的《非攻》。此外还有西方的耶稣教的《圣经》，讲什么人家打你的右颊，你把左颊再转过去要他打。他这样的信仰都是历四五十年而不衰的。胡适的行动看起来异常激进，但是他自己却说，自己是保守分子。（上引书，页138～161）表面上看，他是“打倒孔家店”的急先锋，他却不但尊崇孔子，连儒家大儒朱熹也尊崇。唐德刚先生甚至称他为“最后的一位理学家”。

胡适的意见有时候也流于偏激，甚至偏颇。他关于骈文的看法，上面已经介绍过了。与此有关联的是他对于文言的看法。他说：

> 死文字不能产生活文学。我认为文言文在那时已不止是半死，事实已全死了。虽然文言文之中，尚有许多现时还在用的活字，文言文的文法，也是个死文字的文法。（上引书，页161）

那么，胡适真正的主要的思想究竟是什么呢？一言以蔽之，曰实验主义。我现在根据胡适的自述，简略地加以介绍。实验主义是19世纪末叶至20世纪初叶流行于美国的有影响的大哲学派别之一。当时最主要的大师是查理•皮尔士（Chanler Pierce）、威廉•詹姆士（William James）和约翰•杜威（John Dewey）。第一人逝世于1914年，第二人于1910年。胡适不可能从他们受学。只有杜威还健在，胡就成了他的学生。胡适自己说，杜威对他有“终身影响”。

什么又叫做“实验主义”呢？必须先介绍一点欧洲哲学史，特别是古希腊的哲学，才能知道杜威一些说法的来源。这要从苏格拉底（Socrates，公元前470—前399年）讲起。我现在根据唐德刚先生的注释（上引书，页108～114）极其简略地加以说明。苏格拉底对“知识”这个概念有特殊看法。人性是本善的，之所以有不善，是由于“无知”的缘故。“知”是“行”的先决条件。“知”中有善而无恶，有恶之“知”，不是真“知”，无“知”则“行”无准则。要了解什么是“知”，必须了解什么是“不知”。所有的事物和概念都有真“知”，一般人不了解真“知”而自以为“知”。所以都是糊涂一辈子。他十分强调“自知之明”。他之所以拼命反对“民主”，就是因为他认为芸芸众生都是无“知”之辈，他们不能“主”，“主”者只能是有德者，“德”只是“知”的表现。有“知”自有“德”。从“无知”到“有知”，有一个从无到有的过程和方法，这就是“苏格拉底法则”。苏格拉底认为，天下任何事物和概念都各有其“普遍界说”（universal definition），比如说，猫的“普遍界说”就是“捉老鼠”。世界上的事物和概念，都将由其本身的“普遍界说”而形成一个单独的“形式”（form），这个“形式”有其特有的“次文化”（subculture）。

上述这种推理法，就是所谓“苏格拉底法则”。杜威对这个法则极为赞赏，胡适亦然。他们认为，“法则”只是一种法则，是一种寻求真理，解决问题的方法，并不是替任何“主义”去证明那种毫无讨论余地的“终极真理”（ultimate truth）。他们实验主义者是走一步算一步的，不立什么“终极真理”。

苏格拉底的再传弟子——柏拉图的弟子亚里士多德（公元前384—

前322），批评他的师祖和老师的推理杂乱无章，他搞了一个“三段论法”。所谓“三段”，指的就是大前提、小前提和结论。这可以称为“演绎推理法”（deductive method）。这方法的核心是“证明真理”，而不是“寻求真理”。后来它为中世纪的耶稣教神学所利用。这种神学已经有“终极真理”和“最后之因”，只需要证明，而不需要探求，这与亚里士多德的三段论法一拍即合，所以就大行其道了。

胡适经常讲他的方法是“归纳法”，就是针对这种演绎法而发的。

既然讲到了方法，我现在就来谈一谈胡适的“实证思维术”。胡适说：

我治中国思想与中国历史的各种著作，都是围绕着“方法”这一观念打转的。“方法”实在主宰了我四十多年来所有的著述。从基本上说，我这一点实在得益于杜威的影响。（上引书，页94）

这是“夫子自道”，由此可见他毕生重视方法，在思想方面和治学方面的方法，而这方法的来源则是杜威的影响。

根据胡适的论述，杜威认为人类和个人思想的过程都要通过四个阶段：

第一阶段，固定信念阶段。

第二阶段，破坏和否定主观思想的阶段。这第二个阶段杜威称之为讨论阶段。

第三阶段，是从苏格拉底法则向亚里士多德的逻辑之间发展的阶段。杜威用溢美之词赞扬苏格拉底，而对亚里士多德的三段论法，则颇有微词。

第四阶段，也就是最后阶段，是现代的归纳实证和实验逻辑。（上引书，页93～94）

杜威在另一本举世闻名的著作《思维术》中，认为有系统的思想通常要通过五个阶段：

第一阶段，为思想之前奏（antecedent），是一个困惑、疑虑的阶段，导致思想者去认真思考。

第二阶段，是决定这疑虑和困惑究在何处。

第三阶段，为解决这些困惑和疑虑，思想者自己会去寻找一个解决问题的假设，或面临一些现成的假设的解决方法，任凭选择。

第四阶段，思想者只有在这些假设中，选择其一作为对他的困惑和疑虑的可能解决的办法。

第五阶段，也是最后阶段。思想者要求证，他把大胆选择的假设，小心地证明出来，哪个是对他的疑虑和困惑最满意的解决。（上引书，页96）

我想，大家一看就能够知道，胡适有名的"大胆的假设，小心的求证"，来源就在这里，是他从杜威那里学来而加以简化和明确化了的。

根据我个人肤浅的分析，在对外方面，在对西方的反应方面，胡适这个思想的来源还不仅限于杜威，一定还有尼采的影响在，他那"重新评估一切价值"的名言，影响了整个世界。在对内方面，胡适也受到了影响，最突出的是宋代哲学家张载。张载说："在可疑而不疑者，不曾学；学则须疑。"（《大学·原下》）他又说："无征而言，取不信。启诈妄之道也。杞宋不足征吾言，则不言；周足征，则从之。故无征不信，君子不言。”（《正蒙·有德篇》）（以上引文都见上引书，页20。参看同书，页12，胡适自己的说法）

多少年来，我就认为：“大胆的假设，小心的求证”，这十个字是胡适对思想和治学方法最大最重要的贡献。胡适自己在《口述自传》中“青年期逐渐领悟的治学方法”这一节里说：

我的治学方法似乎是经过长期琢磨，逐渐发展起来。我十几岁的时候，便已有好怀疑的倾向，尤其是关于宗教方面。

下面他讲到“汉学”，又说：

近三百年来学术方法上所通行的批判研究实自北宋开始，中国考古学兴起的时候。古代的文物逐渐发展成历史工具来校勘旧典籍，这便是批判的治学方法的起源。“考据学”或“考证学”于焉产生。

胡适在十九岁前读中国经书，发现了汉、宋注疏之不同，企图自己来写点批判性的文章。这种以批判法则治学的方法，胡适名之为“归纳法”。（上引书，页118～119）

在这同一节中，胡适又说：

我举出了这些例子，也就是说明我要指出我从何处学得了这些治学方法，实在是很不容易的。我想比较妥当的方法，是我从考据学方面着手逐渐地学会了校勘学和训诂学。由于长期钻研中国古代典籍，而逐渐的（应作“地”——美林）学会了这种治学方法。所以我要总结我的经验的话，我最早的资本或者就是由于我有怀疑的能力。（上引书，页125）

最了解自己的老师的胡适的学生唐德刚说，胡适的治学方法只是集中西“传统”方法之大成，他始终没有跳出中国的“乾嘉学派”和西洋中古僧侣所搞的“圣经学”（Biblical Scholarship）的窠臼。（上引书，页133）唐又本着“吾爱吾师，吾尤爱真理”的精神说，胡适“不成一套！”（上引书，页111）

唐德刚先生的话不无道理，胡适的“治学方法”确实是中西合璧的。但是，我认为，决不能就因此贬低了胡适的“大胆的假设，小心的求证”。我上面已经提到，这是胡适最大的贡献之一。无论是人文社会科学家，还是自然科学家，真想做学问，都离不开这十个字。在这里，关键是“大胆”和“小心”。研究任何一个问题，必先有假设，否则就是抄袭旧论，拾人牙慧。这样学问永远不会有进步。要想创新，必有假设，而假设则是越大胆越好。在神学统治的重压下，哥白尼敢于假设地球围着太阳转，胆子可真够大的了。但是，大胆究竟能够或者应该大到什么程度，界限很难确定，只好说“存乎一心”了。有了假设，只是解决问题第一步。这种假设往往是出于怀疑，很多古圣先贤都提倡怀疑，但是怀疑了，假设了，千万不要掉以轻心，认为轻而易举就能得到结论，必须求证，而求证则是越小心越好。世界上，万事万物都异常复杂，千万不要看到一些表面就信以为真，一定要由表及里，多方探索，慎思明辨，期望真正能搔到痒处。到了证据确凿，无懈可击，然后才下结论。有的学者甚至认为，孤证难信。这做起来比较难。如果真正只有一个孤证，你难道就此罢手吗？

胡适毕生从事考据之学，迷信考据之学。他在《齐白石传》中说过几句话：白石先生用“瞒天过海”的迷信方法，来隐瞒自己的年龄，却瞒不过考据学。可见他对考据学信仰之虔诚。我再重复说一句：十字诀是胡适重大贡献之一，对青年学者有深远的影响。

作为政治家和社会活动家的胡适

刚写上了“政治家”这个词儿，我就想改为“政治活动家”，或者由我杜撰的“政治热心家”或“政治欣赏家”。因为我始终认为，胡适不是一位“政治家”。在胡适所处的时代和地区，同中国历史上一样，一个不“厚”不“黑”的人，是不能成为“政治家”，享受高官厚禄的，而胡适所缺乏的正是这两个要害之点，他仅仅是热衷政治的书生或者“书呆子”。在这一方面，胡适是缺乏自知之明的。

胡适毕生喜欢政治。他以一个不到20岁的中国青年，一到美国，立即迷上了美国的政治。他大概认为，政治的最高目标就是“民主”，而美国政治正体现了这个最高目标。其实，美国的“民主”究竟是怎么一回事，明眼人都能看得清楚。可是适之先生竟一叶障目，偏偏视而不见。根据他的《口述自传》，他初到美国时，对美国的政治情况并不清楚。但是，当他听了一位讲美国政治的老师的课以后，立即兴趣大增。他最初本来是学农的，但兴趣全不在农上。美国的总统选举实与一个想学农的中国青年风马牛不相及，可是他也积极参加美国人的会议，并佩戴支持什么候选人的襟章。罗斯福被刺之后，群众集会，表示同情，并为罗斯福祈祷，好多教授也参加了。他说：

> 令我惊奇的却是此次大会的主席，竟是本校史密斯大楼(Goldwin Smith Hall)的管楼工人。这座楼是康大各系和艺术学院的办公中心。这种由一位工友所主持的大会的民主精神，实在令我神往之至。(上引书，页33)

他以后还参加了很多政治性的会。他说：

我可以说，由这些集会引起我的兴趣也一直影响了我以后一生的生活。(上引书，页34)

在“我对美国政治的兴趣”这一节最后一段话中，他“夫子自道”地说：

我对美国政治的兴趣和我对美国政治的研究，以及我学生时代所目睹的两次美国大选，对我后来对中国政治和政府的关心，都有着决定性的影响。其后在我一生之中，除了一任四年的战时中国驻美大使之外，我甚少参与实际政治。但是在我成年以后的生命里，我对政治始终采取了我自己所说的不感兴趣的兴趣（disinterested interest），我认为这种兴趣是一个知识分子对社会应有的责任。(上引书，页36)

这些都是真话，胡适确实是毕生对政治感兴趣，他自己所说的“不感兴趣”，我却只能画一个问号。我现在讲一件我亲眼目睹的事实。在解放前夕，蒋介石出于政治需要，在南京导演了一幕选举国大代表和选举总统的喜剧。不知是出于什么用心，忽然传出了一阵流言说，蒋介石要让胡适当总统。对于这个流言，我们几个对政治最无经验、最不感兴趣的在适之先生身边工作的人，都觉得好笑，这是蒋介石的一种政治手法。蒋介石是什么人，他焉能把即使只是傀儡性的“总统”让别人干呢？然而，根据我们的观察，胡适却真信以为真。当年他虽是北大校长，但是在南京的时间却比在北平的时间长。后来，总统选出来了，当然是蒋介石，然而胡先生却至死未悟。他在美国还有时对唐德刚说，是CC派反对他当总统。有时候又忽然说，CC派赞成他当总统。他让蒋介石玩于股掌之上而一点感觉都没有。我称他是“书呆子”，难道还算是过分吗?

至于胡适对国共两党的态度，那是众所周知的，他不赞成共产主义。但是，据他自己说，他没有写过一篇批判共产主义的文章。这可能是真的。但是，表示不满的地方却是多而又多的。对于国民党，他虽然当过国民党政府的驻美大使，也算是大官了，平常也与国民党政府和许多政府要人打交道，竞选国民党政府的国大代表，但是也并没有卖身依附，唯命是听，他还经常闹点独立性，写文章提倡“好政府主义”，又说什么，知难行亦不易，是针对“国父”的。因此，国共两方都不喜欢他。大陆上从50年代起对他批判之激烈，之普遍，延续时间之长，是大家都知道的。个中原因究竟何在呢？我读过许多批判胡适的文章，台湾方面的文章由于两岸隔绝，我没有读到过。大陆方面的文章，在当年那种极“左”思潮影响下，满篇僵硬庸俗的教条，有的竟流于谩骂、污蔑，殊不足以服人。我没有读到一篇真正能搔到痒处的文章。我现在斗胆提出一个个人的解释，请大家指正。我觉得，胡适之所以这样做，其根源全在他的哲学思想中。我在上面已经讲过，胡适追随他的老师杜威之后，相信“苏格拉底法则”，而反对亚里士多德的“三段论法”。前者是归纳的，不立什么“终极真理”；后者是演绎法，先立一个“终极真理”，然后加以证明。胡适认为，国共两党都先立一个“终极真理”，只要求或者只允许人们了解和信奉。这与他的哲学思想直接矛盾，所以他才加以反对。

总之，我想说的是，胡适是一个政治活动和社会活动家，而不是一个政客，说文雅一点就是政治家。在那样的社会，不厚不黑，焉能从政？

作为人，作为“朋友”的胡适

我从小就读胡适的书，从我这一方面来讲，我们算是神交已久。从年龄上来看，我们是相差一个辈分。当他在北大教书最辉煌的时期，我还在读中学，无缘见他，也无缘听他的课。上大学时，我上的是清华大学，所以始终没有一面之缘。我在德国待了十年之后，由于我的恩师陈寅恪先生的推荐，当时北大校长正是胡适，代理校长是傅斯年，文学院长是汤用彤，他们接受了我，我才能到北大来任教。作为全国最高学府的北大，门槛是非常高的，学生进北大不容易，教师就更难。而我一进北大，只当了一两个星期的副教授——这是北大的规定，拿到外国学位的回国留学生只能担任副教授，为期数年——立即被提为正教授兼东方语言文学系主任。当时我只有三十几岁。因此，我毕生感激他们几位先生对我有知遇之恩。

我同适之先生共同工作了才短短三年。在这段时间内，他还经常飞往南京，在北平的时间不算太多。但是，做的事情却真还不少。我是系主任，经常要向他这位校长请示汇报工作。我们又同是北大教授会或校委会（准确的名称我记不大清楚了）的成员，同是北大文科研究所（有点像现在的文科研究生院，理科好像是没有）的导师，同是北京图书馆的评议会的成员。最后这一个职位一直到今天对我还是一个谜。评议会成员只有六七位，都是北平学术界的显赫人物，为什么独独聘我这个名不见经传的毛头小伙子担任评议员？我是既喜，又愧，又迷惑不解。

适之先生对印度研究，很重视，很感兴趣。他对汉译佛经相当熟悉，他大概读过不少。尼赫鲁派来一位访问教授师觉月博士，他委托我照顾。印度政府又派来十几位研究生，他也委托我照顾他们。他安排师觉月作学术报告，亲自主持会议，用英文发表欢迎词。他曾多次会见师觉月和印度留学生，都要我参加。我写了一篇论文：《列子与佛典》，送给他看。他写了几句话说："《生经》一证，确凿之至。"这表示他完全同意我那篇论文的结论。

适之先生待人亲切、和蔼，什么时候见他，都是满面笑容，从来不摆教授架子，不摆名人架子，不摆校长架子，而且对什么人都是这样，对教授是这样，对职员是这样，对学生是这样，对工友也是这样。我从来没有看到他疾言厉色，发脾气。同他在一起，不会有任何一点局促不安之感。他还不缺乏幽默感。有一次，在教授会上，杨振声教授新得到了一张异常名贵的古画，愿意与同仁们分享快乐，于是把画带到了会上，大家都啧啧称赞。这时胡先生把画拿起来，做装入自己口袋里之状，引得大家哄堂大笑。

适之先生对学生是非常爱护的。"沈崇事件"发生以后，北京大学和北平其他大学的学生们，怀着满腔爱国热情，上街游行抗议。国民党在北平的宪兵三团和其他一些机构，包括特务机构在内，逮捕了不少爱国学生。我第一次看见胡适面有怒容。他乘着他那一辆在北平还极少见的汽车，奔走于国民党驻北平的各大衙门之间，会见当时一些要人，要他们释放被捕的爱国学生。震于胡适的威名，特别是在美国的威名，他们不敢不释放学生。据说现在还能找到胡适当时写给一些国民党军政要员的信。胡适不会不知道，当时的学生运动，如上述的“沈崇事件”，以及反饥饿、反迫害的运动等等背后实有中共地下党的推动力。但是此时他关心的是学生，而不是什么党员。平时我在他那一间相当简陋的校长办公室中也有时碰到学生会的领导人去找他，提出什么请求和意见，这些学生大部分是“左”派学生，他通通和蔼相待，并无所轩轾。

我在上面曾称胡适为“书呆子”，这决不是无根据的。有一次，记得是在北京图书馆开评议会。会前，他说他有其他约会，必须提前离开。然而，会开着开着就离了题，忽然谈起了《水经注》。一听《水经注》，胡先生的兴致勃然而起，座位上仿佛有了胶，把他粘住，侃侃而谈，再也不提“走”字，一直到散会为止。他的那个约会早被他忘得无影无踪了。难道这还不算有点“呆”气吗?

我同适之先生总共在一起工作了三年。三年的时间并不算长，但是留给我的印象却不少，上面所列举的不过是其中最主要的、最鲜明的而已。我的总印象是：胡适是一个好“朋友”，胡适是一个好人。

我在上面写了作为学者、作为思想家、作为政治家、作为“朋友”的胡适之。我曾多次引用唐德刚先生的意见。因为，我觉得，唐先生是《胡适口述自传》的笔记者和翻译者，他又博学多能，很有独到的见解。他最了解胡适。但是，他的意见我并不完全赞成，特别是他说“胡适是发展中的学者”，因为他处于发展中国家之中。这种把学术研究与经济发展等量齐观的看法，是值得怀疑的。对于自然科学和技术来说，也许还能讲得通，因为这些学问需要大量的钱，需要实验室，钱越多越好。而对人文社会科学来说，则是另外一码事儿。

唐先生对“发展中的学术”做了解释，他举的例子偏偏是机械技术。他认为，发展中国家只能搞初级机械，如小型水力发电机、沼气灯等等。如果妄想到超发达的国家去采购“精密机器”，不但不适宜，而且会造成浪费和混乱。现代西方搞经济发展的学者们认为，引进科技，要恰如其分，他们把这种科技叫做“恰当科技”(appropriate technology)。唐先生接着说：“在一个国家的‘学术’发展的程序中，亦复如是。在‘发展中学术’这个阶段里，他们所能搞的也就是一种‘恰当学术’(appropriate scholarship)。换言之，也就是一种不新不旧、不中不西、土洋并举、风力电力两用的‘机械学术’……老实说，胡适之先生搞了一辈子所谓‘科学方法的批判的整理国故’，便是那个时代的‘恰当学术’；他老人家本身也就是一位了不起的‘恰当学人’(appropriate scholar)。既然我们整个的国家，整个的学术界还停滞在‘发展中’阶段，胡公受了时代的限制，他也不能单枪匹马，闯入‘已发展’阶段了。”(上引书，页271)唐先生又说：“胡先生那一套，再向前走一步，就进入社会科学的领域了。”(上引书，页272)这真令我有点糊涂，我不了解唐先生所说的“社会科学”指的是什么。专就我个人比较了解的文艺理论和语言理论而言，西方(美国当然也包括在里面)异说蜂起，日新月异。我再套用赵瓯北的诗说：“江山年有才人出，各领风骚数十天。”唐先生所说的“社会科学”，难道就是指这种学问吗？

一部人类文化史证明，经济的发展与学术的昌明，往往并不同步。欧洲的许多文化巨人的出现，往往并不在他们国家经济发展的巅峰时期。这些巨人之所以能成为巨人，依我看，不出三个原因：一是他们个人的天才与勤奋；二是他们国家雄厚的文化积淀；三是靠机遇。这最后一点，英国诗人Thomas Gray在他那一首咏乡村墓地的诗中曾有所暗示。我现在提一个大胆而无偏见的看法：不管美国经济还要怎样“超发展”，不管它还能得多少诺贝尔奖金，像欧洲的那些巨人是出不来的，因为美国几乎没有什么文化积淀。真正典型的美国东西，如爵士乐之类，总给人一种肤浅庸俗的感觉。

拿中国文学史来看，真正的伟大作家之出现，多由于他们个人的不幸，比如司马迁遭宫刑，李后主亡国。中国古人说：“诗必穷而后工。”指的就是这种现象。有些伟大作家遭逢乱离之后，才写出了不朽的作品，比如杜甫、李清照等等都是这样。这些文学巨人的出现，决不是由于经济高度发展，甚至可以说：适得其反，经济遭到破坏的时期反而能出大文学家。

总之，说胡适是一个“发展中的学者”，只因他出于一个“发展中的国家”，唐先生的这种说法和他的解释，我都是不能同意的。

这一篇相当长的序就要结束了。回头再看我在开头时写下的那一个副标题：还胡适以本来面目，觉得自己未免太轻率了，太大胆了，太不自量力了。通过我在上面写的这一些话，就不难看出，胡适是一个非常复杂的人物，是一个充满了矛盾的人物。我有何德何能，能够还胡适以本来面目！我看到的现在已经出版的有十几种论胡适的著作，每一个作者几乎都有自己心目中的胡适的“本来面目”。有一些书，大概由于作者对胡适和胡适的时代缺乏感性认识，我读了后只感到他们颇为“隔膜”。我自己不让他们在我脑海里跑马，我自己来跑，看来跑的结果也并不太美妙。唐德刚先生对适之先生是有充分的感性认识的，但他心目中的胡适的“本来面目”也不能令我完全心服。印度古代寓言中有一个瞎子摸象的故事。看来我们在胡适这一位巨人面前，都成了摸象的瞎子。胡适的“本来面目”还隐在一片云雾中，至少有一部分是这样的。想要拨云雾而见青天，还需要进一步去研究、探索。

但是，有一点我们都是应该肯定的：胡适是个有深远影响的大人物，他是推动中国“文艺复兴”的中流砥柱，尽管崇美，他还是一个爱国者。多少年来泼到他身上的污泥浊水必须清洗掉。我们对人，对事，都要实事求是，这是我们从事学术研究的人的起码的准则。

我现在借安徽教育出版社出版《胡适全集》之机，明确地亮出我的观点。是为序。

1996年12月24日写毕

回忆汤用彤先生

自己已经到了望九之年。过去八十多年的忆念，如云如烟，浩渺一片。但在茫茫的烟雾中，却有几处闪光之点，宛如夏夜的晴空，群星上千上万，其中有大星数颗，熠熠闪光，明亮璀璨。无论什么时候回想起来，都晶莹如在眼前。

我对于汤用彤先生的回忆就是最闪光之点。

但是，有人会提出疑问了："你写了那么多对师友的回忆文章，为什么单单对于你回忆中最亮之点的汤锡予（先生的号）先生却没有写全面的回忆文章呢？"这问得正确，问得有理。但是，我却有自己的至今还没有说出过的说法。试想：锡予先生是在哪一年逝世的？是在1964年。一想到这个年份，事情就很清楚了。在那时候，阶级斗争已经快发展到年年讲、月月讲、日日讲的程度。所谓"无产阶级文化大革命"虽然还没有爆发，但是对政治稍有敏感的人，都会已经感到"山雨欲来风满楼"的高压气氛。锡予先生和我都属于后来在"十年浩劫"中出现的"资产阶级（反动）学术权威"这一号的人物，我若一写悼念文章，必然会流露出我的真情来。如果我还有什么优点的话，那就是，没有真感情，我不写回忆文章。但是，在那个时代，真感情都会被归入"小资产阶级"的范畴，而一旦成了"小资产阶级"，则距离"修正主义"只差毫厘了。我没有这个胆量，所以就把对锡予先生怀念感激之情，深深地埋在我的心灵深处。到今天，环境气氛已经大大地改变了，能够把真情实感从心中移到纸上来了。

因为不在一个学校，我没有能成为锡予先生的授业弟子。但是，他的文章我是读过的，他的道德我是听说过的。“高山仰止，景行行止”，他早已是我崇拜的对象。我也崇拜一些别的大师，读其书未见其人者屡见不鲜。但我却独独对锡予先生常有幻象：我想象他是一个瘦削慈祥的老人，有五绺白须，飘拂胸前。对于别的大师，没见过面的大师，我从来没有过这样的幻象，此理我至今不解。但是，我相信，其中必有原因，一种深奥难言的原因。既然“难言”，现在就先不“言”吧。

1945年，我在德国呆了整整十年之后，“二战”结束，时来入梦的祖国母亲在召唤我了，我必须回国了。回国后，必须找一个职业，用当时的话来说，就是“抢一只饭碗”。古人云：“民以食为天。”没有饭碗，怎么能过日子呢？于是我就写信给我的恩师——正在英国治疗目疾的陈寅恪先生，向他报告我十年来学习的过程。我的师祖吕德斯（Heinrich Lüders）正是他的老师，而我的德国恩师瓦尔德施密特（Ernst Waldschmidt）正是他的同学。因此，我一讲学习情况，他大概立即了然。不久我就收到他的一封长信，信中除了一些奖掖鼓励的话以外，他说，他想介绍我到北京大学任教。这实在是望外之喜。北大这个全国最高学府，与我本有一段因缘。1930年我曾考取北大，因梦想出国，弃北大而就清华。现在我的出国梦已经实现了，阴阳往复，往往非人力所能定，我终究又要回到北大来了。我简直狂喜不能自已，立即回信应允。这就是我来北大的最初因缘。

1945年10月，我离开住了十年的“客树回望成故乡”的哥廷根，挥泪辞别了像老母一般的女房东，到了瑞士，在这山青水绿的世界公园中住了将近半年，然后经法国马赛、越南西贡、英国占领的香港，回到了祖国的上海。路上用了将近四个月。时“二战”中遗留在大洋里的水雷尚未打捞，时时有触雷的危险。载着上千法国兵的英国巨轮的船长，随时都如临深履薄，战战兢兢，终于靠他们那一位上帝的保佑，渡过了险境，安然抵达西贡。从西贡至香港，海上又遇到飓风，一昼夜，小轮未能前进一寸。这个险境也终于渡过了。离开祖国将近11年的儿子又回到母亲怀抱里来了。临登岸时，我思绪万端，悲喜交集，此情实不足为外人道也。

初到上海，人地生疏，我仿佛变成了瑞普•凡•温克（Rip Van Winkle），满目茫然。幸而臧克家正住在那里，我在他家的榻榻米上睡了十几天。又转到南京，仍然是无家可归，在李长之的办公桌上睡了一个夏天。当时寅恪师已经从英国回国，我曾到他借住的俞大维的官邸中去谒见他。师生别离已经十多年了，各自谈了别后的情况，都有九死一生之感。杜甫诗说“今夕复何夕？共此灯烛光”，不啻为我当时的心情写照也。寅恪师命我持在德国发表的论文，到鸡鸣寺下中央研究院历史语言研究所去见当时北大代理校长傅斯年先生，时校长胡适尚留美未返。傅告诉我，按照北大的规定，在国外拿了学位回国的人，只能给予副教授的职称。我对此并不在意，能入北大，已如登龙门了，焉敢还有什么痴心妄想？如果真有的话，那不就成了不知天高地厚了吗？

在南京做了一个夏天的“流动人口”，虽然饱赏了台城古柳的清碧，玄武湖旖旎的风光，却也患上了在南京享有盛名的疟疾，颇受了点苦头。在那年的秋天，我从上海乘海轮到了秦皇岛，又从秦皇岛乘火车到了北平。锡予先生让阴法鲁先生到车站去迎接我们。时届深秋，白露已降。“凄清弥天地，落叶满长安”(长安街也)，我心中说不出是什么滋味，凄凉中有欣慰，悲愁中有兴奋，既忆以往，又盼来者，茫然懵然，住进了几乎是空无一人的红楼。

第二天，少曾（阴法鲁号）陪我到设在北楼的文学院院长办公室去谒见锡予先生，他是文学院长。这是我景慕多年以后第一次见到先生。把眼前的锡予先生同我心中幻想的锡予先生一对比，当然是不相同的，然而我却更爱眼前的锡予先生。他面容端严慈祥，不苟言笑，却是即之也温，观之也诚，真蔼然仁者也。先生虽留美多年，学贯中西，可是身着灰布长衫，脚踏圆口布鞋，望之似老农老圃，没有半点“洋气”，没有丝毫教授架子和大师威风。我心中不由自主地油然生幸福之感，浑身感到一阵温暖。晚上，先生设家宴为我接风，师母也是慈祥有加，更增加了我的幸福之感。当时一介和一玄都还年小，恐怕已经记不得那天的情景了。我从这一天起就成了北大的副教授，开始了我下半生的新生活，心中陶陶然也。

我可绝没有想到，过了一个来星期，至多不过十天，锡予先生忽然告诉我：我已经被聘为北京大学正教授兼新成立的东方语言文学系系主任，并且还兼任文科研究所的导师。前两者我已经不敢当，后一者人数极少，皆为饱学宿儒，我一个三十多岁的名不见经传的毛头小伙子，竟也滥竽其间，我既感光荣，又感惶恐不安。这是谁的力量呢？我心里最清楚：背后有一个人在，这都出于锡予先生的垂青与提携，说既感且愧，实不足以表达我的心情。我做副教授任期之短，恐怕是前无古人的，这无疑是北大的新纪录，后来也恐怕没有人打破的。我只能说，这是一种恩情，它对我从那以后一直到今五十多年在北大的工作中，起了而且还在起着激励的作用。

但是，我心中总还有一点遗憾之处：我没有能成为锡予先生的授业弟子。往者已矣，来者可追。大概是1947年，锡予先生开“魏晋玄学”这一门课，课堂就在我办公室的楼上。这真是天赐良机，我焉能放过！解放前的教授，相对来讲社会地位高，工资收入丰，存在决定意识，这样就“决定”出来了“教授架子”。架子人人皆有，各有巧妙不同，没有架子的也得学着端起一副拒人的架子。我自认是一个上不得台盘的人，有没有架子，我自己不得而知。但是，在锡予先生跟前，宛如小丘之仰望泰岳，架子何从端起！而且听先生讲课，正是我求之不得的。在当时，一位教授听另外一位教授讲课，简直是骇人听闻的事。这些事情我都不想，毅然征得了锡予先生的同意，成了他班上的最忠诚的学生之一，一整年没有缺过一次课，而且每堂课都工整地做听课的笔记，巨细不遗。这一大本笔记，我至今尚保存着，只是“只在此室中，书深不知处”了，有朝一日总会重见天日的。这样一来，我就自认为是锡予先生的私淑弟子，了了一个夙愿。

锡予先生对我的关心是多方面的。他让我从红楼搬到文科研究所的大院子里去住，此地在明朝是令人闻而觳觫的特务机关东厂，是专杀好人折磨好人的地狱，据说当年的水牢还有遗迹保留着。“庭院深深深几许”，我住在最里面一个院子里，里面堆满考古挖掘出土的汉代砖棺，阴气森森，传说是闹鬼的凶宅之一。晚上没有人敢来找我，除非他在门房打听得万分清楚：季羡林确是在家里，才敢迈步走进。我也并非“季大胆”，只是在欧洲十年多，受了“西化”，成了一个“无鬼论”者，所以能处之泰然。夏夜昏黑，我经常在缕缕的马樱花香中，怡然入梦。

当时的北大真正是精兵简政。只有一个校长胡适之先生，还经常不在学校，并没有什么副校长。一个教务长主管全校的教学科研工作。一个秘书长主管全校的后勤工作。六个学院：文、理、法、农、工、医，各设院长一人。也没有听说有什么校院长联席会，什么系主任联席会。专就文学院而论，锡予先生孤身一人，聘人、升职等等现在非开上无数次会不可解决的问题，那时一次会也不开，锡予先生一个人说了算。大概因为他为人正直，办事公道，从来没有出过什么娄子。我们系里遇到麻烦，我总去找锡予先生，他不动声色，帮我解除了困难。他还帮我在学校图书馆中要了一间教授研究室，所有我要用的书都从书库中提到我的研究室里，又派一位研究生马理女士当我的助手，帮我整理书籍。室内窗明几净，我心旷神怡。我之所以能写出几篇颇有点新见解的文章，不能不说是出于锡予先生之赐。我的文章写出后，首先送给锡予先生，请求指正。他的意见，哪怕是片言只语，对我总都是大有帮助的。

就这样，我们共同迎来了1949年北京的解放。在解放军围城期间，南京方面派一架专机，来接几位名单上有名的著名教授到尚未解放的南京去。锡予先生单上有名，但他却坚决不走，他期望看到新中国。有一段时间，锡予先生被任命为北大校务委员会主席，算是一个“过渡政权”。总之，北大师生共同度过了许多初解放后兴奋狂欢的令人难忘的日子。

1952年，我们北大从城里搬到了现在的燕园中来。政府早已任命马寅初先生为北大校长，只有两个副校长，其中一个是党委书记江隆基兼任，实际上主管教学和科研的就是锡予先生一人。马老德高望重，但实际上不大真管事情。江隆基是一个正直正派有理智有良心的老革命家。据我们局外人看，校领导是团结的。当时的北大，同全国各大学和科研机构一样，几乎是天天搞“运动”。然而北大这样一所全国重点大学，一只无形的带头羊，却并没有出什么娄子，这与校领导的团结和江隆基同志的睿智正直是分不开的。

还是讲一讲我自己的情况吧。出城以后，我“官”运亨通，财源大开。先是在城里时工资被评为每月1100斤小米，解放前夕那种物价一小时一涨，火箭似的上升的可怕日子一去不复返了。后来按级别评定工资，我依稀记得：马老（马寅初）是三级，等于政府的副总理。以下是汤老（汤用彤）、翦老（翦伯赞）、曹老（曹靖华）等，具体级别记不清了。再以下就是我同其他几位老牌和名牌的教授。到了1956年，又有一次全国评定教授工资的活动，根据我的回忆，这次活动用的时间较长，工作十分细致，深入谨慎。人事处的一位领导同志，曾几次征求我的意见：中文系教授吴组缃是全国著名的小说家、《红楼梦》研究专家、中国作家协会书记处书记、我的老同学和老朋友，他问我吴能否评为一级教授？我当然觉得很够格。然而最后权衡下来，仍然定为二级，可见此事之难。据我所知，有的省份，全省只有一个一级教授，有的竟连一个也没有，真是一级之难“难于上青天”了。

然而，藐予小子竟然被评为一级，这实在令我诚惶诚恐。后来听说，常在一个餐厅里吃饭的几位教授，出于善意的又介乎可理解与不可理解之间的心理，背后赐给我一个诨名，曰“一级”。只要我一走进食堂，有人就窃窃私语，会心而笑：“‘一级’来了！”我不怪这些同事，同他们比起来，无论是年龄或学术造诣，我都逊一筹，起个把诨名是应该的。这是由于我的运气好吗？也许是的；但是我知道，背后有一个人在，这个人不是别人，正是锡予先生。

俗话说：“福不双至。”可是1956年，我竟是“福真双至”。“一级”之外，我又被评选为中国科学院哲学社会科学学部委员。这是中国一个读书人至高无上的称号，从人数之少来说，比起封建时代的“金榜题名”来，还要难得多。除了名以外，还有颇为丰厚的津贴，真可谓“名利双收”。至于是否还有人给我再起什么诨号，我不得而知，就是有的话，我也会一笑置之。

总之，在我刚过不惑之年没有几年的时候，还只能算是一个老青年，一个中国读书人所能期望的最高的荣誉和利益，就都已稳稳地拿到手中。我是一个颇有点自知之明的人，我知道，我之所以能够做到这一步，与锡予先生不声不响地提携是分不开的。说到我自己的努力，不能说一点都没有，但那是次要的事。至于机遇，也不能说一点没有，但那更是次要之次要，微不足道了。

从1956年起直到1964年锡予先生逝世，不知道经过了多少运动，到了1966年“十年浩劫”开始而登峰造极。在这些运动中，在历次的提升提级的活动中，我的表现都还算过得去。我真好像是淡泊名利，与人无争，至今还在燕园内外有颇令人满意的口碑。难道我真就这样好吗？我的道德就这样高吗？不，不是的。我虽然不敢把自己归入坏人之列，因为除了替自己考虑外，我还能考虑别人。我绝对反对曹操的哲学：“宁要我负天下人，不要天下人负我。”但我也绝非圣贤，七情六欲，样样都有；私心杂念，一应俱全。可是，既然在名利两个方面，我早已达到了顶峰，我还有什么可争的呢？难道我真想去“九天揽月，五洋捉鳖”吗？我之所以能够获得少许美名，其势然也。如果说我是“浪得名”，也是并不冤枉的。话又说回来，如果没有锡予先生，我能得到这一点点美名吗？

所以，我现在只能这样说，我之所以崇敬锡予先生，忆念锡予先生，除了那一些冠冕堂皇的表面理由以外，还有我内心深处从来没有对别人说起过的动机。古人说："人生得一知己足矣。"我不敢谬托自己是锡予先生的知己，我只能说锡予先生是我的知己。我生平要感谢的师辈和友辈，颇有几位，尽管我对我这一生并不完全满意，但是有了这样的师友，我可以说是不虚此生了。

我自己现在已经是垂暮之年，活得早早超过了我的期望。因为我的父母都只活了四十多岁，因此，我的最高期望是活到五十岁。可是，到了今天，已超过这个最高期望已经快到四十年了。我虽老迈，但还没有昏聩。曹孟德说："老骥伏枥，志在千里。"我窃不自量力，大有"老骥伏枥，志在万里"之势。在学术研究方面，我还有不少的计划。这些计划是否切合实际，可另作别论，可我确实没有攀登八宝山的计划，这一点是完全可以肯定的。

但愿我回忆中那一点最亮的光点，能够照亮我前进的道路。

1997年5月28日

我现在站在胡适之先生墓前。他虽已长眠地下，但是他那典型的"我的朋友"式的笑容，仍宛然在目。可我最后一次见到这个笑容，却已是五十年前的事了。

1948年12月中旬，是北京大学建校五十周年的纪念日。此时，解放军已经包围了北平城，然而城内人心并不惶惶。北大同仁和学生也并不惶惶；而且，不但不惶惶，在人们的内心中，有的非常殷切，有的还有点狐疑，都在期望着迎接解放军。适逢北大校庆大喜的日子，许多教授都满面春风，聚集在沙滩孑民堂中，举行庆典。记得作为校长的适之先生，作了简短的讲话，满面含笑，只有喜庆的内容，没有愁苦的调子。正在这个时候，城外忽然响起了隆隆的炮声。大家相互开玩笑说："解放军给北大放礼炮哩！"简短的仪式完毕后，适之先生就辞别了大家，登上飞机，飞往南京去了。我忽然想到了李后主的几句词："最是仓皇辞庙日，教坊犹唱别离歌，垂泪对宫娥。"我想改写一下，描绘当时适之先生的情景："最是仓皇辞校日，城外礼炮声隆隆，含笑辞友朋。"我哪里知道，我们这一次会面竟是最后一次。如果我当时意识到这一点的话，我是含笑不起来的。

从此以后，我同适之先生便天各一方，分道扬镳，"世事两茫茫"了。听说，他离开北平后，曾从南京派来一架专机，点名接走几位老朋友，他亲自在南京机场恭候。飞机返回以后，机舱门开，他满怀希望地同老友会面。然而，除了一两位以外，所有他想接的人都没有走出机舱。据说——只是据说，他当时大哭一场，心中的滋味恐怕真是不足为外人道也。

适之先生在南京也没有能呆多久，“百万雄师过大江”以后，他也逃往台湾。后来又到美国去住了几年，并不得志，往日的辉煌犹如春梦一场，它不复存在。后来又回到台湾，最初也不为当局所礼重。往日总统候选人的迷梦，也只留下了一个话柄，日子过得并不顺心。后来，不知怎样一来，他被选为“中央研究院”的院长，算是得到了应有的礼遇，过了几年舒适称心的日子。适之先生毕竟是一书生，一直迷恋于《水经注》的研究，如醉如痴，此时又得以从容继续下去。他的晚年可以说是差强人意的。可惜仁者不寿，猝死于宴席之间，死后哀荣备至。“中央研究院”为他建立了纪念馆，包括他生前的居室在内，并建立了胡适陵园，遗骨埋葬在院内的陵园。今天我们参拜的就是这个规模宏伟极为壮观的陵园。

我现在站在适之先生墓前，鞠躬之后，悲从中来，心内思潮汹涌，如惊涛骇浪，眼泪自然流出。杜甫有诗：“焉知二十载，重上君子堂。”我现在是“焉知五十载，躬亲扫陵墓”。此时，我的心情也是不足为外人道也。

我自己已经到望九之年，距离适之先生所呆的黄泉或者天堂乐园，只差几步之遥了。回忆自己八十多年的坎坷又顺利的一生，真如一部二十四史，不知从何处说起了。

积八十年之经验，我认为，一个人生在世间，如果想有所成就，必须具备三个条件：才能、勤奋、机遇。行行皆然，人人皆然，概莫能外。别的人先不说了，只谈我自己。关于才能一项，再自谦也不能说自己是白痴。但是，自己并不是什么天才，这一点自知之明，我还是有的。谈到勤奋，我自认还能差强人意，用不着有什么愧怍之感。但是，我把重点放在第三项上：机遇。如果我一生还能算得上有些微成就的话，主要是靠机遇。机遇的内涵是十分复杂的，我只谈其中恩师一项。韩愈说："古之学者必有师。师者所以传道、授业、解惑也。"根据老师这三项任务，老师对学生都是有恩的。然而，在我所知道的世界语言中，只有汉文把"恩"与"师"紧密地嵌在一起，成为一个不可分割的名词。这只能解释为中国人最懂得报师恩，为其他民族所望尘莫及的。

我在学术研究方面的机遇，就是我一生碰到了六位对我有教导之恩或者知遇之恩的恩师，我不一定都听过他们的课，但是，只读他们的书也是一种教导。我在清华大学读书时，读过陈寅恪先生所有的已经发表的著作，旁听过他的"佛经翻译文学"，从而种下了研究梵文和巴利文的种子。在当了或滥竽了一年国文教员之后，由于一个天上掉下来的机遇，我到了德国哥廷根大学。正在我入学后的第二个学期，瓦尔德施密特先生调到哥廷根大学任印度学的讲座教授。当我在教务处前看到他开基础梵文的通告时，我喜极欲狂。"踏破铁鞋无觅处，得来全不费工夫"，难道这不是天赐的机遇吗？最初两个学期，选修梵文的只有我一个外国学生。然而教授仍然照教不误，而且备课充分，讲解细致，威仪俨然，一丝不苟。几乎是我一个学生垄断课堂，受益之大，自可想见。"二战"爆发，瓦尔德施密特先生被征从军。已经退休的原印度讲座教授西克，虽已年逾八旬，毅然又走上讲台，教的依然是我一个中国学生。西克先生不久就告诉我，他要把自己平生的绝招全传授给我，包括《梨俱吠陀》《大疏》《十王子传》还有他费了20年的时间才解读了的吐火罗文，在吐火罗文研究领域中，他是世界最高权威。我并非天才，六七种外语早已塞满了我那渺小的脑袋瓜，我并不想再塞进吐火罗文。然而像我的祖父一般的西克先生，告诉我的是他的决定，一点征求意见的意思都没有。我唯一能走的道路就是：敬谨遵命。现在回忆起来，冬天大雪之后，在研究所上过课，天已近黄昏，积雪白皑皑地拥满十里长街。雪厚路滑，天空阴暗，地闪雪光，路上阒静无人，我搀扶着老爷子，一步高，一步低，送他到家。我没有见过自己的祖父，现在我真觉得，我身边的老人就是我的祖父。他为了学术，不惜衰朽残年，不顾自己的健康，想把衣钵传给我这个异国青年。此时我心中思绪翻腾，感激与温暖并在，担心与爱怜奔涌。我真不知道是置身何地了。

“二战”期间，我被困德国，一呆就是十年。“二战”结束后，听说寅恪先生正在英国就医，我连忙给他写了一封致敬信，并附上发表在哥廷根科学院集刊上用德文写成的论文，向他汇报我十年学习的成绩。很快就收到了他的回信，问我愿不愿意到北大去任教。北大为全国最高学府，名扬全球；但是，门槛一向极高，等闲难得进入。现在竟有一个天赐的机遇落到我头上来，我焉有不愿意之理！我立即回信同意。寅恪先生把我推荐给了当时北大校长胡适之先生、代理校长傅斯年先生、文学院长汤用彤先生。寅恪先生在学术界有极高的声望，一言九鼎。北大三位领导立即接受。于是我这个三十多岁的毛头小伙子，在国内学术界尚无籍名，公然堂而皇之地走进了北大的大门。唐代中了进士，就“春风得意马蹄疾，一日看遍长安花”。我虽然没有一日看遍北平花，但是，身为北大正教授兼东方语言文学系系主任，心中有点洋洋自得之感，不也是人之常情吗？

在此后的三年内，我在适之先生和锡予（汤用彤）先生领导下学习和工作，度过了一段毕生难忘的岁月。我同适之先生，虽然学术辈分不同，社会地位悬殊，想来接触是不会太多的。但是，实际上却不然，我们见面的机会非常多。他那一间在孑民堂前东屋里的狭窄简陋的校长办公室，我几乎是常客。作为系主任，我要向校长请示汇报工作，他主编报纸上的一个学术副刊，我又是撰稿者，所以免不了也常谈学术问题。最难能可贵的是他待人亲切和蔼，见什么人都是笑容满面，对教授是这样，对职员是这样，对学生是这样，对工友也是这样，从来没见他摆当时颇为流行的名人架子、教授架子。此外，在教授会上，在北大文科研究所的导师会上，在北京图书馆的评议会上，我们也时常有见面的机会。我作为一个年轻的后辈，在他面前，决没有什么局促之感，经常如坐春风中。

适之先生是非常懂得幽默的，他决不老气横秋，而是活泼有趣。有一件小事，我至今难忘。有一次召开教授会，杨振声先生新收得了一幅名贵的古画，为了想让大家共同欣赏，他把画带到了会上，打开铺在一张极大的桌子上，大家都啧啧称赞。这时适之先生忽然站了起来，走到桌前，把画卷了起来，做纳入袖中状，引得满堂大笑，喜气洋洋。

这时候，印度总理尼赫鲁派印度著名学者师觉月博士来北大任访问教授，还派来了十几位印度男女学生来北大留学，这也算是中印两国间的一件大事。适之先生委托我照管印度老少学者。他多次会见他们，并设宴为他们接风。师觉月作第一次演讲时，适之先生亲自出席，并用英文致欢迎词，讲中印历史上的友好关系，介绍师觉月的学术成就，可见他对此事之重视。

适之先生在美国留学时，忙于对西方，特别是对美国哲学与文化的学习，忙于钻研中国古代先秦的典籍，对印度文化以及佛教还没有进行过系统深入的研究。据说后来由于想写完《中国哲学史》，为了弥补自己的不足，开始认真研究中国佛教禅宗以及中印文化关系。我自己在德国留学时，忙于同梵文、巴利文、吐火罗文以及佛典拼命，没有余裕来从事中印文化关系史的研究。回国以后，迫于没有书籍资料，在不得已的情况下，开始注意中印文化交流史的研究。在解放前的三年中，只写过两篇比较像样的学术论文：一篇是《浮屠与佛》，一篇是《列子与佛典》。第一篇讲的问题正是适之先生同陈援庵先生争吵到面红耳赤的问题。我根据吐火罗文解决了这个问题。两老我都不敢得罪，只采取了一个骑墙的态度。我想，适之先生不会不读到这一篇论文的。我只到清华园读给我的老师陈寅恪先生听，蒙他首肯，介绍给地位极高的《中央研究院历史语言研究所集刊》发表。第二篇文章，写成后我拿给了适之先生看，第二天他就给我写了一封信，信中说："《生经》一证，确凿之至！"可见他是连夜看完的。他承认了我的结论，对我无疑是一个极大的鼓舞。这一次，我来到台湾，前几天，在大会上听到主席李亦园院士的讲话，中间他讲到，适之先生晚年任"中央研究院"院长时，在下午饮茶的时候，他经常同年轻的研究人员坐在一起聊天。有一次，他说，做学问应该像北京大学的季羡林那样。我乍听之下，百感交集。适之先生这样说一定同上面两篇文章有关，也可能同我们分手后十几年中我写的一些文章有关。这说明，适之先生一直到晚年还关注着我的学术研究。知己之感，油然而生。在这样的情况下，我还可能有其他任何的感想吗？

在政治方面，众所周知，适之先生是不赞成共产主义的。但是，我们不应忘记，他同样也反对三民主义。我认为，在他的心目中，世界上最好的政治就是美国政治，世界上最民主的国家就是美国。这同他的个人经历和哲学信念有关。他们实验主义者不主张什么“终极真理”，而世界上所有的“主义”都与“终极真理”相似，因此他反对。他同共产党并没有任何深仇大恨。他自己说，他一辈子没有写过批判共产主义的文章，而反对国民党的文章则是写过的。我可以讲两件我亲眼看到的小事。解放前夕，北平学生动不动就示威游行，比如“沈崇事件”、反饥饿反迫害等等，背后都有中共地下党在指挥发动，这一点是人所共知的，适之先生焉能不知！但是，每次北平国民党的宪兵和警察逮捕了学生，他都乘坐他那辆当时北平还极少见的汽车，奔走于各大衙门之间，逼迫国民党当局非释放学生不行。他还亲笔给南京驻北平的要人写信，为了同样的目的。据说这些信至今犹存。我个人觉得，这已经不能算是小事了。另外一件事是，有一天我到校长办公室去见适之先生，一个学生走进来对他说：昨夜延安广播电台曾对他专线广播，希望他不要走，北平解放后，将任命他为北大校长兼北京图书馆的馆长。他听了以后，含笑对那个学生说：“人家信任我吗？”谈话到此为止，这个学生的身份他不能不明白，但他不但没有拍案而起，怒发冲冠，态度依然亲切和蔼。小中见大，这些小事都是能够发人深思的。

适之先生以青年暴得大名，誉满士林。我觉得，他一生处在一个矛盾中，一个怪圈中：一方面是学术研究，一方面是政治活动和社会活动。他一生忙忙碌碌，倥偬奔波，作为一个“过河卒子”，勇往直前。我不知道，他自己是否意识到身陷怪圈。当局者迷，旁观者清，我认为，这个怪圈确实存在，而且十分严重。那么，我对这个问题有什么看法呢？我觉得，不管适之先生自己如何定位，他一生毕竟是一个书生，说不好听一点，就是一个书呆子。我也举一件小事。有一次，在北京图书馆开评议会，会议开始时，适之先生匆匆赶到，首先声明，还有一个重要会议，他要早退席，会议开着开着就走了题，有人忽然谈到《水经注》。一听到《水经注》，适之先生立即精神抖擞，眉飞色舞，口若悬河，一直到散会，他也没有退席，而且兴致极高，大有挑灯夜战之势。从这样一个小例子中不也可以小中见大吗?

我在上面谈到了适之先生的许多德行，现在笼统称之为“优点”。我认为，其中最令我钦佩、最使我感动的却是他毕生奖掖后进。“平生不解藏人善，到处逢人说项斯。”他正是这样一个人。这样的例子是举不胜举的。中国是一个很奇怪的国家，一方面有我上面讲到的只此一家的“恩师”；另一方面却又有老虎拜猫为师学艺，猫留下了爬树一招没教给老虎，幸免为徒弟吃掉的民间故事。两者显然是有点矛盾的。适之先生对青年人一向鼓励提挈。40年代，他在美国哈佛大学遇到当时还是青年的学者周一良和杨联升等，对他们的天才和成就大为赞赏。后来周一良回到中国，倾向进步，参加革命，其结果是众所周知的。杨联升留在美国，在二三十年的长时间内，同适之先生通信论学，互相唱和。在学术成就上也是硕果累累，名扬海外。周的天才与功力，只能说是高于杨，虽然在学术上也有所表现，但是，格于形势，不免令人有未尽其才之感。看了两人的遭遇，难道我们能无动于衷吗?

我同适之先生在孑民堂庆祝会上分别，从此云天渺茫，天各一方，再没有能见面，也没有能互通音信。我现在谈一谈我的情况和大陆方面的情况。我同绝大多数的中老年知识分子和教师一样，怀着绝对虔诚的心情，向往光明，向往进步。觉得自己真正站起来了，大有飘飘然羽化而登仙之感，有点忘乎所以了。我从一个最初喊什么人万岁都有点忸怩的低级水平，一踏上“革命”

之路，便步步登高，飞驰前进；再加上天纵睿智，虔诚无垠，全心全意，投入造神运动中。常言道："众人拾柴火焰高。"大家群策群力，造出了神，又自己膜拜，完全自觉自愿，决无半点勉强。对自己则认真进行思想改造。原来以为自己这个知识分子，虽有缺点，并无罪恶；但是，经不住社会上根红苗正阶层的人士天天时时在你耳边聒噪："你们知识分子身躯脏，思想臭！"西方人说："谎言说上一千遍就成为真理。"此话就应在我们身上，积久而成为一种"原罪"感，怎样改造也没有用，只有心甘情愿地居于"老九"的地位，改造，改造，再改造，直改造得懵懵懂懂，"两涘渚崖之间，不辨牛马"。然而涅槃难望，苦海无边，而自己却仍然是膜拜不息。通过无数次的运动，一直到"十年浩劫"自己被关进牛棚被打得一佛出世，二佛升天，皮开肉绽，仍然不停地膜拜，其精诚之心真可以惊天地泣鬼神了。改革开放以后，自己脑袋里才裂开了一点缝，"觉今是而昨非"，然而自己已快到耄耋之年，垂垂老矣，离开鲁迅在《过客》一文讲到的长满了百合花的地方不太远了。

至于适之先生，他离开北大后的情况，我在上面已稍有所涉及。总起来说，我是不十分清楚的，也是我无法清楚的。到了1954年，从批判俞平伯先生的《红楼梦研究》的资产阶级唯心论起，批判之火终于烧到了适之先生身上。这是一场缺席批判。适之远在重洋之外，坐山观虎斗。即使被斗的是他自己，反正伤不了他一根毫毛，他乐得怡然观战。他的名字仿佛已经成一个稻草人，浑身是箭，一个不折不扣的"箭垛"，大陆上众家豪杰，个个义形于色，争先恐后，万箭齐发，适之先生兀自巍然不动。我幻想，这一定是一个非常难得的景观。在浪费了许多纸张和笔墨、时间和精力之余，终成为"竹篮打水——一场空"，乱哄哄一场闹剧。

适之先生于1962年猝然逝世，享年已经过了古稀，在中国历代学术史上，这已可以算是高龄了，但以今天的标准来衡量，似乎还应该活得更长一点。中国古称“仁者寿”，但适之先生只能说是“仁者不寿”。当时在大陆上“左”风犹狂，一般人大概认为胡适已经是被打倒在地的人，身上被踏上了一千只脚，永世不得翻身了。这样一个人的死去，有何值得大惊小怪！所以报刊杂志上没有一点反应。我自己当然是被蒙在鼓里，毫无所知。十几二十年以后，我脑袋里开始透进点光的时候，我越想越不是滋味，曾写了一篇短文《为胡适说几句话》，我连“先生”二字都没有勇气加上，可是还有人劝我以不发表为宜。文章终于发表了，反应还差强人意，至少没有人来追查我，我心里一块石头落了地。最近几年来，改革开放之风吹绿了中华大地，知识分子的心态有了明显的转变，身上的枷锁除掉了，原罪之感也消逝了，被泼在身上的污泥浊水逐渐清除了，再也用不着天天夹着尾巴过日子了。这种思想感情上的解放，大大地提高了他们的积极性，愿意为祖国的繁荣富强贡献自己的力量。出版界也奋起直追，出版了几部《胡适文集》。安徽教育出版社雄心最强，准备出版一部超过两千万字的《胡适全集》。我可是万万没有想到，主编这一非常重要的职位，出版社竟垂青于我。我本不是胡适研究专家，我诚惶诚恐，力辞不敢应允。但是出版社却说，现在北大曾经同适之先生共过事而过从又比较频繁的人，只剩下我一个人了。铁证如山，我只能“仰”（不是“俯”）允了。我也想以此报知遇之恩于万一。我写了一篇长达一万七千字的总序，副标题是“还胡适以本来面目”。意思也不过是想拨乱反正，以正视听而已。前不久，又有人邀我在《学林往事》中写一篇关于适之先生的文章，理由同前，我也应允而且从台湾回来后抱病写完。这一篇文章的副标题是“毕竟一书生”。原因是，前一个副标题说得太满，我哪里有能力还适之先生以本来面目呢，后一个副标题是说我对适之先生的看法，是比较实事求是的。

我在上面谈了一些琐事和非琐事，俱往矣，只留下了一些可贵的记忆。我可真是万万没有想到，到了望九之年，居然还能来到宝岛，这是以前连想都没敢想的事。到了台北以后，才发现，五十年前在北平结识的老朋友，比如梁实秋、袁同礼、傅斯年、毛子水、姚从吾等等，全已作古。我真是“访旧全为鬼，惊呼热中肠”了。天地之悠悠是自然规律，是人力所无法抗御的。

我现在站在适之先生墓前，心中浮想联翩，上下五十年，纵横数千里，往事如云如烟，又历历如在目前。中国古代有俞伯牙在钟子期墓前摔琴的故事，又有许多在挚友墓前焚稿的故事。按照这个旧理，我应当把我那新出齐了的《文集》搬到适之先生墓前焚掉，算是向他汇报我毕生科学研究的成果。但是，我此时虽思绪混乱，神志还是清楚的，我没有这样做。我环顾陵园，只见石阶整洁，盘旋而上，陵墓极雄伟，上覆巨石，墓志铭为毛子水亲笔书写，墓后石墙上嵌有“德艺双隆”四个大字，连同墓志铭，都金光闪闪，炫人双目。我站在那里，蓦抬头，适之先生那有魅力的典型的“我的朋友”式的笑容，突然显现在眼前，五十年依稀缩为一刹那，历史仿佛没有移动。但是，一定神儿，忽然想到自己的年龄，历史毕竟是动了，可我一点也没有颓唐之感。我现在大有“老骥伏枥，志在万里”之感。我相信，有朝一日，我还会有机会，重来宝岛，再一次站在适之先生的墓前。

1999年5月2日写毕

我们虽然算是小同乡，但我与孟真先生并不熟识，几乎是根本没有来往。原因是年龄有别，辈分不同。我于1930年到北京来上大学的时候，进的是清华大学。当时孟真先生已经是学者，是教育家，名满天下了。我只是一个无名小卒，不可能有认识的机会。

我记得，在我大学一年级或二年级时，不知是清华的哪一个团体组织了一次系列讲座，邀请一些著名的学者发表演说，其中就有孟真先生。时间是在晚上，地点是在三院的一间教室里。孟真先生西装笔挺，革履锃亮。讲演的内容，我已经完全忘记了；但是，他那把双手插在西装坎肩的口袋里的独特的姿势，却至今历历如在目前。

在以后一段长达十五六年的时间中，我同孟真先生互不相知，一没有相知的可能，二没有相知的必要，我们本来就是萍水相逢嘛。

然而天公却别有一番安排，我在德国呆了十年以后，陈寅恪师把我推荐给北京大学。1946年夏，我回国住在南京，适值寅恪先生也正在南京，我曾去谒见。他让我带着我在德国发表的几篇论文，到鸡鸣寺下中央研究院去拜见当时的北大代校长傅斯年，我遵命而去。见了面，没有说上几句话，就告辞出来。我们第二次见面就是这样匆匆。

“二战”期间，我被阻欧洲，大后方重庆和昆明等地的情况，我茫无所知。到了南京以后，才开始零零星星地听到大后方学术文化教育界的一些情况，涉及面非常广，当然也涉及傅孟真先生。他把山东人特有的直爽的性格——这种性格其他一些省份的人也具有的——发挥到淋漓尽致的水平。他所在的中央研究院当然是国民党政府下属的一个机构，但是，他不但不加入国民党，而且专揭国民党的疮疤。他被选为地位很高的参政员，是所谓“社会贤达”的代表。他主持正义，直言不讳，被称为“傅大炮”。国民党的四大家族，在贪赃枉法方面，各有千秋，手段不同，殊途同归。其中以孔祥熙家族名声最坏。那一位“威”名远扬的孔二小姐，更是名动遐迩，用飞机载狗逃难，而置难民于不顾。孟真先生不讲情面，不分场合，在光天化日之下，大庭广众之中，痛快淋漓地揭露孔家的丑事，引起了人民对孔家的憎恨。孟真先生成为“批孔”的专业户，口碑载道，颂声盈耳。

孟真先生的轶事很多，我只能根据传说讲上几件。他在南京时，开始任中央研究院历史语言研究所所长。他待人宽厚，而要求极严。当时有一位广东籍的研究员，此人脾气古怪，双耳重听，形单影只，不大与人往来，但读书颇多，著述极丰。每天到所，用铅笔在稿纸上写上两千字，便以为完成了任务，可以交卷了，于是悄然离所，打道回府。他所爱极广，隋唐史和黄河史，都有著述，洋洋数十万言，对历史地理特感兴趣，尤嗜对音。他不但不通梵文，看样子连印度天城体字母都不认识。在他手中，字母仿佛成了积木，可以任意挪动。放在前面，与对音不合，就改放在后面。这样产生出来的对音，有时极为荒诞离奇，那就在所难免了。但是，这位老先生自我感觉极为良好，别人也无可奈何。有一次，他在所里作了一个学术报告，说《史记》中的

“禁不得祠明星出西方”，“不得”二字是Buddha（佛陀）的对音，佛教在秦代已输入中国了。实际上，“禁不得”这样的字眼儿在汉代是通用的。老先生不知怎样一时糊涂，提出了这样的意见。在他以前，一位颇负盛名的日本汉学家藤田丰八已有此说，老先生不一定看到过，孤明独发，闹出了笑话。不意此时远在美国的孟真先生听到了这个消息，大为震怒，打电话给所里，要这位老先生检讨，否则就炒鱿鱼。老先生不肯，于是便卷铺盖离开了史语所，老死不明真相。

但是，孟真先生是异常重视人才的，特别是年轻的优秀人才。他奖励扶掖，不遗余力。他心中有一张年轻有为的学者的名单，对于这一些人，他尽力提供或创造条件，让他们能安心研究，帮助他们出国留学，学成回国后仍来所里工作。他还尽力延揽著名学者，礼遇有加。他创办的《史语所集刊》，在几十年内都是国内外最有权威的人文社会科学的刊物。一登龙门，声价十倍，能在上面发表文章，是十分光荣的事。这个刊物至今仍在继续刊行，旧的部分有人多方搜求，甚至影印，为20世纪中国学术界所仅见。

孟真先生有其金刚怒目的一面，也有其菩萨慈眉的一面。当年在大后方昆明，西南联大的教师和中央研究院史语所的研究员，有时住在同一所宿舍里。在靛花巷(？)宿舍里，陈寅恪先生住在楼上，一些年纪比较轻的教员和研究员住在楼下。有一天晚上，孟真先生和一些年轻学者在楼下屋子里闲谈，说到得意处，忍不住纵声大笑。他们乐以忘忧，兴会淋漓，忘记了时光的流逝。猛然间，楼上发出手杖捣地板的声音。孟真先生轻声说：“楼上的老先生发火了。”“老先生”指的当然就是寅恪先生。从此就有人说，傅斯年谁都不怕，连蒋介石也不放在眼中，唯独怕陈寅恪。我想，在这里，这个“怕”字不妥，改为“尊敬”，就更好了。

这一次，我由于一个不期而遇的机会，来到了台北，又听到了一些孟真先生的轶事。原来他离开大陆后，来到了台湾，仍然担任“中央研究院”史语所所长，同时兼任台湾大学的校长。他这一位大炮，大概仍然是炮声隆隆。据说有一次蒋介石对自己的亲信说：“那里（指台大）的事，我们管不了！”可见孟真先生仍然保留着他那一副刚正不阿的铮铮铁骨，他真正继承了中国历代知识分子最优秀的传统。

根据我上面的琐碎的回忆，我对孟真先生是见得少，听得多。我同他最重要的一次接触，就是我进北大时，他正是代校长，是他把我引进北大来的。据说——又是据说，他代表胡适之先生接管北大。当时日寇侵略者刚刚投降，北大，正确说是“伪北大”教员可以说都是为日本服务的；但是每个人情况又各有不同，有少数人认贼作父，觍颜事仇，丧尽了国格和人格。大多数则是不得已而为之。两者应该区别对待。孟真先生说，适之先生为人厚道，经不起别人的恳求与劝说，可能良莠不分，一律留下在北大任教。这个“坏人”必须他做。他于是大刀阔斧，不留情面，把问题严重的教授一律解聘，他说，这是为适之先生扫清道路，清除垃圾，还北大一片净土，让他的老师胡适之先生怡然、安然地打道回校。我就是在这样一个关键时刻到北大来的。我对孟真先生有知遇之感，难道不是很自然的吗？

这一次我们三个北大人来到了台湾。台湾有清华分校，为什么独独没有北大分校呢？有人说，傅斯年担任校长的台湾大学就是北大分校。这个说法被认为是完全正确的。我们三个人中，除我以外，他们俩既没有见过胡适之，也没有见过傅孟真。但是，胡、傅两位毕竟是北大的老校长，我们不远千里而来，为他们二位扫墓，也完全是合情合理的。我们谨以鲜花一束，放在墓穴上，用以寄托我们的哀思。我在孟真先生墓前行礼的时候，心里想了很多很多。两岸人民有手足之情，人为地被迫分开了五十多年，难道现在和好统一的时机还没有到吗？本是同根生，见面却如参与商，一定要先到香港才能再飞台湾。这样人为的悲剧难道还不应该结束吗？北大与台大难道还不应该统一起来吗？我希望，我们下一次再来扫孟真先生墓时，这一出人间悲剧能够结束。

1999年5月5日

《汤用彤全集》序

国学大师汤锡予（用彤）先生离开我们已经二十多年了，我虽不是锡予先生的及门弟子，但自己认为是他的私淑弟子。从上大学起，他的著作就哺育了我，终生受用不尽。来北大工作，又有知遇之感。现在，值《全集》出版之际，难道我真的就无话可说，无话能说，无话要说吗？

我是有话要说的，而且是非说不行的。我并不想，也不敢涉及锡予先生的道德文章。在这方面，我只有学习的责任，而无置喙之余地。我所要说的与锡予先生有关，但又不限于他一个人。我所要谈的是我考虑已久，别人也多有所论例的一个问题：学术大师能不能够超越？理科的我不谈，只谈人文社会科学方面的真正的大师。我的重点是“真正的”三个字，那一些自命为“大师”或者想让别人把自己捧成大师的人，不在我谈论的范围内。

俗话说：“长江后浪推前浪，世上新人换旧人。”又说：“青出于蓝而胜于蓝。”还有什么“雏凤清于老凤声”。类似的俗话和诗句，多得无法一一列举。意思只有一个，就是后人胜于前人，超越前人。从一般意义上来看，这个意思并没有错。随着人类社会的发展前进，总会不断有新的发明创造出现，总会不断有新鲜事物产生，你能说这不是后人胜于前人吗？至于中国古代的儒者和非儒者迷信尧舜禹汤文武周孔，陶渊明迷信“羲皇上人”，恐怕主要是从伦理道德方面着眼的。我想，谈到伦理道德，人类恐怕是越来越差劲，这是题外的话了，这里且不再谈。

我过去对新胜于旧的说法一向深信不疑，使我的信念动摇的是一次偶然的事件。我读马克思的一篇文章，其中说：希腊神话具有永恒的魅力。“魅力”而又“永恒”，不能不逼我深思。我理解的马克思主义总是主张新胜于旧的，主张人类总是前进的。希腊神话当然是旧东西，它怎么能永恒又有魅力呢？

我对这个问题反复思考，但自己的悟性不高，终于达不到很高的水平。我觉得，在地球上突出一些高山，仅仅一次出现；但它们将永恒存在，而且是不可超越的。在人类文学史和学术史中，不论中外，有时候会出现一些伟大诗人和学者，他们也仅仅一次出现；但他们也将永恒存在，而且不可超越。论高山，比如喜马拉雅山、泰山、华山等等都是。论诗人和学者，中国的屈原、李白、杜甫等等，西方的但丁、莎士比亚、歌德等等都是诗人。中国的孔子、司马迁、司马光以及明清两代的黄宗羲、顾炎武、戴震、王引之父子、钱大昕等等都是学者或思想家。画家、书法家、音乐家也可以举出一些来。他们都是仅仅一次出现的，拿他们同高山相比，也是不可超越的。赵瓯北的诗：“江山代有才人出，各领风骚数百年。”历史已经证明了，这个说法是站不住脚的。

我在上面强调了仅仅出现一次和不可超越，希腊神话就符合这个条件。但是仅仅出现一次还不行，仅仅出现一次必须是伟大的精粹的东西，才能不可超越。那些低矮庸陋的人物和事件，也都是仅仅出现一次的。但是他们和它们有什么值得超越的价值呢？他们和它们自己就会化为尘埃，销迹得无影无踪。

专就人物而论，他们之所以不可超越，是由于他们的伟大。若就对大自然，对人类社会，对人类自身的了解而论，古人不管多么伟大也比不上现代的人。李白、杜甫、王羲之、贝多芬、达•芬奇等等，不但不懂电子计算机，他们连原始的火车都没有见过，他们的伟大决不是靠这些东西，而是靠他们的天才。现在，在即将进入21世纪之际，连一个小学生知道的东西，特别是科技方面的东西，都比古代中外大师、大诗人、大学者、大音乐家、大画家等等要多得多。但是，除非他们是一群疯子，有谁敢称超过了李白、杜甫等的诗歌，孔子的思想，贝多芬的音乐，达•芬奇的绘画呢？我的意思并不是说，今后不会再有不可超越的大师出现了，大师还会出现的。我想改一改赵瓯北的诗："江山代有大师出，各领风骚无数秋。"

我在上面绕了很大一个弯子，剌剌不休地说了些别人可能认为是梦呓而我自己则认为是真理的话。这些都是楔子，我的目的是在讨论中国近现代学术大师的问题。自清末以来，中国学术界由于种种原因，陆续出现了一些国学大师。我个人认为，最主要的原因是西方文化、西方学术思想和哲学思想以排山倒海之势涌入中国，中国学坛上的少数先进人物，接受了西方的影响，同时又忠诚地继承和发展了中国古代优秀的学术传统，于是就开出了与以前不同的鲜丽的花朵，出现了少数大师，都是一次出现而又不可超越的。我想以章太炎划界，他同他的老师俞曲园代表了两个时代。章太炎是不可超越的，王国维是不可超越的，陈寅恪是不可超越的，汤用彤也同样是不可超越的。

我在上面多次讲到"不可超越"，是不是指的是学术到了这些大师手里就达到了极巅，达到了终点，不能再发展下去了呢？完全不是这个意思。学术会永远存在的，学术会永远发展下去的，只要地球存在，就有学术存在。但是，学术发展的道路不是平坦的，不是永远一样的，不是均衡的。在这一条大路上，不时会有崇山峻岭出现，这种情况往往出现在有新材料被发现，有新观点出现，于时畲缘时会，少数奇才异能之士就会脱颖而出，这就是大师。大师也并不能一下子把所有的问题都能看到，又都能解决。大师解决的问题也不见得都能彻底，这就给后人留下了进一步探讨的余地。就这样，大师一代接一代地传下去。旧问题解决了，新问题又出现，永远有问题，永远有大师。每一个大师都是不可超越的，每一个大师都是一座丰碑。这一些丰碑就代表着学术的进步，是学术发展的道路上的一座座里程碑。

汤锡予先生就是这样一座丰碑，一个里程碑，他是不可超越的。

1999年7月24日

我的题目“一个真正的中国人，一个真正的中国知识分子”，分为两个问题，“一个真正的中国人”讲陈先生的爱国主义，因为近几年国内外对陈先生的著作写了很多文章，也是非常有深度的，可是我感到有一点不大够，我们中国评论一个人是“道德文章”，道德摆在前面，文章摆在后面，这标准看起来很简单，实际上并不简单。据我知道，在国际上评论一个人时把道德摆在前面并不是太多。我们中国历史上的严嵩，大家知道是一个坏人，可字写得非常好。传说北京的六必居，还有山海关“天下第一关”都是严嵩写的，没有署名，因为他人坏、道德不行，艺术再好也不行，这是咱们中国的标准。今天我着重讲一下我最近对寅恪先生道德方面的一些想法，不一定都正确。

第一个讲爱国主义。关于爱国主义，过去我写过文章，我听说有一位台湾的学者认同我所说的陈先生是爱国主义者，我感到很高兴。爱国主义这个问题我考虑过好多年，什么叫爱国主义？爱国主义有几种、几类？是不是一讲爱国主义都是好的？在此我把考虑的结果向大家汇报一下。

爱国须有“国”，没有“国”就没有爱国主义，这是很简单的。有了国家以后就出现了爱国主义。在中国，出现了许多爱国者，比欧洲、美国都多：岳飞、文天祥、史可法等。在欧洲历史上找一个著名的爱国者比较难。我记得小学时学世界历史，有法国爱国者Jeanne d’Arc(贞德)，好像在欧洲历史上再找一个岳飞、文天祥式的爱国者很难，什么原因呢？并不是欧洲人不爱国，也不是说中国人生下来就是爱国的，那是唯心主义。我们讲存在决定意识，因此可以说，是我们的环境决定我们爱国。什么环境呢？在座的都是历史学家，都知道我们中国几千年的历史有一个特点，北方一直有少数民族的活动。先秦，北方就有少数民族威胁中原。先秦之后秦始皇雄才大略，面对北方的威胁派出大将蒙恬去征伐匈奴。到了西汉的开国之君刘邦时，也曾被匈奴包围过；武帝时派出卫青、霍去病征伐匈奴，取得胜利，对于丝绸之路的畅通等有重大意义。六朝时期更没法说了，北方的少数民族或者叫兄弟民族到中原来，隋朝很短。唐代是一个伟大的朝代，唐代的开国之君李渊曾对突厥秘密称臣，不敢宣布，不敢明确讲这个问题。到了宋代，北方辽、金取代了突厥，宋真宗“澶渊之盟”大家都是知道的，不需我讲了，宋徽宗、宋钦宗都被捉到了北方。之后就是南宋，整个宋代由于北方少数民族的威胁，产生了大爱国主义者岳飞、文天祥。元代是蒙古贵族当政，也不必说了。明代又是一个大朝代，明代也受到北方少数民族的威胁，明英宗也有土木堡之围。明代之后清朝又是满族贵族当政。

中国两千多年以来的历史一直有外敌或内敌(下面还将讲这个问题)威胁，如果没有外敌的话，我们也产生不出岳飞、文天祥，也出不了爱国诗人陆游及更早牧羊北海的苏武。中华民族近两千年的历史一直受外敌，后来是西方来或南来的欧洲，或东方来的敌人的威胁。所以，现在中国56个民族，过去不这么算，始终都有外敌。外敌存在是一种历史存在，由于有这么一个历史存在，决定了中国56个民族爱我们的祖国。

欧洲的历史与这不一样，很不一样。虽然难于从欧洲史上找出爱国主义者，但是欧洲人都爱国，这是毫无问题的，他们都爱自己的国家。我说中国人、中华民族爱国是存在决定意识，这是第一个问题。

第二个问题，爱国主义是不是好的？大家一看，爱国主义能是坏东西吗？我反复考虑这个问题，觉得没那么简单。我在上次纪念论文集的序言中讲了一个看法，认为爱国主义有广义、狭义之分。狭义的爱国主义指敌我矛盾时的表现，如苏武、岳飞、文天祥、史可法；还有一种爱国主义不一定针对敌人，像杜甫“致君尧舜上，再使风俗淳”，“君”嘛，当然代表国家，在当时爱君就是爱国家，杜甫是爱国的诗人。所以，爱国主义有狭义、广义这么两种。最近我又研究这一问题，现在有这么一种不十分确切的看法，爱国主义可分为正义的爱国主义与非正义的爱国主义。正义的爱国主义是什么呢？一个民族、一个国家受外敌压迫、欺凌、屠杀，这时候的爱国主义我认为是正义的爱国主义，应该反抗，敌人来了我们自然会反抗。还有一种非正义的爱国主义，压迫别人的民族，欺凌别人的民族，他们也喊爱国主义，这种爱国主义能不能算正义的？国家名我不必讲，我一说大家都知道是哪个国家，杀了人家，欺侮人家，那么你爱国爱什么国，这个国是干吗的？所以，我将爱国主义分为两类，即正义的爱国主义与非正义的爱国主义，爱国主义不都是好的。

我这个想法惹出一场轩然大波。北京有一个大学校长，看了我这个想法，非常不满，给我写了一封信，说：季羡林你那个想法在我校引起了激烈的争论，认为你说的不对，什么原因呢？你讲的当时的敌人现在都是我们56个民族之一，照你这么一讲不是违反民族政策吗？帽子扣得大极了。后来我一想，这事儿麻烦了，那个大学校长亲自给我写信！我就回了一封信，我说贵校一部分教授对我的看法有意见，我非常欢迎，但我得解释我的看法，一是不能把古代史现代化，二是你们那里的教授认为，过去的民族战争，如与匈奴打仗是内战，岳飞与金打仗是内战，都是内战，不能说是爱国。我说，按照这种讲法，中国历史上没有一个爱国者，都是内战牺牲者。若这样，首先应该把西湖的岳庙拆掉，把文天祥的祠堂拆掉，这才属于符合“民族政策”，这里需加上引号。

关于内战，我说我给你举一个例子，元朝同宋朝打仗能说是民族战争吗？今天的蒙古国承认是内战吗？别的国家没法说的，如匈奴，现在我们已经搞不清楚了。鲁迅先生几次讲过，当时元朝征服中国时，已经征服俄罗斯了，所以不能讲是内战。我说，你做校长的，真正执行民族政策应该讲道理，不能歪曲。我还听说有人这样理解岳飞的《满江红》，岳飞的《满江红》中有一句“壮志饥餐胡虏肉，笑谈渴饮匈奴血”，他们理解为你们那么厉害，要吃我们的肉，喝我们的血。岳飞的《满江红》是真是假，还值得研究，一般认为是假的。但我知道，邓广铭教授认为是真的。不管怎么样，我们不搞那些考证。虽然这话说得太厉害了，内战嘛，怎么能吃肉喝血。我给他们回信说，你做校长的要给大家解释，说明白，讲道理，不能带情绪。我们56个民族基本上是安定团结的，没问题的。安定团结并不等于说用哪一个民族的想法支配别的民族，这样不利于安定团结。后来他没有给我回信，也许他们认为我的说法有道理。

现在我感觉到爱国主义不一定都是好的，也有坏的。像牧羊的苏武、岳飞、文天祥，面对匈奴，抵抗金、蒙古，这些都是真的爱国主义。那么，陈先生的爱国主义呢?

大家都知道，我说陈先生是三世爱国，三代人。第一代人陈宝箴出生于1831年，1860年到北京会试，那时候英法联军火烧圆明园，陈宝箴先生在北京城里看见西方烟火冲天，痛哭流涕。1895年陈宝箴先生任湖南巡抚，主张新政，请梁启超做时务学堂总教习。陈宝箴先生的儿子陈三立是当时的大诗人，陈三立就是陈散原，也是爱国的，后来年老生病，陈先生迎至北京奉养。1937年陈三立先生生病，后来卢沟桥事变，陈三立老人拒绝吃饭，拒绝服药。前面两代人都爱国，陈先生自己对中国充满了热爱，有人问为什么1949年陈先生到南方来，关键问题在上次开会之前就有点争论。有一位台湾学者说陈先生对国民党有幻想，要到台湾去。广州一位青年学者说不是这样。实际上可以讲，陈先生到了台湾也是爱国，因为台湾属于中国，没有出国，这是诡辩。事实上，陈先生到了广东不再走了，他对蒋介石早已失望。40年代中央研究院院士开会，蒋介石接见，陈先生回来写了一首诗："看花愁近最高楼"，他对蒋介石印象如此。

大家一般都认为陈先生是钻进象牙塔里做学问的，实际上，在座的与陈先生接触过的还有不少，我也与陈先生接触了几年，陈先生非常关心政治，非常关心国家前途，所以说到了广东后不再走了。陈先生后来呢，这就与我所讲的第二个问题有关了。

陈先生对共产主义是什么态度，现在一些人认为他反对共产主义，实际上不是这样的。大家看一看浦江清《清华园日记》，他用英文写了几个字，说陈先生赞成Communism(共产主义)，但反对Russian Communism，即陈先生赞成共产主义，但反对俄罗斯式的共产主义。浦江清写日记，当时不敢写"共产"两个字，用了英语。说陈先生反对共产主义是不符事实的。那么，为什么他又不到北京去，这就涉及我讲的第二个问题。第一个问题我讲了陈先生是一个真正的中国人，重点在“真正”，三代爱国还不“真正”吗？这第二个问题讲陈先生是一个真正的中国知识分子。

我自己作为一个中国的知识分子，也做了有80年了，有一点体会。中国这个国家呢，从历史上讲始终处于别人的压迫之下，当时是敌人现在可能不是了，不过也没法算，你说他们现在跑到哪里去了，谁知道。世界上哪有血统完全纯粹的人！没有。我们身上流的都是混血，广州还好一点，广东胡血少。我说陈先生为什么不到北京去？大家都知道，周总理、陈毅、郭沫若他们都希望陈先生到北方去，还派了一位陈先生的弟子来动员，陈先生没有去，提出的条件大家都知道，我也就不复述了。到了1994年，作为一个中国的知识分子，我写过一篇文章《一个老知识分子的心声》，我说中国的知识分子由于历史条件决定有两个特点：第一个爱国，刚才我已讲过了；第二个骨头硬，硬骨头，骨头硬并不容易。毛泽东赞扬鲁迅，说鲁迅的骨头最硬，这是中国知识分子的优良传统。

三国时祢衡骂曹操。章太炎骂袁世凯，大家都知道，章太炎挂着大勋章，赤脚，到新华门前骂袁世凯，他那时就不想活着回来。袁世凯这个人很狡猾，未敢怎么样。中国知识分子的这种硬骨头，这种精神，据我了解，欧洲好像也不大提倡。我在欧洲呆了多年，有一点发言权，不过也不是百分之百的正确。所以，爱国是中国知识分子几千年来的一个传统，硬骨头又是一个传统。

陈先生不到北京，是不是表示他的骨头硬，若然，这下就出问题了：你应不应该啊？你针对谁啊？你对我们中华人民共和国骨头硬吗？我们50年代的党员提倡作驯服的工具，不允许硬，难道不对吗？所以，中国的问题很复杂。

我举两个例子，都是我的老师，一个是金岳霖先生，清华园时期我跟他上过课；一个是汤用彤先生，到北大后我听过他的课，我当时是系主任。这是北方的两位，还可以举出其他很多先生，南方的就是陈寅恪先生。

金岳霖先生是伟大的学者，伟大的哲学家，他平常非常随便，后来他在政协呆了很多年，我与金岳霖先生同时呆了十几年，开会时常在一起，同在一组，说说话，非常随便。有一次开会，金岳霖先生非常严肃地作自我批评，绝不是开玩笑的，什么原因呢？原来他买了一张古画，不知是唐伯虎的还是祝枝山的，不清楚，他说这不应该，现在革命了，买画是不对的。玩物丧志，我这个知识分子应该作深刻的自我批评，深挖灵魂中的资产阶级思想，不是开玩笑，真的！当时我也有点不明白，因为我的脑袋也是驯服的工具，我也有点吃惊，我想金先生怎么这样呢，这样表现呢？

汤用彤先生也是伟大学者，后来年纪大了，坐着轮椅，我有时候见着他，他和别人说话，总讲共产党救了我，我感谢党对我的改造、培养。他说，现在我病了，党又关怀我，所以，我感谢党的改造、培养、关怀，他也是非常真诚的。金岳霖、汤用彤先生不会讲假话的，那么对照一下，陈先生怎么样呢？我不说了。我想到了孟子说的几句话："富贵不能淫，贫贱不能移，威武不能屈，此之谓大丈夫。"

陈先生真够得上一个"大丈夫"。

现在有个问题搞不清楚，什么问题呢？究竟是陈先生正确呢，还是金岳霖、汤用彤先生和一大批先生正确呢？我提出来，大家可以研究研究。现在比较清楚了，改革开放以后，知识分子脑筋中的紧箍咒少了，感觉舒服了，可是50年代的这么两个例子，大家评论一下。像我这样的例子，我也不会讲假话，我也不肯讲假话，不过我认为我与金岳霖先生一派，与汤用彤先生一派，这一点无可怀疑。到了1958年“大跃进”，说一亩地产十万斤，当时苏联报纸就讲一亩地产十万斤的话，粮食要堆一米厚，加起麦秆来更高，于理不通的。“人有多大胆，地有多大产”，完全是荒谬的，当时我却非常真诚，像我这样的人当时被哄了一大批。我非常真诚，我并不后悔，因为一个人认识自己非常困难，认识社会也不容易。

我常常讲，我这个人不是“不知不觉”，更不是“先知先觉”，而是“后知后觉”，我对什么事情的认识，总比别人晚一步。今天我就把我最近想的与知识分子有关的问题提出来，让大家考虑考虑，我没有答案。我的行动证明我是金岳霖先生一派、汤用彤先生一派，这一派今天正确不正确，我也不说，请大家考虑。

本篇为作者在广州中山大学召开的“纪念陈寅恪教授国际学术研讨会”上的发言。

1999年11月

忆念郑毅生先生

一想到郑毅生(天挺)先生，立即展现我眼前的是他那满面春风的笑容。我确实不记得他曾有过疾言厉色的时候。

我同毅生先生不能算是很熟识，却又不能算是很不熟识。我于1946年来北大任教。那时候的北大确实是精兵简政，只有一个校长，是胡适之先生，并不聘什么副校长。胡先生大概有一半时间不在北京，当时还叫北平。他下面有一个教务长，总管全校的科研和教学。还有一个秘书长，总管全校的行政后勤。再就是六个学院的院长。全校的领导仅有九人。绝不像现在的校长一走廊、处长一礼堂、科长一操场这样伟大堂皇的场面。而学校的工作，至少从表面上看起来，依然如“源头活水”，并没有任何停滞的现象。

我进北大时的秘书长就是毅生先生。他是清史专家，蜚声士林。以后有一段时间，北大历史系的教授队伍齐全，水平较高。从古至今，每一个时代都有一位专家担任教授，按时代先后排列起来，有张政烺、翦伯赞、周一良、邓广铭、邵循正、郑天挺等，其中有几位是后来加入的。不管怎样，这个阵容之整齐，在当时，甚至以后，都是难能可贵的。

当时北大校部就设在沙滩孑民堂前面的小院子里。东屋不过十几平米，是校长办公室。同样大小的西屋是秘书长办公室，毅生先生就在这里坐镇。六大学院，上万名学生，几千个教员，吃、喝、拉、撒、睡，工作头绪是异常复杂的。虽然六院的院长分担了一部分工作，但剩下的工作也还是够多的。作为这样一个庞大机构的秘书长，其繁忙程度可以想见。我当时是东方语言文学系的系主任。虽然只有四个教员，十几个学生，在八九平米的系主任办公室里就能召开全系大会，但是，正如俗话所说的："麻雀虽小，五脏俱全。"有时也免不了同秘书长打打交道。这就是我认识毅生先生的客观条件。我每次去见他，他总是满面春风，笑容可掬，能办到的，立即办理，从来不推托扯皮。到现在已经过了半个多世纪了，毅生先生也已离开了我们，但是，他留给我的印象，依然宛在目前。只要我还能存在一日，这印象就永远不会泯灭。

按照学术界论资排辈的习惯，毅生先生长我一辈，是我的师辈。但是，对他专长的清史研究，我几乎是完全陌生的。他的文章，我读过几篇，也不甚了了，除了高山仰止之外，实不敢赞一词。院系调整后，留给了我两个疑问：一是，为什么让一个学有专长的学者担任繁忙的行政工作？二是，为什么把阵容整齐的北大历史系人为地搞得支离破碎？这些问题都不是我能回答的。我想，毅生先生也是回答不了的。他调往南开，又给我带来了点欣慰。南开和北大是兄弟学校，友谊极深。他可能把北大的学风带了一点过去，与南开的学风融合在一起，形成了一种崭新的学风。至于这种新学风是什么样子，愧我孤陋，实在说不明白了。

南开和北大的传统友谊将会永远存在下去，而且日益加深。毅生先生满面春风的笑容也会永远留在我的眼前，他会永远活在我的心中。

1999年10月19日

赵元任先生是国际上公认的语言学大师。他是当年清华国学研究院的四大导师之一，另有一位讲师李济先生，后来也被认为是考古学大师。在中国现代教育史上，清华国学研究院是一个十分独特的现象。在全国都按照西方模式办学的情况下，国学研究院却带有浓厚的中国旧式的书院色彩。学生与导师直接打交道，真正做到了因材施教。其结果是，培养出来的学生后来几乎都成了大学教授，而且还都是学有成就的学者，而不是一般的教授。这一个研究院只办了几年，倏然而至，戛然而止，有如一颗火焰万丈的彗星，使人永远怀念。教授阵容之强，前无古人，后无来者。赵元任先生也给研究院增添了光彩。

我虽然也出身清华，但是，予生也晚，没能赶得上国学研究院时期；又因为行当不同，终于缘悭一面，毕生没能见到过元任先生，没有受过他的教诲，只留下了高山仰止之情，至老未泯。

我虽然同元任先生没有见过面，但是对他的情况从我读大学时起就比较感兴趣，比较熟悉。我最早读他的著作是他同于道泉先生合译的《仓央嘉措情歌》。后来，在新中国成立前后，我和于先生在北大共事，我常从他的口中和其他一些朋友的口中听到了许多关于赵先生的情况。他们一致认为，元任先生是一个天生的语言天才，他那审音辨音的能力远远超过常人。他学说各地方言的本领也使闻者惊叹不止。他学什么像什么，连相声大师也望尘莫及。我个人认为，赵先生在从事科学研究方面，还有一个很突出的特点或者优势，是其他语言学家所难以望其项背的，这就是，他是研究数学和物理学出身，这对他以后转向语言学的研究有极明显的有利条件。

赵元任先生一生的学术活动，范围很广，方面很多，一一介绍，为我能力所不逮，这也不是我的任务。这一点将由语言学功底远远超过我们的陈原先生去完成，我现在在这里只想谈一下我对元任先生一生学术活动的一点印象。

大家都会知道，一个学者，特别是已经达到大师级的学者，非常重视自己的科学研究工作，理论越钻越细，越钻越深，而对于一般人能否理解，能否有利，则往往注意不够，换句话说就是，只讲阳春白雪，不顾下里巴人；只讲雕龙，不讲雕虫。能龙虫并雕者大家都知道有一个王力先生——顺便说一句，了一先生是元任先生的弟子——他把自己的一本文集命名为《龙虫并雕集》，可见他的用心之所在。元任先生也是龙虫并雕的。讲理论，他有极高深坚实的理论。讲普及，他对国内，对世界都做出了卓有成效的贡献。在国内，他努力推进国语统一运动。在国外，他教外国人，主要是美国人汉语。两方面都取得了极大的成功。当今之世，中国国际地位日益提高，世界上许多国家学习汉语的势头日益增强，元任先生留给我们的关于学习汉语的著作，以及他的教学方法，将会重放光芒，将会在新形势下取得新的成果，这是可以预卜的。

限于能力，介绍只能到此为止了。

而今，大师往矣，留下我们这一辈后学，我们应当怎样办呢？我想每一个人都会说：学习大师的风范，发扬大师的学术传统。这些话一点也没有错。但是，一谈到如何发扬，恐怕就言人人殊了。我窃不自量力，斗胆提出几点看法，供大家参照。大类井蛙窥天，颇似野狐谈禅。聊备一说而已。

话得说得远一点。语言是思想的外化，谈语言不谈思想是搔不着痒处的。言意之辨一向是中国哲学史上的一个重要命题，其原因就在这里。我现在先离正文声明几句。我从来不是什么哲学家，对哲学我是一无能力，二无兴趣。我的脑袋机械木讷，不像哲学家那样圆融无碍。我还算是有点自知之明的，从来不作哲学思辨。但是，近几年来，我忽然不安分守己起来，竟考虑了一些类似哲学的问题。岂非咄咄怪事。

现在再转入正文，谈我的“哲学”。首先经过多年的思考和观察，我觉得东西文化是不同的，这个不同表现在各个方面，只要稍稍用点脑筋，就不难看出。我认为，东西文化的不同扎根于东西思维模式的不同。西方的思维模式的主要特点是分析，而东方则是综合。我并不是说，西方一点综合也没有，东方一点分析也没有，都是有的，天底下决没有泾渭绝对分明的事物，起码是常识这样告诉我们的。我只是就其主体而言，西方分析而东方综合而已。这不是“哲学”分析推论的结果，而是有点近乎直观。此论一出，颇引起了一点骚动，赞同和反对者都有，前者寥若晨星，而后者则阵容颇大。我一向不相信真理愈辨（辩）愈明的。这些反对或赞成的意见，对我只等秋风过耳边。我编辑了两大册《东西文化议论集》，把我的文章和反对者以及赞同者的文章都收在里面，不加一点个人意见，让读者自己去明辨吧。

什么叫分析？什么又叫综合呢？我在《东西文化议论集》中有详尽的阐述，我无法在这里重述。简捷了当地说一说，我认为，西方自古希腊起走的就是一条分析的道路，可以三段论法为代表，其结果是，只见树木，不见森林；头痛医头，脚痛医脚。东方的综合，我概括为八个字：整体概念，普遍联系。有点模糊，而我却认为，妙就妙在模糊。上个世纪末，西方兴起的模糊学，极能发人深思。

真是十分出我意料，前不久我竟在西方找到了“同志”。《参考消息》2000年8月19日刊登了一篇文章，题目是：《东西方人的思维差异》，是从美国《国际先驱论坛报》8月10日刊登的一篇文章翻译过来的，是记者埃丽卡•古德撰写的。文章说：一个多世纪以来，西方哲学家和心理学家将他们对精神生活的探讨建立在一种重要的推断上，人类思想的基本过程是一样的。西方学者曾认为，思考问题的习惯，即人们在认识周围世界时所采取的策略都是一样的。但是，最近密歇根大学的一名社会心理学家进行的研究已在彻底改变人们长期以来对精神所持的这种观点。这位学者名叫理查德•尼斯比特。本文的提要把他的观点归纳如下：

东方人似乎更“全面”地思考问题，更关注背景和关系，更多借助经验，而不是抽象的逻辑，更能容忍反驳意见。西方人更具“分析性”，倾向于使事物本身脱离背景，避开矛盾，更多地依赖逻辑。两种思想习惯各有利弊。

这些话简直好像是从我嘴里说出来似的。这里决不会有什么抄袭的嫌疑，我的意见好多年前就发表了，美国学者也决不会读到我的文章。而且结论虽同，得到的方法却大异其趣，我是凭观察，凭思考，凭直观，而美国学者则是凭“分析”，再加上美国式的社会调查方法。

以上就是我的“哲学”的最概括的具体内容。听说一位受过西方哲学训练的真正的哲学家说，季羡林只有结论，却没有分析论证。此言说到了点子上；但是，这位哲学家却根本不可能知道，我最头痛的正是西方哲学家们的那一套自命不凡的分析、分析、再分析的论证方法。

这些都是闲话，且不去管它。总之一句话，我认为，文化和语言的基础或者源头就是思维模式，至于这一套思维模式是怎样产生出来的，我在这里先不讨论，我只说一句话：天生的可能必须首先要排除。专就语言而论，只有西方那一种分析的思维模式才能产生以梵文、古希腊文、拉丁文等为首的具有词类、变格、变位等一系列明显的特征的印欧语系的语言。这种语言容易分析、组合，因而产生了现在的比较语言学，实际上应该称之为印欧语系比较语言学的这一门学问。反之，汉语等和藏缅语系的语言则不容易分析、组合。词类、变格、变位等语法现象，都有点模糊不定。这种语言是以综合的思维模式为源头或基础的，自有它的特异之处和优越之处。过去，某一些西方自命为天之骄子的语言学者努力贬低汉语，说汉语是初级的、低级的、粗糙的语言。现在看来，真不能不使人嗤之以鼻了。

现在，我想转一个方向谈一个离题似远而实近的问题：科学方法问题。我主要根据的是一本书和一篇文章。书是《李政道文录》，浙江文艺出版社，1999年。文章是金吾伦的《李政道、季羡林和物质是否无限可分》，《书与人》杂志，1999年第五期，页41～46。

先谈书。李政道先生在本书中一篇文章《水、鱼、鱼市场》写了一节叫做“对21世纪科技发展前景的展望”。为了方便说明问题，引文可能要长一点：

一百年前，英国物理学家汤姆孙（J.Thomson，1856—1940）发现了电子。这极大地影响了20世纪的物理思想，即大的物质是由小的物质组成的，小的是由更小的组成的，找到最基本的粒子就能知道最大的构造。（下略）

以为知道了基本粒子，就知道了真空，这种观念是不对的。（中略）我觉得，基因组也是这样，一个个地认识了基因，并不意味着解开了生命之谜。生命是宏观的。20世纪的文明是微观的。我认为，到了21世纪，微观和宏观会结合成一体。（页89）

我在这里只想补充几句：微观的分析不仅仅是20世纪的特征，而是自古希腊以来西方的特征，20世纪也许最明显、最突出而已。

我还想从李政道先生书中另一篇文章《科学的发展：从古代的中国到现在》中引几段话：

整个科学的发展与全人类的文化是分不开的。在西方是这样，在中国也是如此。可是科学的发展在西方与中国并不完全一样。在西方，尤其是如果把希腊文化也算作西方文化的话，可以说，近代西方科学的发展和古希腊有更密切的联系。在古希腊时也和现代的想法基本相似，即觉得要了解宇宙的构造，就要追问最后的元素是什么。大的物质是由小的元素构造，小的元素是由更小的粒子构造，所以是从大到小，小到更小。这个观念是从希腊时就有的（atom就是希腊字），一直到近代。可是中华民族的文化略有不同。我们是从开始时就感觉到，微观的元素与宏观的天体是分不开的，所以中国人从开始就把五行与天体联系起来。（页171）

李政道先生的书就引用这样多。不难看出，他的一些想法与我的想法颇有能相通之处。他讲的微观与宏观相结合，用我的话来说就是，分析与综合相结合。这一点我过去想得不多，强调得不够。

现在来谈金吾伦先生的文章。金先生立论也与上引李政道先生的那一部书有关。我最感兴趣的是他在文章开头时引的大哲学家怀特海的一段话，我现在转引在这里：

> 19世纪最大的发明是发明了发明的方法。一种新方法进入人类生活中来了。如果我们要理解我们这个时代，有许多的细节，如铁路、电报、无线电、纺织机、综合染料等等，都可以不必谈，我们的注意力必须集中在方法的本身。这才是震撼古老文明基础的真正的新鲜事物。（页41）

金先生说，李政道先生十分重视科学方法，金先生自己也一样。他这篇文章的重点是说明，物质不是永远可分的。他同意李政道的意见，就是说，当前科学的发展不能再用以前那种“无限可分”的方法论，从事“越来越小”的研究路子，而应改变方略，从整体去研究，把宏观和微观联系起来进行研究。

李政道先生和金吾伦先生的文章就引征到这里为止。他们的文章中还有很多极为精彩的意见，读之如入七宝楼台，美不胜收，我无法再征引了。我倒是希望，不管是研究人文社会科学的学者，还是研究自然科学的学者，都来读一下，思考一下，定能使目光远大，胸襟开阔，研究成果必能焕然一新。这一点我是敢肯定的。

我在上面离开了为《赵元任全集》写序的本题，跑开了野马，野马已经跑得够远的了。我从我的“哲学”讲起，讲到东西文化的不同；讲到东西思维模式的差异：东方的特点是综合，也就是“整体概念，普遍联系”，西方的特点是分析；讲到语言和文化的源头或者基础；讲到西方的分析的思维模式产生出分析色彩极浓的印欧语系的语言，东方的综合的思维模式产生出汉语这种难以用西方方法分析的语言；讲到20世纪是微观分析的世纪，21世纪应当是微观与宏观相结合的世纪；讲到科学方法的重要性；等等。所有这一切看上去都似乎与《赵元任全集》风马牛不相及。其实，我一点也没有离题，一点也没有跑野马，所有这些看法都是我全面立论的根据。如果不讲这些看法，则我在下面的立论就成了无根之草，成了无本之木。

我们不是要继承和发扬赵元任先生的治学传统吗？想要做到这一点，不出两途：一是忠实地、完整地、亦步亦趋地跟着先生的足迹走，不敢越雷池一步。从表面上看上去，这似乎是真正忠诚于自己的老师了。其实，结果将会适得其反。古今真正有远见卓识的大师们都不愿意自己的学生这样做。依稀记得一位国画大师（齐白石？）说过一句话："学我者死。""死"，不是生死的"死"，而是僵死，没有前途。这一句话对我们发扬元任先生的学术传统也很有意义。我们不能完全走元任先生走过的道路，不能完全应用元任先生应用过的方法，那样就会"死"。

第二条道路就是根据元任先生的基本精神，另辟蹊径，这样才能"活"。这里我必须多说上几句。首先我要说，既然20世纪的科学方法是分析的，是微观的。而且这种科学方法决不是只限于西方。20世纪是西方文化，其中也包括科学方法等等，垄断了全世界的时代。不管哪个国家的学者都必然要受到这种科学方法的影响，在任何科学领域内使用的都是分析的方法，微观的方法。不管科学家们自己是否已经意识到这一点，反正结果是一样的。我没有能读元任先生的全部著作，但是，根据我个人的推断，即使元任先生是东方语言大师，毕生研究的主要是汉语，他也很难逃脱掉这一个全世纪都流行的分析的思潮。他使用的方法也只能是微观的分析的方法。他那谁也不能否认的辉煌的成绩，是他使用这种方法达到尽善尽美的结果。就是有人想要跟踪他的足迹，使用他的方法，成绩也决不会超越他。在这个意义上来说，赵元任先生是不可超越的。

我闲时常思考汉语历史发展的问题。我觉得，在过去两三千年中，汉语不断发展演变，这首先是由内因所决定的。外因的影响也决不容忽视。在历史上，汉语受到了两次外来语言的冲击。第一次是始于汉末的佛经翻译。佛经原文是西域一些民族的语言，梵文、巴利文以及梵文俗语，都是印欧语系的语言。这次冲击对中国思想以及文学的影响既深且远，而对汉语本身则影响不甚显著。第二次冲击是从清末民初起直至五四运动的西方文化，其中也包括语言的影响。这次冲击来势凶猛，力量极大，几乎改变了中国社会整个面貌。五四以来流行的白话文中西方影响也颇显著。人们只要细心把《儒林外史》和《红楼梦》等书的白话文拿来和五四以后流行的白话文一对照，就能够看出其间的差异。按照西方标准，后者确实显得更严密了，更合乎逻辑了，也就是更接近西方语言了。然而，在五四运动中和稍后，还有人——这些人是当时最有头脑的人——认为，中国语言还不够“科学”，还有点模糊，而语言模糊又是脑筋糊涂的表现。他们想进行改革，不是改革文字而是改造语言。当年曾流行过“的”“底”“地”三个字，现在只能当作笑话来看了。至于极少数人要废除汉字，汉字似乎成了万恶之本，就更为可笑可叹了。

赵元任先生和我们所面对的汉语，就是这样一种汉语。研究这种汉语，赵先生用的是微观分析的方法。我在上面已经说到，再用这种方法已经过时了，必须另辟蹊径，把微观与宏观结合起来。这话说起来似乎极为容易，然而做起来却真万分困难。目前不但还没有人认真尝试过，连同意我这种看法的人恐怕都不会有很多。也许有人认为我的想法是异想天开，是痴人说梦，是无事生非。“不识庐山真面目，只缘身在此山中”，大家还都处在庐山之中，何能窥见真面目呢？

依我的拙见，大家先不妨做一件工作。将近70年前，陈寅恪先生提出了一个意见，我先把他的文章抄几段：

若就此义言之，在今日学术界，藏缅语系比较研究之学未发展，真正中国语文文法未成立之前，似无过于对对子之一方法。（中略）今日印欧语系化之文法，即马氏文通“格义”式之文法，既不宜施之于不同语系之中国语文，而与汉语同系之语言比较研究，又在草昧时期，中国语文真正文法，尚未能成立，此其所以甚难也。夫所谓某种语言之文法者，其中一小部分，符于世界语言之公律，除此之外，其大部分皆由研究此种语言之特殊现象，归纳为若干通则，成立一有独立个性之统系学说，定为此特种语言之规律，并非根据某一特种语言之规律，即能推之概括万族，放诸四海而准者也。假使能之，亦已变为普通语言学，音韵学，名学，或文法哲学等等，而不复成为某特种语言之文法矣。（中略）迨乎近世，比较语言之学兴，旧日谬误之观念得以革除。因其能取同系语言，如梵语波斯语等，互相比较研究，于是系内各种语言之特性逐渐发见。印欧系语言学，遂有今日之发达。故欲详知确证一种语言之特殊现象及其性质如何，非综合分析，互相比较，以研究之，不能为功。而所与互相比较者，又必须属于同系中大同而小异之语言。盖不如此，则不独不能确定，且常错认其特性之所在，而成一非驴非马，穿凿附会之混沌怪物。因同系之语言，必先假定其同出一源，以演绎递变隔离分化之关系，乃各自成为大同而小异之言语。故分析之，综合之，于纵贯之方面，剖别其源流，于横通之方面，比较其差异。由是言之，从事比较语言之学，必具一历史观念，而具有历史观念者，必不能认贼作父，自乱其宗胤也。（《与刘叔雅论国文试题书》，见《金明馆丛稿二编》）

引文确实太长了一点，但是有谁认为是不必要的呢？寅恪先生之远见卓识真能令人折服。但是，我个人认为，70年前的寅恪先生的狮子吼，并没能起到振聋发聩的作用，好像是对着虚空放了一阵空炮，没有人能理解，当然更没有人认真去尝试。整个20世纪，在分析的微观的科学方法垄断世界学坛的情况下，你纵有孙悟空的神通，也难以跳出如来佛的手心。中外研究汉语语法的学者又焉能例外！他们或多或少地走上了分析微观的道路，这是毫不足奇的。更可怕的是，他们面对的研究对象是与以分析的思维模式为基础的印欧语系的语言迥异其趣的以综合的思维模式为源头的汉语，其结果必然是用寅恪先生的话来说“非驴非马”“认贼作父”。陈先生的言语重了一点，但却是说到了点子上。到了21世纪，我们必须改弦更张，把微观与宏观结合起来。除此之外，还必须认真分辨出汉语的特点，认真进行藏缅语系语言的比较研究。只有这样，才庶几能发多年未发之覆，揭发出汉语结构的特点，建立真正的汉语语言学。

归根结底一句话，我认为这是继承发扬赵元任先生汉语研究传统的唯一正确的办法。是为序。

2000年8月30日写毕于雷雨大风声中

对陈寅恪先生的一点新认识

我忝列寅恪先生门下，自谓颇读了一些先生的书，对先生的治学方法有一点了解，对先生的为人也有所了解，自己似乎真正能了解陈寅恪先生了。

但是实际情况并不是这样。

我以前注意到，先生是考据大师，其造诣之深决不在乾嘉诸朴学大师之下。但是有一点却是乾嘉大师所无法望其项背的。寅恪先生决不像乾嘉大师那样似乎只是为考证而考证，他在考证中寓有极深刻的思想性，比如他研究历史十分重视民族关系、文化关系、对外文化交流的关系，以及家族和地域关系等等。读了他的著作，决不会仅仅得到一点精确的历史知识，而是会得到思想性和规律性极强的知识和认识，让你有豁然开朗之感。

在清华国学研究院四大导师中，寅恪先生在这一点上是很突出的。梁任公先生思想活泼，极富创新能力，但是驳杂多变，不成体系。王静安先生早期颇具一个哲学家、思想家的素质；但是，到了晚年，则一头钻入考据探讨中，不复有任何思想色彩。赵元任先生走的是另外一条路，不在我讨论范围之内。总之，我认为在清华四大导师中，寅恪先生是最具备一个思想家素质的人。至于先生是不是一个杰出的思想家，则是我从来没有想到过的一个问题。

最近读了李慎之先生的一篇文章，题目是《独立之精神，自由之思想》（《学术界》2000年第5期），极有创见，论证极能说服人。我恍然大悟，寅恪先生是中国20世纪杰出的思想家之一，我深信不疑。这种近在眼前的事，我在几十年中竟没有悟到，愧一己之愚鲁，感慎之之启迪。在内疚之余，觉得自己对寅恪先生的认识，终于又进了一步，又不禁喜上眉梢了。

“独立之精神，自由之思想”这两个词儿是先生所撰的“清华大学王观堂先生纪念碑铭”中的话，是赞美王静安先生的。原来王静安先生自沉后，陈先生哀痛备至，又是写诗，又是写文章，来表达自己的哀思。静安先生自沉的原因，学者间意见颇不一致。依我个人的看法，原因并不复杂。他的遗言“五十之年，只欠一死；经此事变，义无再辱”说得十分清楚。“事变”，指的是国民党军的北伐。王氏是一个大学者，一个大师，谁也不会有异辞。但是，心甘情愿地充当末代皇帝溥仪小朝廷上的“上书房行走”，又写诗赞美妖婆慈禧，实在不能不令人惋惜。他在政治上实在是非常落后，非常迟钝的。陈寅恪先生把他的死因不说成是殉清，而是殉中国文化，说他是具有“独立之精神，自由之思想”，又说“文化神州表一身”，颇有拔高之嫌。我认为，能当得起这两句话的只有陈先生本人。

我在这里想附带讲一个小问题。在王观堂先生挽词中有两句诗“回思寒夜话明昌，相对南冠泣数行”。王观堂先生流泪是很自然的。但是，寅恪先生三世爱国，结果却是祖父被慈禧赐死，父亲被慈禧斥逐，他对清代不会有什么好感的，可是他何以也“泣数行”呢？他这眼泪是从哪里流出来的呢？难道这就是他所说的“君为李煜亦期之以刘秀”吗？

几年前，我曾写过一篇文章《一个老知识分子的心声》，讲了一点我心里想讲的话。我认为，在过去几千年的历史上，中国优秀的知识分子有两个特点：一个是根深蒂固的爱国心，这是由历史环境所造成的，并不是说中国知识分子有爱国的基因。一个是硬骨头精神，中国历史上出了许多铮铮铁骨的知识分子，千载传颂。孟子说："富贵不能淫，贫贱不能移，威武不能屈，此之谓大丈夫。"我过去对所谓"硬骨头"就只能理解到这个水平。现在看来，是远远不够了。寅恪先生的"独立之精神，自由之思想"，是现代的、科学的说法，拿来用到我所说的"硬骨头"上，恰如其分。

将近一年前，我在广州中山大学召开的纪念陈寅恪先生的学术讨论会上作了一次发言，题目是"一个真正的中国人，一个真正的中国知识分子"，前一句是歌颂寅恪先生的爱国主义，后一句是赞美他的硬骨头精神，颇获得与会者的赞同。在发言中，我讲到，新中国成立以后，绝大部分的，即使不是百分之百的知识分子，包括许多留学国外多年的高级知识分子在内，都是自觉自愿地进行所谓"思想改造"，认真严肃地参加造神运动。我的两位极可尊敬的老师，都是大名鼎鼎的学术大师也参加到这个庞大的造神队伍中来。他们决不会有任何私心杂念，完全是一片赤诚。要说一点原因都没有，那也是不对的。他们在旧社会呆过，在国外呆过，在半殖民地的社会中受到外人的歧视，心中充满了郁懑之气，一旦中国人民站起来了，哪能不感激涕零呢？我在政治方面是后知后觉。我也着了迷似的参加造神活动，甚至失掉了最起码的常识。人家说，一亩地能产五十万斤粮食，我也深信不疑，“人有多大胆，地有多大产”嘛！我膜拜在自己造的神脚下，甚至幻想以自己的性命来表达忠诚。结果被神打倒在地，差一点丢掉了小命。然而，在南方的陈寅恪先生却依然爱国不辍，头脑清醒，依旧坚持“独立之精神，自由之思想”。我和我那两位老师是真诚的，其他广大的知识分子也是真诚的。可是这两个“真诚”之间不有天地悬殊的差异吗？何者为优？何者为劣？由聪明的读者自己去判断吧！我自己是感到羞愧的。中国历史上，大知识分子着了迷，干可笑的事情的先例，我现在还想不起来。

本书的主要内容是探讨陈寅恪先生的学术思想。关于这一点我在上文中已经有所阐述；但是，其量颇小。我主要论述的是寅恪先生的人生基本态度，也就是“独立之精神，自由之思想”。这似乎有点离了题，可是我认为，并没有离。一个学者的基本人生态度怎么能够同他的学术思想截然分开呢？以陈先生的人生基本态度为切入口来求索他的学术思想，必能有新的收获。但是，这个工作我不做了，请其他有志有识之士去完成吧。

2000年10月3日

周作人论——兼及汪精卫

研究中国近代文学史，周作人这个人是一个难以绕过的人物，是一个不容忽视的人物。但是，偏偏这个人又是一个性格十分复杂、经历十分跌宕的人。因此，在评论这个历史人物时，在论者基本上调子一致的情况下，也时有杂音出现。我个人不是研究近代中国文学的人，但年轻时读过周作人的许多书，也许是当时已经出版的全部的书，对此人颇感兴趣，因此不揣谫陋，也想发表点意见。

促使我想发表一点意见的最直接的动力，来自我最近读的一篇文章：《另一个周作人》（作者傅国涌，见《书屋》2001第11期，页23～27）。文章一开头就说："我们现在所知道的周作人和真实的周作人是有很大距离的。"这里使用了"真实的周作人"这样一个词儿，意思就是说，我们现在所知道的周作人是不"真实"的或者竟可以说是"虚假"的。如果想勉强把周作人划分为几"个"的话，那么只有两"个"：一个是五四时期向着旧势力冲锋陷阵的勇猛的战士，一个则是在日寇侵华后成为日本的华北教育督办的民族败类臭名永垂的大汉奸，两者都是真实的。两个周作人的历史都是同一个周作人写成的。从生理学上来讲，一个人不可能劈成两个。傅国涌先生的意思大概是说，我们现在一般知道的周作人是后者，是不真实的，只有前者真实。前者是"另一个周作人"。

我个人对于这种提法有不同的看法，现在想提出来供大家讨论。

我们感谢傅国涌先生对“另一个周作人”搜集了丰富翔实的资料。他在本文中有时也提出一些对周作人的看法，比如“其实起码在1928年以前，周作人的血并没有冷却、凝固，没有躲进他的书斋，品苦茶、写小品文，而是尽到了一个知识分子应尽的责任”。（页24）又如傅先生讲到，1922年3月，李大钊、陈独秀、蔡元培、汪精卫、邓中夏等一大批非常有影响的知识分子，在北京成立了“非宗教大同盟”，旨在反对宗教，尤其是基督教。周作人、钱玄同、沈兼士、马裕藻等则大倡信教自由。傅先生说：“八十年后回过头来看这段公案，如果不因人废言，是非是很清楚的，周作人他们‘少数’人无疑站在正确的一面。”（页25）

傅先生在不厌其详地列举了前期周作人的丰功伟绩之后，对他转变的过程和原因也作了一些分析。他写道：“他后期的变化（大致上在1927年冬天以后）在思想、性格上的根源也许由来已久，但李大钊的惨死，北新书局被迫停业，《语丝》被禁止（周作人和刘半农曾到一个日本朋友家避了一次难），这些变故对他的转变恐怕都产生了相当深刻的影响。”“1928年11月，周作人发表了《闭户读书论》，我把这看作是他生命的分界线，从此以后那个曾和民族共同体共命运，与大时代同呼吸的周作人就彻底告别了过去，回到书斋。那一年周作人仅仅44岁，离轰轰烈烈的五四运动也不到十年。”（页27）我认为，傅先生的分析是完全正确的，特别是他提到了“在思想、性格上的根源也许由来已久”，更具有真知灼见。鲁迅和周作人同出一个破落的书香门第，幼年所受的教育和环境熏陶几乎完全一样。但是，到了后来，两人却走了截然不同的两条道路，其中思想和性格上的根源起着主导作用。这样说，可能有悖于某一些教条。但是，如果不这样解释，又当怎样去解释呢？

傅国涌先生的文章《另一个周作人》就介绍这样多。我在上面已经说到过，傅先生笔下“另一个周作人”是真实的，这里指的是五四时期叱咤风云的周作人。这当然是“真实的”。但是，日寇入侵后当了华北教育督办的周作人也是“真实的”。看样子，傅先生是想给前一个周作人打抱不平，“发潜德之幽光”。实际上，根据我个人的观察，第一个周作人，“另一个周作人”，现在也没有完全被遗忘，在五四运动的资料中还能够找到他的材料。

我认为，我们所面临的困难是如何实事求是地评价像周作人这样一个知识分子。这种人的生命历程变动太大，几乎是从一个极端变到另一个极端，令人抓不住重点，也不知道从何处下手。

我在上面的叙述中，好像是把周作人的生命历程分为前后两大部分，这是不够精确的。实际上应该分为三个阶段。第一阶段，由五四运动到1928年。在这个阶段中，周作人是那一群对准旧堡垒冲锋陷阵的最英勇的战士中的一员。第二阶段，约莫自1928—1937年日寇正式入侵。在这一个阶段中，周作人回到了书斋，“闭户读书”，邀集了一批志同道合者，“且到寒斋吃苦茶”，倡导小品文，写写打油诗。这一批人批阅新生国文试卷，发现了一些错别字，如获至宝，诗兴大发，纷纷写诗加以讽刺，引起了鲁迅的强烈不满。这可以说是一个过渡阶段，主要原因是由周作人的思想和性格所决定的。第三阶段就是日寇正式大举入侵后一直到1945年日寇垮台。令人奇怪的但也并不太奇怪的是，在第一阶段，周作人风华正茂时就常常发表不喜欢谈政治的言论，但是到了第三阶段，他不但谈了政治，而且身体力行当了大官，不是共产党的官，也不是国民党的官，而是外来侵略者的官。这一顶汉奸的帽子是他给自己戴上的，罄东海之水也是洗不清的。在这个问题上，同周作人境况类似的人往往祭起动机这个法宝来企图逃脱罪责。我没有研究过周作人，不敢乱说。即使他有的话，也自在意料之中。我们是动机与效果的统一论者，但是归根结底，效果起决定性的作用。

在这里，我忽然想到了汪精卫。他同周作人有十分相似的经历，但更为鲜明、突出。年轻的汪精卫，一腔热血，满怀义愤，到北京来想炸死摄政王，不幸失败被俘。他写了一首有名的诗：

慷慨歌燕市，
从容作楚囚。
引刀成一快，
不负少年头。

诗句豪气冲天，掷地可作金石声。可惜他没能如愿，他被营救了出来。从那以后，在长达几十年的漫长的时期中，汪精卫活跃在国民党的政坛上，翻手为云，覆手为雨，极尽云谲波诡之能事。最终充当了日伪政权的主席。我在什么地方读到过他的一番谈话，大意是说：如果他不出来充当日伪政府的主席，日寇杀中国人将会更多。这就是汪精卫的动机论。这话大有佛祖说“我不入地狱，谁入地狱！”的气概，真不知人间尚有“羞耻”二字！

从周作人和汪精卫事件中，我想到了两个问题：一个是人生的寿夭问题，一个是保持晚节的问题。这两个问题有区别，又有联系。我先从第一个问题谈起。除非厌世自杀的极少数人以外，人类，同其他一切生物一样，没有不想寿而想夭的。在人们的口头语中有大量这样的话，比如“长命百岁”“寿比南山”“福寿双全”等等，对皇帝则说“万岁”“万寿无疆”等等颂词。在许多年前中国“造神”运动达到顶峰的时候，我们不是也都狂呼 “万岁”和“万寿无疆”吗？总之，在一般人的思想中，长寿是一件好事。这对绝大多数的人来说也是正确的。但对极少数的人来说，长寿不但不是好事，而是天大的坏事。比如，如果周作人在五四运动中或者其后不久就死掉的话，他在中国文学史上将永远成为一个新文化的斗士。然而他偏偏长寿了，长寿到成为不齿于人类的大汉奸卖国贼。对周作人来说，长寿不是一种不折不扣的灾难吗？再比如汪精卫。如果他那“引刀成一快”的愿望得以实现的话，他将成为同岳飞等并列的民族英雄，流芳千古。然而他偏偏又长寿了，长寿到成为比周作人更令人憎恨的狗屎堆，遗臭万年。对汪精卫来说，长寿也成了一场灾难。这种想法，古代人也有过。唐代大诗人白居易有一首诗：

周公恐惧流言后，
王莽谦恭未篡时。
向使当初身便死，

一生真伪复谁知。

王莽就是死得太晚了。他因长寿而露了马脚，成为千古巨奸。

谈到这里，就同第二个问题联结上了：保持晚节的问题。中国自古以来一向非常重视晚节的问题。《战国策•秦策五》说："诗云：行百里者，半于九十。此言末路之难也。"宋代的大政治家韩琦在《在北门九日燕诸曹》一诗中写道："莫羞老圃秋容淡，要看寒花晚节香。"寓意深远，值得玩味。中国还有"盖棺论定"的说法，意思是，人只要活着，不管年纪多大，就有变的可能。只有盖棺以后，才能对他论定。周作人和汪精卫晚节不保，没有盖棺，即可论定了。我们从这两个人身上可以"学习"到很多东西，他们是地地道道的反面教员。

我们的祖国早已换了人间。在今天的国势日隆，人民生活迅速提高的大好形势下，保持晚节的问题还有什么现实意义吗？有，而且很迫切。一些曾经出生入死为人民立过大功的人，一旦晚节不保，立即堕落为人民的罪人，走上人民的法庭，这样的例子还少吗？我们每个人都要警惕。

2002年1月7日

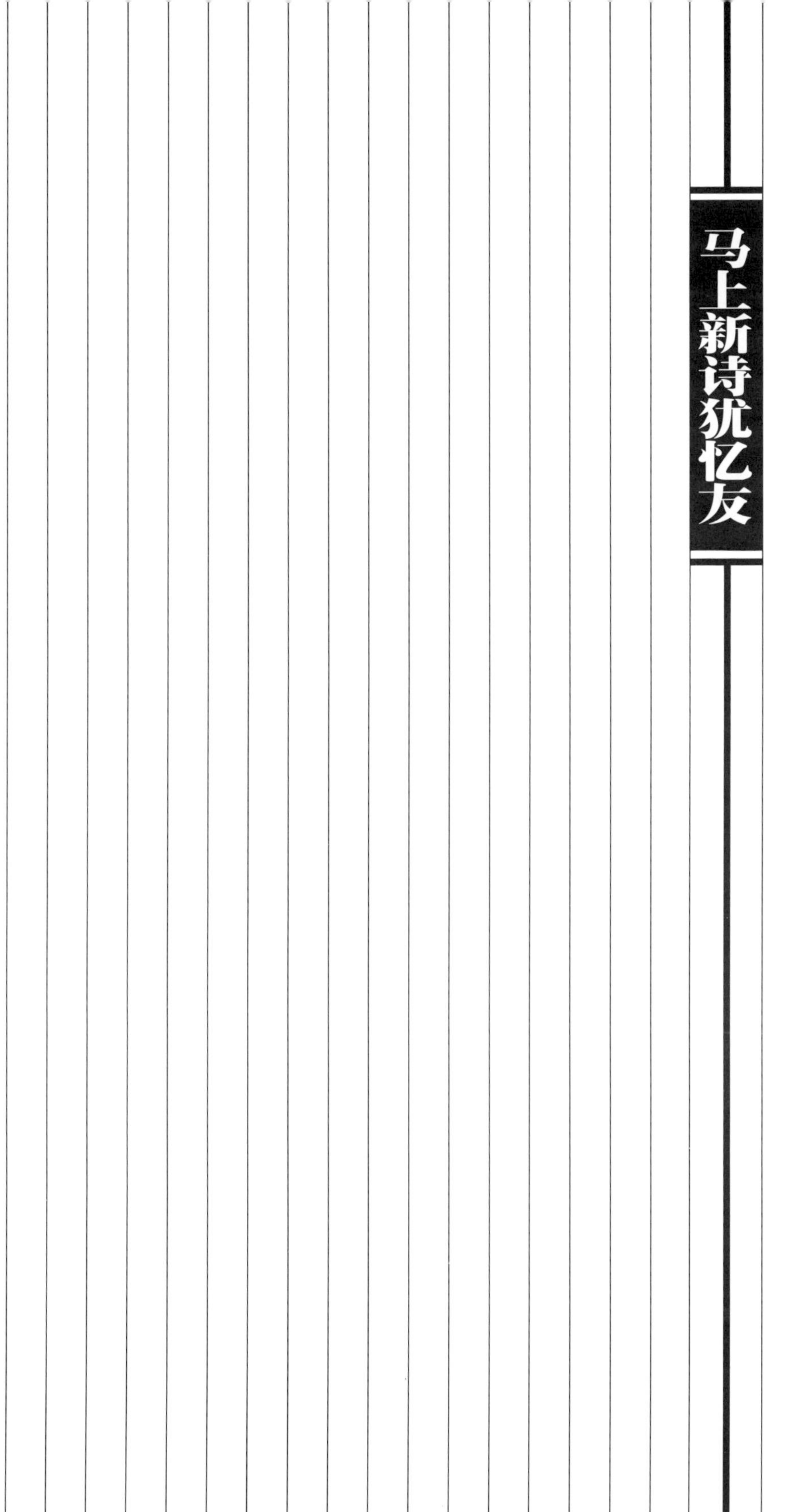

马上新诗犹忆友

我一直到现在还不能相信，他竟撒手离开现在的这个世界去了。我自己的生命虽然截止到现在还说不上怎样太长；但在这不太长的过去的生命中，他的出现却更短，短到令人怀疑是不是曾经有过这样一回事。倘若要用一个譬喻的话，我只能把他比作一颗夏夜的流星，在我的生命的天空中，蓦地拖了一条火线出现了，蓦地又消逝到暗冥里去。但在这条火线留下的影子却一直挂在我的记忆的丝缕上，到现在，已经是隔了几年了，忽然又闪耀了起来。

人的记忆也是怪东西，在每一天，不，简直是每一刹那，自己所遇到的大大小小的事情中，在风起云涌的思潮中，有后来想起来认为是极重大的事情，但在当时看过想过后不久就忘却了，费很大的力量才能再回忆起来。但有的事情，譬如说一个人笑的时候脸部构成的图形，一条柳枝摇曳的影子，一片花瓣的飘落，在当时，在后来，都不认为有什么不得了；但往往经过很久很久的时间，却能随时能明晰地浮现在眼前，因而引起一长串的回忆。到现在很生动地浮现在我眼前，压迫着我想到俊之（章用）的，就是他在谈话中间静默时神秘地向眼前空虚处注视的神态。

但说来已经是六年前的事情了。六年前的深秋，我从柏林来到哥廷根。第二天起来，在街上走着的时候，觉得这小城的街特别长，太阳也特别亮，一切都浸在一片白光里。过了几天，就在这样的白光里，我随了一位中国同学走过长长的街去访俊之。他同他母亲赁居一座小楼房的上层，四周全是花园。这时已经是落叶满地，树头虽然还挂了几片残叶，但在秋风中却只显得孤伶了。那一次究竟说了些什么话，现在已经记不清了。似乎他母亲说话最多，俊之并没有说多少。在谈话中间静默的一刹那，我只注意到，他的目光从眼镜边上流出来，神秘地注视着眼前的空虚处。

就这样，我们第一次见面他给我的印象是颇平常的；但不知为什么，以后竟常常往来起来。他母亲人非常慈和，很能谈话。每次会面，都差不多只有她一个人独白，每次都感觉不到时间的逝去，等到觉得屋里渐渐暗起来，却已经晚了，结果每次都是仓仓促促辞了出来，摸索着走下黑暗的楼梯，赶回家来吃晚饭。为了照顾儿子，她在这离开故乡几万里的寂寞的小城里陪儿子一住就是七八年，只是这一件，就足以打动了天下失掉了母亲的孩子们的心，让他们在无人处流泪，何况我又是这样多愁善感？又何况还是在这异邦的深秋呢？我因而常常想到在故乡里萋萋的秋草下长眠的母亲，到俊之家里去的次数也就多起来。

哥廷根的秋天是美的，美到神秘的境地，令人说不出，也根本想不到去说。有谁见过未来派的画没有？这小城东面的一片山林在秋天就是一幅未来派的画。你抬眼就看到一片耀眼的绚烂。只说黄色，就数不清有多少等级，从淡黄一直到接近棕色的深黄，参差地抹在这一片秋林的梢上，里面杂了冬青树的浓绿，这里那里还点缀上一星星的鲜红，给这惨淡的秋色涂上一片凄艳。就在这林子里，俊之常陪我去散步。我们不知道曾留下多少游踪。林子里这样静，我们甚至能听到叶子辞树的声音。倘若我们站下来，叶子也就会飘落到我们身上。等到我们理会到的时候，我们的头上肩上已经满是落叶了。间或前面树丛里影子似的一闪，是一匹被我们惊走的小鹿，接着我们就会听到窸窣的干叶声，渐远，渐远，终于消逝到无边的寂静里去。谁又会想到，我们竟在这异域的小城里亲身体会到“叶干闻鹿行”的境界？但这情景都是后来回忆时才觉到的，在当时，我们却没有，或者可以说很少注意到：我们正在热烈地谈着什么。他虽然念的是数学；但因为家学渊源，对中国旧文学很有根底，作旧诗更是经过名师的指导，对哲学似乎比对数学的兴趣还要大。我自己虽然一无所成；但因为平常喜欢浏览，所以很看了些旧诗词，而且自己对许多文学上的派别和几个诗人还有一套看法。平时难得解人，所以一直闷在心里，现在居然有人肯听，于是我就一下子倾出来。看了他点头赞成的神气，我的意趣更不由地飞动起来，我忘记了时间，忘记了世界，连自己也忘记了。往往是看到桦树的白皮上已经涂上了淡红的夕阳，才知道是应该下山的时候。走到城边，就看到西面山上一团紫气，不久天上就亮起星星来了。

等到林子里最后的几片黄叶也落净了的时候，不久就下了第一次的雪。哥城的冬天是寂寞的。天永远阴沉，难得看到几缕阳光。在外面既然没有什么可看，人们又觉得炉火可爱起来。有时候在雪意很浓的傍晚，他到我家里来闲谈。他总是靠近炉子坐在沙发上，头靠在后面的墙上。我们总有说不完的话，大半谈的仍然是哲学宗教上的问题；但转来转去，总转到中国旧诗上。他说话没有我多。当我滔滔不绝地说着的时候，他只是静静地听，脸上又浮起那一片神秘的微笑，眼光注视着眼前的空虚处。同我一样，他也会忘记了时间，现在轮到他摸索着走下黑暗的楼梯赶回家去吃晚饭了。

后来这情形渐渐多起来。等到我们再聚到一起的时候，章伯母就笑着告诉我，自从我到了哥廷根，他儿子仿佛变了一个人，以前同他母亲也不大多说话，现在居然有时候也显得有点活泼了。他在哥城八年，除了间或到范禹（龙丕炎）家去以外，很少到另外一位中国同学家里去，当然更谈不到因谈话而忘记了吃晚饭。多少年来，他就是一个人到大学去，到图书馆去，到山上去散步，不大同别人在一起。这情形我都能想象得到，因为无论谁只要同俊之见上一面，就会知道，他是孤高一流的人物。这样一个人怎么能够同其他油头粉面满嘴里离不开跳舞电影的留学生们合得来呢？

但他的孤高并不是矫揉造作的，他也并没有意思去装假名士。章伯母告诉我，他在家里，也总是一个人在思索着什么，有时坐在那里，眼睛愣愣的，半天不动。他根本不谈家常，只有谈到学问，他才有兴趣。但老人家的兴趣却同他的正相反，所以平常时候母子相对也只有沉默着一句话也不说了。他对吃饭也感不到多大兴趣，坐在饭桌旁边，嘴里嚼着什么，眼睛并不看眼前的碗同菜，脑筋里似乎正在思索着只有他自己知道的问题。有时候，手里拿着一块面包，站起来，在屋里不停地走，他又沉到他自己独有的幻想的世界里去。倘若叫他吃，他就吃下去；倘若不叫他，他也就算了。有时候章伯母同他开个玩笑，问他刚才吃的是什么东西，他想上半天，仍然说不上来。这是他自己说起来都会笑的。过了不久，我就有机会证实了章伯母的话。这所谓“不久”，我虽然不能确切地指出时间来；但总在新年过后的一二月里，小钟似的白花刚从薄薄的雪堆里挣扎出来，林子里怕已经抹上淡淡的一片绿意了。章伯母因为有事情到英国去了，只留他一个人在家里。我因为学系不能决定，有时候感到异常的烦闷，所以就常在傍晚的时候到他家里去闲谈。我差不多每次都看到桌子上一块干面包，孤伶地伴着一瓶凉水。问他吃过晚饭没有，他说吃过了。再问他吃的什么，他的眼光就流到那一块干面包和那一瓶凉水上去，什么也不说。他当然不缺少钱买点香肠牛奶什么的；而且煤气炉子也就在厨房里，只要用手一转，也就可以得到一壶热咖啡；但这些他都没做，也许是忘记了，也许根本没有兴致想到这些琐碎的事情，他脑筋里正盘旋着什么问题。在这时候，最简单的办法当然就是向面包盒里找出他母亲吃剩下的面包，拧开凉水管子灌满一瓶，草草吃下去了事。既然吃饭这事情非解决不行，他也就来解决；至于怎样解决，那又有什么重要呢？反正只要解决过，他就能再继续他的工作，他这样就很满意了。

我将怎样称呼他这样一个人呢？在一般人眼中，他毫无疑问的是一个怪人，而且他和一般人，或者也可以说，一般人和他合不来的原因恐怕也就在这里面。但我从小就有一个偏见，我最不能忍受四平八稳处事接物面面周到的人物。我觉得，人不应该像牛羊一样，看上去都差不多，人应该有个性。然而人类的大多数都是看上去都差不多的角色。他们只能平稳地活着，又平稳地死去，对人类对世界丝毫没有影响。真正大学问大事业是另外几个同一般人不一样，甚至被他们看作怪人和呆子的人做出来的。我自己虽然这样想，甚至也试着这样做过，也竟有人认为我有点怪；但我自问，有的时候自己还太妥协平稳，同别人一样的地方还太多。因而我对俊之，除了羡慕他的渊博的学识以外，对他的为人也有说不出来的景仰了。

在羡慕同景仰两种心情下，我当然高兴常同他接近。在他那方面，他也似乎很高兴见到我。到现在还不能忘记，每次我找他到小山上去散步，他都立刻答应，而且在非常仓皇的情形下穿鞋穿衣服，仿佛一穿慢了，我就会逃掉似的。我们到一起，仍然有说不完的话，我们谈哲学，谈宗教，仍然同以前一样，转来转去，总转到中国旧诗上去。他把他的诗集拿给我看，里面的诗并不多，只是薄薄的一本。我因为只仓促翻了一遍，现在已经记不清，里面究竟有些什么诗。我用尽了力想，只能想起两句来："频梦春池添秀句，每闻夜雨忆联床。"他还告诉我，到哥城八年，先是拼命念德文，后来入了大学，又治数学同哲学，总没有余裕和兴致来写诗；但自从我来以后，他的诗兴仿佛又开始汹涌起来，这是连他自己都没想到的——

果然，过了不久，又在一个傍晚，他到我家里来。一进门，手就向衣袋里摸，摸出来的是一个黄色的信封，里面装了一张硬纸片，上面工整地写着一首诗：

空谷足音一识君，
相期诗伯苦相薰。
体裁新旧同尝试，
胎息中西沐见闻。
胸宿赋才徕物与，
气嘘史笔发清芬。
千金敝帚孰轻重，
后世凭猜定小文。

我看了脸上直发热。对旧诗，我虽然喜欢胡谈乱道；但说到做，我却从来没尝试过，可以说是一个十足的门外汉，我哪里敢做梦做什么"诗伯"呢？但他的这番意思我却只有心领了。

这时候，我自己的心情并不太好，他也正有他的忧愁。七八年来，他一直过着极优裕的生活。近一两年来，国内的地租忽然发生了问题，于是经济来源就有了困难。对于他这其实都算不了什么，因为我知道，只要他一开口，立刻就会有人自动地送钱给他用，而且，据他母亲告诉我，也真的已经有人寄了钱来，譬如一位德国朋友，以前常到他家里去吃中国饭，现在在另外一个大学里当讲师，就寄了许多钱来，还愿意以后每月寄。然而俊之都拒绝了。我也同他谈过这事情，我觉得目前用朋友几个钱完成学业实在是无伤大雅的；但他却一概不听，也不说什么理由。我自己根本没有多少钱，领到的钱也不过刚够每月的食宿，一点也不能帮他的忙。最初听到他说，他不久就要回国去筹款，心中有说不出的难过。后来他这计划终于成为事实了。每次到他那里去，总看到他忙忙碌碌地整理书籍。我不愿意看这一堆堆横七竖八躺在地上的书籍。我觉得有什么地方对他不起，心里凭空惭愧起来。

在不知不觉时，时间已经由暮春转入了初夏。哥廷根城又埋到一团翠绿里去。俊之起程的日子也决定了。在前一天的晚上，我们替他饯行，一直到深夜才走出市政府的地下餐厅。我同他并肩走在最前面。他平常就不大喜欢说话，今天更不说了，我们只是沉默着走上去，听自己的步履声在深夜的小巷里回响，终于在沉默里分了手。我不知道他怎么样，我是一夜在床上翻来覆去地睡不着。第二天天一亮我就到他家去了。他已经起来了。我本来预备在我们离别前痛痛快快谈一谈，我仿佛有许多话要说似的；但他却坚决要到大学里去上一堂课。他母亲挽留也没有用。他嘴里只是说，他要去上“最后一课”，“最后”两个字说得特别响，脸上浮着一片惨笑。我不敢接触他的目光，但我却能了解他的“客树回看成故乡”的心情。谁又知道，这一堂课就真的成了他的“最后一课”呢?

就这样，俊之终于离开他的第二故乡哥廷根，离开了我，从那以后，我就再没有看到他。路上每到一个停船的地方，他总有信给我。他知道我正在念梵文，还剪了许多报上的材料寄给我。此外还寄给我了许多诗。回国以后，先在山东大学教数学。在这期间，他曾写过一封很长的信给我，报告他的近况，依然是牢骚满腹。后来又转到浙江大学去。情形如何，我不大清楚。不久战争也就波及浙江，他随了大学辗转迁到江西。从那里，我接到他一封信，附了一卷诗稿，把他回国以后作的诗都寄给我了。他仿佛预感到自己已经不久于人世，赶快把诗抄好，寄给一个朋友保存下去，这个朋友他就选中了我。我一直到现在还不相信，这是偶然的，他似乎故意把这担子放在我的肩上。

从那以后，我从他那里再没听到什么。不久范禹来了信，报告他的死。他从江西飞到香港去养病，就死在那里。我真没法相信这是真的，难道范禹听错了消息了么?但最后我却终于不能不承认，俊之是真的死了，在我生命的夜空里，他像一颗夏夜的流星似的消逝了，永远地消逝了。

我们相处一共不到一年。一直到离别还互相称作“先生”。在他没死之前，我不过觉得同他颇能谈得来，每次到一起都能得到点安慰，如此而已。然而他的死却给了我一个回忆沉思的机会，我蓦地发现，我已于无意之间损失了一个知己，一个真正的朋友。在这茫茫人世间究竟还有几个人能了解我呢？俊之无疑是真正能够了解我的一个朋友。我无论发表什么意见，哪怕是极浅薄的呢，从他那里我都能得到共鸣的同情。但现在他竟离开这人世去了。我陡然觉得人世空虚起来。我站在人群里，只觉得自己的渺小和孤独，我仿佛失掉了倚靠似的，徘徊在寂寞的大空虚里。

哥廷根仍然同以前一样的美，街仍然是那样长，阳光仍然是那样亮。我每天按时走过这长长的街到研究所去，晚上再回来。以前我还希望，俊之回来的时候，我们还可以逍遥在长街上高谈阔论；但现在这希望永远只是希望了。我一个人拖了一条影子走来走去：走过一个咖啡馆，我回忆到我曾同他在这里喝过咖啡消磨了许多寂寞的时光；再向前走几步是一个饭馆，我又回忆到，我曾同他每天在这里吃午饭，吃完再一同慢慢地走回家去；再走几步是一个书店，我回忆到，我有时候呆子似的在这里站上半天看玻璃窗子里面的书，肩头上蓦地落上了一只温暖的手，一回头是俊之，他也正来看书窗子；再向前走几步是一个女子高中，我又回忆到，他曾领我来这里听诗人念诗，听完在深夜里走回家，看雨珠在树枝上珠子似的闪光——就这样，每一个地方都能引起我的回忆，甚至看到一块石头，也会想到，我同俊之一同在上面踏过；看了一枝小花，也会回忆到，我同他一同看过。然而他现在却撒手离开这个世界走了，把寂寞留给我。回忆对我成了一个异常沉重的负担。

今年秋天，我更寂寞得难忍。我一个人在屋里无论如何也坐不下去，四面的墙仿佛都起来给我以压迫。每天吃过晚饭，我就一个人逃出去到山下大草地上去散步。每次都走过他同他母亲住过的旧居：小楼依然是六年前的小楼，花园也仍然是六年前的花园，连落满地上的黄叶，甚至连树头残留着的几片孤零的叶子，都同六年前一样；但我的心情却同六年前的这时候大大的不相同了。小窗子依然开对着这一片黄叶林。我以前在这里走过不知多少遍，似乎从来没有注意过这样一个小窗子；但现在这小窗子却唤回我的许多记忆，它的存在我于是也就注意到了。在这小窗子里面，我曾同俊之同坐过消磨了许多寂寞的时光，我们从这里一同看过涂满了凄艳的彩色的秋林，也曾看过压满了白雪的琼林，又看过绚烂的苹果花，蜜蜂围了嗡嗡地飞；在他离开哥廷根的前几天，我们都在他家里吃饭，忽然扫过一阵暴风雨，远处的山、山上的树林，树林上面露出的俾斯麦塔都隐入滃濛的云气里去：这一切仿佛是一幅画，这小窗子就是这幅画的镜框。我们当时都为自然的伟大所压迫，半天说不出一句话来，只是沉默着透过这小窗注视着远处的山林。当时的情况还历历如在眼前；然而曾几何时，现在却只剩下我一个人在满了落叶的深秋的长街上，在一个离故乡几万里的异邦的小城里，呆呆地从下面注视这小窗子了，而这小窗子也正像蓬莱仙山可望而不可即了。

逝去的时光不能再捉回来，这我知道；人死了不能复活，这我也知道。我到现在这个世界上来活了三十年，我曾经看到过无数的死：父亲、母亲和婶母都悄悄地死去了。尤其是母亲的死在我心里留下无论如何也补不起来的创痕。到现在已经十年了，差不多隔几天我就会梦到母亲，每次都是哭着醒来。我甚至不敢再看讲母亲的爱的小说、剧本和电影。有一次偶然看一部电影片，我一直从剧场里哭到家。但俊之的死却同别人的死都不一样：生死之悲当然有；但另外还有知己之感。这感觉我无论如何也排除不掉。我一直到现在还要问：世界上可以死的人太多太多了，为什么单单死俊之一个人？倘若我不同他认识也就完了；但命运却偏偏把我同他在离祖国几万里的一个小城里拉在一起，他却又偏偏死去。在我的饱经忧患的生命里再加上这幕悲剧，难道命运觉得对我还不够残酷吗?

但我并不悲观，我还要活下去。有的人说："死人活在活人的记忆里。"俊之就活在我的记忆里。只是为了这，我也要活下去。当然这回忆对我是一个无比的重担；但我却甘心肩起这一份重担，而且还希望能肩下去，愈久愈好。

五年前开始写这篇东西，那时我还在德国。中间屡屡因了别的研究工作停笔，终于剩了一个尾巴，没能写完。现在在挥汗之余勉强写起来，离开那座小城已经几万里了。

1946年7月23日写于南京

春城忆广田

昆明素有春城之称。这个称号真正是名副其实的。哪一个从外地来到这里的人，一下飞机，一下火车，不立刻就感到这里是春意盎然、春光无限呢？我们读旧小说，常常遇到“四时不谢之花，八节长春之草”之类的句子。我从前总以为，这是小说家言，不足信的；这只是用来描绘他们心目中的阆苑仙境的。然而，到了昆明以后，才知道，这并非幻想，而是事实。如果人世间真有阆苑仙境的话，那么昆明就是一个。

我对昆明并不陌生，我来到这里已经有五六次之多了。二十多年前，当我第一次到昆明的时候，我立刻就惊诧于这座城市风光之美丽，民风之淳朴。但是，我当时觉得，这里的街道还是比较狭窄的，铺的全是石头；街旁的建筑物也比较古老，都是用木头建成的。我脑海里立刻浮现出“边城”两个字，虽然我对于什么叫“边城”也并不是十分清楚的。

但是，这里的自然风光之美毕竟是非常可爱的。谈到这里的自然风光，那真可以说是有口皆碑。五百里滇池当然是名闻天下的。即如西山的巍峨，龙门的险峻，圆通山的花潮，曹溪寺的元梅，黑龙潭的清幽，华亭寺的堂皇，筇竹寺的五百罗汉和孔雀杉，金殿的铜瓦铜柱的大殿，大观楼的长联，省图书馆的收藏，所有这一切都给人留下深刻的印象，屡见于古往今来文人骚客的文章中，蔚为天下奇观。再谈到昆明以及云南各处的茶花，那真可以说是天下无二。我们平常见到的花，雄奇的很多，秀丽的也不少。但兼有二者之长的，却绝无仅有。“国色朝酣酒，天香夜染衣”，秀丽固秀丽矣，但雄奇则有所不足。高树顶上的槐花，雄奇固雄奇矣，秀丽则大为欠缺。兼有二者的，在印度我见到的有木棉花，在中国则是茶花。试想在高大的树上开着碗口大的五颜六色的花朵，秀色夺人眼目，姿态快人胸怀，绚丽多彩，宛如天空中一朵朵云霞，我们这些生长在北国的只见过雄奇而不秀丽，或只秀丽而不雄奇的花朵的人，看到这一些，难道能不为之惊叹不置吗？

倘若我们再登上龙门远眺，我们那惊叹不置的程度决不会下于看到茶花。这里真称得上是天下奇景。试闭目想一想，在壁立千仞的悬崖峭壁上，硬是用人力一斧一凿，凿出了一条曲径、几座庙宇、许许多多的对联、无数尊的神像，难道不感到简直有点不可思议吗？这些对联决不是空话俗套，而是描写了眼前的景色，抒发了人们登临的感受。“一径起细雨，千林散绿阴”，情景宛在眼前。“仰笑宛离天尺五，凭临恰在水中央”，把山高水长的景色描绘得具体生动。这只能用到龙门，决不能移用到别处。所谓“水中央”当然是指的滇池。我们站在龙门最高处，俯瞰滇池，下临无地，五百里滇池尽收眼底。风帆点点，烟水茫茫，稻田青青，堤岸长长。古人诗云：“气吞云梦泽，波撼岳阳城。”我们站在这里，大有“波撼昆明城”之感。甚至在水天渺茫中，我们仿佛还感到我们所在的龙门，都在随着水波的滚翻而轻轻地震摇。这就不仅是“波撼昆明城”，而是“波撼龙门巅”了。这还只是眼前的景色。这里还有许多优美的神话传说。比如对孝牛泉的传说等等。最优美的还是关于龙门最高处那一个奎星像的传说。这一座奎星像也是同其他庙宇神像一样是完全用石头雕成的。据说一个石匠用了毕生精力，雕凿这一座神像。雕到最后，只剩下奎星手中拿着的那一支笔了。也许是因为耗尽了精力，竟然失手把笔凿断。他一时怒恨交加，纵身投下悬崖，以身殉艺。不管这传说是真是假，不是对我们都很有启发吗？

这样的自然风光固然非常迷人。这里的淳朴民风迷人的程度决不下于自然风光。外地到过昆明的人都会异口同声表示同感。我常常跟朋友开玩笑说，我不但迷信相面，而且迷信相声（不是那个曲艺的相声）。我相信，从一个人的方言的声调中可以听出他的性格来。昆明的方言的声调透露出什么样的性格来呢？透露的是：淳朴、正直、热情、忠厚。当我第一次到昆明来的时候，从本地人说话的声调中，我就得了这样一个印象。以后我多次到过昆明，同本地人接触越来越多，就充分证实了我的印象。许多大大小小的事情，越来越证明我的看法颇有一些道理。前几天我在宾馆里同一位老同志开玩笑，说到我的迷信。他经过仔细地品味和考虑，竟然同意了我的看法。这就使我颇有点沾沾自喜了。真的，到过昆明的人，同本地人一接触，谁会不为他们那种诚悫淳朴的言谈举动所感动呢？谁会不感到来到这座春城就像处在盎然的春意中而怡然自得呢？在这样的情况下，我也就越来越喜欢昆明，越来越爱昆明人了。

昆明风光之美丽，民风之淳朴，确实都是值得赞美的，值得怀念的。但是昆明，也像全国各地一样，曾经经受过一番剧烈的凄风苦雨。在风雨交加中，我是泥菩萨过江，自身难保。有时候，特别是在失掉自由的时候，也胡思乱想，想到自己平生美好的际遇，想到所见所闻给我印象最深的人物和地方，其中当然也有昆明。一想到昆明的风光和民风，脑海里立刻就横七竖八地插上了一些茶花的影子、龙门的影子，耳边也仿佛响起了昆明人说话淳朴的声音。但是紧接着想到的就是：这些都是过去的事情了，与自己无缘了。自己今生大概再也不会重新见到昆明了。我是多么想念昆明啊！

但是，出我意料之外地快，凄风苦雨终于过去了，我没有敢期望再见到的东西又见到了。对我来讲，简直像是一个奇迹：我现在又来到了昆明。我的那种边城之感，在前几次来的时候已经消逝无踪。现在看到的昆明是一座充满了阳光、花朵、诗情、画意的春城，同全国各地一样，昆明在经过了一番磨炼之后，现在不是磨倒，而是磨炼得更美丽、更明朗、更生动、更清新。我感到在这里太阳特别明亮，天空特别蔚蓝，空气特别新鲜，微风特别宜人，树木特别浓绿，花朵特别红艳。到了春城，我自然而然地想到唐代诗人韩翃的一首著名的诗《寒食》：

春城无处不飞花，
寒食东风御柳斜。
日暮汉宫传蜡烛，
轻烟散入五侯家。

又是出我的意料，我在到昆明的当天下午带一位年轻的同志游翠湖的时候，竟在那里举办的一个花展和画展上看到有人用酣畅的书法书写的这一首诗。可见昆明人也是把这座春城同这一首名诗联系在一起的。我心里窃窃自喜。从此我又想到，昆明是一座有文化的城，这里的人是有高度文化的人。你只要看一看那些花盆上雕刻的字和画，甚至蒸鸡用的汽锅上的画和字，就能够知道，这里文化水平是多么高了。

我来到这里，当然不仅仅是欣赏花盆上和汽锅上的诗与画。

我又到处去走了走。昆明的名胜古迹很多，我前几次来时，都已游遍，而且游了不止一次。但是这些地方都是百看不厌的，我这次当然不会放过重游的机会。我又游了龙门、华亭寺、太华寺、筇竹寺、曹溪寺、圆通寺、珍珠泉、温泉等地，在所谓“天下第一汤”的泉水洗了澡，而且还长途跋涉重游了石林，到处风光如旧而胜于旧。我到处重温旧梦，颇多感慨。在风雨飘摇中，这些古迹基本上没有遭到破坏，这是十分令人宽慰的。特别是游圆通寺的时候，我的感慨更是特别多。上一次来游时，大殿神像，完整无缺，回廊清池，一片肃穆气象，颇有“曲径通幽处，禅房花木深”之感。这次重游，寺院正在修缮，到处零乱地堆着砖石，许多塑像都已不见。我一方面慨叹那种罪恶的破坏，使我憎恨过去的那一些蠢事。但是，另一方面看到重新油漆彩绘的殿堂，我眼前好像是乌云消尽，阳光普照，又对当前和将来，充满了希望。我们伟大的祖国，我们伟大祖国的未来，毕竟是蒸蒸日上、光辉无量的，不是任何人可以破坏得了的。我能不兴会淋漓、逸兴遄飞吗？

特别令我忆念难忘的是著名京剧演员关肃霜同志，她主演了全本《铁弓缘》。我虽然看了几十年京剧，但对京剧却完全是一个外行。不过外行也有外行的优点，他没有框框，不懂得清规戒律，他能看出一般内行人因囿于习惯而看不出来的东西。我自命就是这样一个外行。我真是惊诧于她那技巧的纯熟，功力的深厚，文武双全，唱做俱佳。在全国京剧演员中，像她这样的人才，恐怕已如凤毛麟角绝无仅有了。以半百之年，而且在饱经风霜之后，竟然还能达到这样炉火纯青的水平，我们所有观看她演出的人们无不啧啧称扬，赞不绝口，难道是偶然的吗？当我们上台感谢她的演出时，她再三强调，自己演得不好。这种虚怀若谷的精神，更使我们非常感动。我上面再三讲到昆明人情之美。据我了解，关肃霜同志不是昆明人，但在昆明已经住了几十年，我现在把她也当作昆明人的代表，我想昆明人和她自己大概都不会出来反对吧!

总之，所有这一些风光之美，人情之美，这一次重游昆明，我都已经充分地享受到了。我真是感到无限的喜悦，无限的兴奋。在昆明短暂的停留，日子过得简直像在天堂里一般。但是，在我的内心深处我总感到好像缺少点什么，我感到有点不足，有点惘然，有点寂寞，有点凄凉，有点惆怅，有点悲哀。古人的诗说："冠盖满京华，斯人独憔悴。"我想改一改："冠盖满昆明，斯人独已逝。"昆明就缺少了一个人，这一个人在我前几次来昆明时，总是要见一面的。尽管时间极短，但是情谊很深。我之所以常常怀念昆明，同他也是不无关联的。然而，这一次重来，他却到哪里去了呢？我是多么怀念这个人啊!

这个人不是别人，就是李广田同志。

他原名曦晨，不知从什么时候改名广田。我们在中学并不是同学，第一次见面的情景，现在也回忆不清了。不知怎么一来，我们就认识了。在北京读书的时候，他在北大，我在清华。距离虽然很远，但也时常见面。他有时候从城内长途跋涉，到清华园去看我。相聚的时间不长，我却是非常喜欢他的。他的为人，正如他的诗文一样，恳切真挚，朴素无华，真正是文如其人，或者人如其文。后来，我离开祖国，到一个很遥远的地方去呆了十多年。因为当时我们国家和世界上都正是多事之秋，我们没有能够通信。我回国以后，到了北京，他不久也到了北京。碰巧我们俩都担任了北京一个中学的校董。开会时又常常见面，一面叙旧，一面谈新，过了一段非常愉快的日子。又过了不久，他调到昆明在云南大学担任领导职务。我那时还没有到过昆明，只是从书本上和人们的口中知道昆明的情况，是所谓“四时无寒暑，一雨便成冬”的容易引起人们幻想的地方。曦晨这样一个人，到昆明这样一个地方来，我觉得真是珠联璧合，相得益彰。我为他祝贺，也为昆明祝贺。他调来昆明的第三年，我第一次到了昆明，同曦晨见了面。一别三年，他乡音无改，衣着如旧，站在我面前的还是那一个恳切真挚、朴素无华的我多年见惯了的曦晨。我们都没有想到我们竟在万里之外见了面，我心里真是非常的高兴。以后，我几次到过或经过昆明，又同曦晨见过几次面，都给我带来了极大的愉快。有时候在报刊杂志上读到他写的诗文，也都感到异常的亲切。

然而，好景不长，上面已经提到的那一阵凄风苦雨突然飞袭过来。有一段相当长的时间，我同曦晨都失掉了自由。在那些暗无天日的日子里，我什么人、什么事都不能想，当然也不会想到曦晨。不知怎么一来，我竟然活了下来，又恢复了自由。由于一个偶然的机会，我听到了他的噩耗。我当时并不怎么悲哀：那种事情我已经听惯了，不以为怪了。我的心灵已经麻木了。

今天我又由于一个偶然的机会，来到了这一座我梦寐以求的春城。我重游了许多地方，重温了旧梦。自然风光之美和人情之美越使我高兴，我就越惘然若有所失，时时处处不禁悲从中来。那一个在我的记忆中同这一座春城总是联系在一起的人哪里去了呢？大街上，我看到熙熙攘攘的行人。这些人都是好人，都有愉快地自由地生存的权利，都有为祖国献身的权利，都有享受这一座春城的权利。然而我怀念的那一个人就没有这权利吗？在林林总总的人群中为什么独独竟少了那一个人呢？他同我岁数差不多，他是能够活下来的。他热爱新中国，热爱新中国的教育事业；他热爱生活，热爱这一座春城。他有一颗热忱的心，能够为祖国的教育事业贡献力量。他手里有一支生花的妙笔，他能够鼓吹升平，歌唱我们这一个太平盛世。他曾经高歌：

春光似海，
盛世如花。

他是多么热爱这似海的春光、如花的盛世啊！然而，这样一个人到哪里去了呢？我也是热爱这似海的春光、如花的盛世的，但我只觉得茫茫大地，独缺此人。我心灵里的空虚是无论如何也填补不起来的。我感到寂寞，感到凄凉；为了他，我将永远感到寂寞，感到凄凉。

我本来就是热爱这春城昆明的，现在又增加了一个促使我爱的因素。这里是广田生活过的地方，工作过的地方，他的遗骨又埋在这里。这就会使我的记忆的丝缕永远萦绕在这一座美丽的春城周围。我将永远怀念广田，永远爱这座春城。

1979年3月2日

怀念衍梁

在将近六十年前，我同衍梁是济南高中同学。我们俩同年生，我却比他高一级或者两级。既然不是同班，为什么又成了要好的朋友呢？这要从我们的共同爱好谈起。

日本侵略者短期占领济南于1929年撤兵之后，停顿了一年的山东省会的教育又开始复苏。当时山东全省唯一的一所高中：山东省立济南高中正式建立。在中等教育层次中，这是山东的最高学府，全省青年人才荟萃之地。当时的当政者颇为重视。专就延聘教员方面来说，请到了许多学有专长的教员，可谓极一时之选。国文教员有胡也频、董秋芳、夏莱蒂、董每戡等，都是在全国颇有名气的作家。我们的第一位国文教员是胡也频先生。他当时年少气盛，而且具有青年革命家一往无前的精神，现在看起来虽然略有点沉着不够，深思熟虑不够，但是他们视反动派如粪土，如木雕泥塑，先声夺人。在精神方面他们是胜利者。胡先生在课堂上坦诚直率地宣传革命，宣传革命文艺。每次上课几乎都在黑板上大书："什么是现代文艺？现代文艺的使命是什么？"所谓现代文艺，当时也称之为普罗文学，也就是无产阶级文学。它的使命就是革命，就是推翻以蒋介石为首的国民党反动派的统治。他讲起来口若悬河泻水，滔滔不绝。我们当时都才十七八岁，很容易受到感染，也跟着大谈现代文艺和现代文艺的使命。丁玲同志曾以探亲名义，在高中呆过一阵，我们学生都怀着好奇而又尊敬的心情瞻仰了她的风采。她的一些革命作品，如《在黑暗中》等，当然受到我们的欢迎。

在青年学生中最积极的积极分子之一就是许衍梁。

我们当时都是山东话所说的“愣头青”，就是什么顾虑也没有，什么东西也不怕。我们虽然都不懂什么叫革命，却对革命充满了热情。胡也频先生号召组织现代文艺研究会，我们就在宿舍旁边的过道上摆上桌子，坦然怡然地登记愿意参加的会员。我们还准备出版刊物，我给刊物写过一篇文章，题目是《现代文艺的使命》。当时看了一些从日文转译过来的俄国人写的马克思文艺理论。译文极其别扭，读起来像天书一般，我也生吞活剥地写入我的“文章”，其幼稚可想而知。但是自己却颇有一点自命不凡的神气。记得衍梁也写了文章，题目忘记了，其幼稚程度同我恐怕也在伯仲之间。

这些举动当然会惹起国民党反动派的注意。我们学校就设有什么训导主任，专门宣传国民党党义和监视学生的活动。他们散布流言，说济南高中成了“土匪训练班”。衍梁当仁不让的是“土匪”之一。对他们眼中的“土匪”们，国民党一向是残酷消灭，手下决不留情的。不久，就传出了“消息”，说是他们要逮捕人。胡也频先生立即逃离济南，到了上海。过了没有多久，国民党反动派终于下了毒手，他就在龙华壮烈牺牲了。

我们这些小“土匪”们失去了支柱，只好变得安分守己起来。一转眼到了1930年夏天，我毕业离校，到北平考上国立清华大学，同衍梁就失去了联系。一直到1946年，我从欧洲回国，1947年回到济南，才再次同他见面。当时正处在解放战争高潮中，济南实际上成了一座孤城，国民党反动派眼看就要崩溃。记得我们也没有能见多少次面，我就又离开济南回北平来了。

又是一段相当长的别离。好像是到了“四人帮”垮台以后，我才又去济南见了衍梁。他当了官，对老友仍然像从前那样热情。七年前我回到济南开会，一中的老同学集会了一次。五六十年没有见面的中学老同学又见了面，实在是空前盛会，大家都兴奋异常。我想大家都会想到杜甫的诗“人生不相见，动如参与商。今夕复何夕？共此灯烛光”，而感慨万端。我见到了余修、黄离等等，衍梁当然也在里面，而且是最活跃的一个。此时他已经不戴乌纱帽，而搞山东科协。看来他的精神很好，身体很健康。谁也没料到，不久余修谢世，去年衍梁也病逝北京，这一次盛会不但空前，竟也绝后了。

我久已年逾古稀。但是一直到最近，我才逐渐承认自己是老人了。中国古代文人常用一个词儿，叫做“后死者”，我觉得这个词儿实在非常有意思。同许多老朋友比起来，我自己竟也成了一个“后死者”。当一个“后死者”是幸运的——谁不愿意长寿呢？但任务也是艰巨的。许多已死的老朋友的面影闪动在自己的脑海中，迷离历乱，不成章法，但又历历在目，栩栩如生。据说老年人都爱回忆过去。根据我自己的经验，这并不是老年人独有的爱好，而是在沉重的回忆的压力下不得不尔。

我常拿晚秋的树叶来比老年人。在木叶凋零的时刻，树上残留的叶片日益减少。秋风一吹，落下几片。秋风又一吹，又落下几片。树本身也许还能做梦，梦到冬去春来，树叶又可以繁茂起来。老年人是没有这种幸福的，他们只能眼睁睁地看着叶片日益稀少，淡淡的或浓浓的悲哀压在心头。屠格涅夫的一首散文诗，鲁迅的散文诗《过客》都讲到：眼前最终是一个坟墓，“人生至此，天道宁论”，古人已经叹息过了。我自认为是唯物主义者，知道这是自然规律，不可抗御，无所用其悲哀。但话虽这样说，如果说对生死绝不介意，恐怕是很难做到的。

现在我中小学的同伴生存的已经绝无仅有了，衍梁的面影，也夹在许多老朋友的面影中活跃在我的脑海里，等到我自己的面影也活跃在比我更后死的朋友的脑海中时，恐怕再没有谁还会记得起衍梁了。我现在乘着他的面影还在闪动时，写下这一篇短文，希望把他的面影保留得尽可能长一些。我现在能做的也就只这些了，呜呼，真叫做没有法子。

1987年7月23日

我认识姜老已经三十多年了。最初我们接触非常少，记得只谈过马恩著作的翻译问题。恩格斯的《英国工人阶级状况》，我曾有过一个初译草稿，后来编译局要了去加工出版了。他给我的第一个印象是：温文尔雅，恂恂然儒者风度。

但是，我对他了解得并不多，也可以说是根本没有了解。只不过觉得，这个人还不错，可以交往而已。

只是到了最近一些年，姜老领导《中国大百科全书》的编纂工作，我也应邀参加，共同开了不少的会，我才逐渐加深了对他的认识。我对大百科全书的意义不能说一点认识也没有，但是，应该承认，我最初确实认识很不够。大百科出版社成立时，我参加了许多与大百科没有直接关系的学术会议。我记得在昆明，在成都，在重庆，在广州，在杭州，当然也在北京，我参加的会议内容颇为复杂，宗教、历史、文学、语言都有。姜老是每会必到，每到必发言，每发言必很长。不管会议的内容如何，他总是讲大百科，反复论证，不厌其详，苦口婆心，唯恐顽石不点头。他的眼睛不好，没法看发言提纲，也根本没有什么提纲，讲话的内容似乎已经照相制版，刻印在他的脑海中。我在这里顺便说一句，朱光潜先生曾对我讲过：姜椿芳这个人头脑清楚得令人吃惊。姜老就靠这惊人的头脑，把大百科讲得有条有理，头头是道，古今中外，人名书名，一一说得清清楚楚。

但是，说句老实话，同样内容的讲话我至少听过三四次，我觉得简直有点厌烦了。可是，到了最后，我一下子“顿悟”过来，他那种执着坚韧的精神感动了我，也感动了其他的人。我们仿佛看到了他那一颗为大百科拼搏的赤诚的心。我们在背后说，姜老是“百科迷”，后来我们也迷了起来。大百科的工作顺利进行下去了。

姜老不但为大百科呕心沥血，他对其他文化事业也异常关心。搞文化事业离不开知识分子。他自己是知识分子，他了解知识分子，他爱护团结知识分子，他关心知识分子的遭遇和心情。他曾多次对我谈到在中国出版学术著作困难的情况，以及出书难但买书也不易的情况。他有一套具体的解决办法，可惜没能实现。他还热心提倡中国的优秀剧种昆曲，硬是拉了我参加他倡导的一个学会，多次寄票给我，让我这个没有多少艺术细胞的人学会了欣赏。他对中国传统的绘画和书法也表现出极大的兴趣，他是一个有很高文化修养的人。

拿中国目前的标准来衡量，姜老还不能算是很老。他的身体虽然不算很好，但是原来也并没有什么致命的病。我原以为他还能活下去的，我从来没有把他同死亡联系在一起，他还有很多很多工作要去做啊！对我个人来说，我直觉地感到，他还有不少的打算要拉我共同去实现。我在默默地期待着，期待着；我幻想，总有一天，他会对我讲出来的。然而，谁人能料到，他竟遽尔归了道山。我的直觉落空了，好多同我一样的老知识分子失掉了一位知心朋友，我们能不悲从中来吗？

最近几年，师友谢世者好像陡然多了起来，我心中受到了极大的震动。我一方面认为，这是自然规律，无法抗御，也用不着去抗御。另一方面我又觉得自己大概也真正是老了，不免想到一些以前从没有想到的事情。生死事大，古人屡屡讲到。古代有一些人对于生死貌似豁达，实则是斤斤计较，六朝的阮籍等人就属于这一类。我个人认为，过分计较大可不必，装出豁达的样子也有点可笑。但是，人非木石，孰能无情？师友一个个离开人间，能不有动于衷吗？我只是想，一个人只能有一次生命，我从来不相信轮回转生。既然如此，一个人就应该在这短暂的只有一次的生命中努力做一些对别人有益，也无愧于自己的良心的事情，用一句文绉绉的话来说，就是实现自己生命的价值。能做到这一步，一生再短暂，也算是对得起这仅有的一次生命了。可惜的是，并不是每个人都能想到这一点，更不用说做到了。我认为，姜椿芳同志是真正做到了这一点的，他真正实现了自己生命的价值。椿芳同志可以问心无愧地安息了，永远安息了。

1988年1月22日

回忆梁实秋先生

我认识梁实秋先生，同他来往，前后也不过两三年，时间是很短的。但是，他留给我的回忆却是很长很长的。分别之后，到现在已经四十年了。我仍然时常想到他。

1946年夏天，我在离开了祖国十一年之后，受尽了千辛万苦，又回到了祖国怀抱，到了南京。当时刚刚打败了日本侵略者，国民党的“劫收”大员正在全国满天飞，搜刮金银财宝，兴高采烈。我这一介书生，“无条无理”，手里没有几个钱，北京大学还没有开学，拿不到工资，住不起旅馆，只好借住在我小学同学李长之在国立编译馆的办公室内。他们白天办公，我就出去游荡，晚上回来，睡在办公桌上。早晨一起床，赶快离开。国立编译馆地处台城下面，我多半在台城上云游。什么鸡鸣寺、胭脂井，我几乎天天都到。再走远一点，出城就到了玄武湖。山光水色，风物怡人。但是我并没有多少闲情逸致，观赏风景。我的处境颇像旧戏中的秦琼，我心里琢磨的是怎样卖掉黄骠马。

我这样天天游荡，梦想有朝一日自己能安定下来，有一间房子，有一张书桌。别的奢望，一点没有。我在台城上面看到郁郁葱葱的古柳，心头不由地涌出了古人的诗：

江雨霏霏江草齐，

六朝如梦鸟空啼。

无情最是台城柳，

依旧烟笼十里堤。

这里讲的仅仅是六朝。从六朝到现在，又不知道有多少朝多少代过去了。古柳依然是葱茏繁茂，改朝换代并没有影响了它们的情绪。今天我站在古柳面前，一点也没有觉得它们“无情”，我觉得它们有情得很。我天天在六月的炎阳下奔波游荡，只有在台城古柳的浓荫下才能获得片刻的清凉，让我能够坐下来稍憩一会儿。我难道不该感激这些古柳而还说三道四吗?

又过了一些时候，有一天长之告诉我，梁实秋先生全家从重庆复员回到南京了。梁先生也在国立编译馆工作。我听了喜出望外。我不认识梁先生，论资排辈，他大我十几岁，应该算是我的老师。他的文章我在清华大学读书时就读过不少，很欣赏他的文才，对他潜怀崇敬之情。万万没有想到竟在南京能够见到他。见面之后，立刻对他的人品和谈吐十分倾倒。没有经过什么繁文缛节，我们成了朋友。我记得，他曾在一家大饭店里宴请过我。梁夫人和三个孩子：文茜、文蔷、文骐，都见到了。那天饭菜十分精美，交谈更是异常愉快，给我留下了深刻的印象，至今忆念难忘。我自谓尚非馋嘴之辈，可为什么独独对酒宴记得这样清楚呢?难道自己也属于饕餮大王之列吗?这真叫做没有法子。

解放前夕，实秋先生离开了北平，到了台湾，文茜和文骐留下没有走。在那极“左”的时代，有人把这一件事看得大得不得了。现在看来，也没有什么了不起的。一个人相信马克思主义，这当然很好，这说明他进步。一个人不相信，或者暂时不相信，他也完全有自由，这也绝非反革命。我自己过去不是也不相信马克思主义吗？从来就没有哪一个人一生下就是马克思主义者，连马克思本人也不是，遑论他人。我们今天知人论事，要抱实事求是的态度。

至于说梁实秋同鲁迅有过一些争论，这是事实。是非曲直，暂作别论。我们今天反对对任何人搞“凡是”，对鲁迅也不例外。鲁迅是一个伟大人物，这谁也否认不掉。但不能说凡是鲁迅说的都是正确的。今天，事实已经证明，鲁迅也有一些话是不正确的，是形而上学的，是有偏见的。难道因为他对梁实秋有过批评意见，梁实秋这个人就应该永远打入十八层地狱吗？

实秋先生活到耄耋之年。他的学术文章，功在人民，海峡两岸，有目共睹，谁也不会有什么异辞。我想特别提出一点来说一说。他到了老年，同胡适先生一样，并没有留恋异国，而是回到台湾定居。这充分说明，他是热爱我们祖国大地的。至于他的为人毫无架子，像对我和李长之这样年轻一代的人，竟也平等对待，态度真诚和蔼，更令人难忘。这种作风，即使不是绝无仅有，也总算是难能可贵。对我们今天已经成为前辈的人，不是很有教育意义吗？

去年，他的女儿文茜和文蔷奉父命专门来看我。我非常感动，知道他还没有忘掉我。这勾引起我回忆往事。回忆虽然如云如烟，但是感情却是非常真实的。我原期望还能在大陆见他一面，不意他竟尔仙逝。我非常悲痛，想写点什么，终未果。去年，他的夫人从台湾来北京举行追思会。我正在南京开会，没能亲临参加，只能眼望台城，临风凭吊。我对他的回忆将永远保留在我的心中，直至我不能回忆为止。我的这一篇短文，他当然无法看到了。但是，我仿佛觉得，而且痴情希望，他能看到。四十年音问未通，这是仅有的一次也是最后一次通音问了。悲夫！

1988年3月26日

悼念沈从文先生

去年有一天，老友肖离打电话告诉我，从文先生病危，已经准备好了后事。我听了大吃一惊，悲从中来，一时心血来潮，提笔写了一篇悼念文章，自诧为倚马可待，情文并茂。然而，过了几天，肖离又告诉我说，从文先生已经脱险回家。我心里一块石头落了地，又窃笑自己太性急，人还没去，就写悼文，实在非常可笑。我把那一篇“杰作”往旁边一丢，从心头抹去了那一件事，稿子也沉入书山稿海之中，从此“云深不知处”了。

到了今年，从文先生真正去世了。我本应该写点什么的。可是，由于有了上述一段公案，懒于再动笔，一直拖到今天。同时我注意到，像沈先生这样一个人，悼念文章竟如此之少，有点不太正常，我也有点不平。考虑再三，还是自己披挂上马吧。

我认识沈先生已经五十多年了。当我还是一个大学生的时候，我就喜欢读他的作品。我觉得，在所有的并世的作家中，文章有独立风格的人并不多见。除了鲁迅先生之外，就是从文先生。他的作品，只要读上几行，立刻就能辨认出来，决不含糊。他出身湘西的一个破落小官僚家庭，年轻时当过兵，没有受过多少正规的教育。他完全是自学成家。湘西那一片有点神秘的土地，其怪异的风土人情，通过沈先生的笔而大白于天下。湘西如果没有像沈先生这样的大作家和像黄永玉先生这样的大画家，恐怕一直到今天还是一片充满了神秘的terraincognita（没有人了解的土地）。

我同沈先生打交道，是通过一件不大不小的事情。丁玲的《母亲》出版以后，我读了觉得有一些意见要说，于是写了一篇书评，刊登在郑振铎、靳以主编的《文学季刊》创刊号上。刊出以后，我听说，沈先生有一些意见。我于是立即写了一封信给他，同时请求郑先生在《文学季刊》创刊号再版时，把我那一篇书评抽掉。也许就是由于这一个不能算是太愉快的因缘，我们就认识了。我当时是一个穷学生，沈先生是著名的作家。社会地位，虽不能说如云泥之隔，毕竟差一大截子。可是他一点名作家的架子也不摆，这使我非常感动。他同张兆和女士结婚，在北京前门外大栅栏撷英番菜馆设盛大宴席，我居然也被邀请。当时出席的名流如云。证婚人好像是胡适之先生。

从那以后，有很长的时间，我们并没有多少接触。我到欧洲去住了将近十一年。他在抗日烽火中在昆明住了很久，在西南联大任国文系教授。彼此音问断绝。他的作品我也读不到了。但是，有时候，不知是出于什么原因，我在饥肠辘辘、机声嗡嗡中，竟会想到他。我还是非常怀念这一位可爱、可敬、淳朴、奇特的作家的。

一直到1946年夏天，我回到祖国。这一年的深秋，我终于又回到了别离了十几年的北平。从文先生也于此时从云南复员来到北大，我们同在一个学校任职。当时我住在翠花胡同，他住在中老胡同，都离学校不远，因此我们也相距很近。见面的次数就多了起来。他曾请我吃过一顿相当别致、毕生难忘的饭：云南有名的汽锅鸡。锅是他从昆明带回来的，外表看上去像宜兴紫砂，上面雕刻着花卉书法，古色古香，虽系厨房用品，然却古朴高雅，简直可以成为案头清供，与商鼎周彝斗艳争辉。

就在这一次吃饭时，有一件小事给我留下了深刻的印象。当时要解开一个用麻绳捆得紧紧的什么东西。只需用剪子或小刀轻轻地一剪一割，就能开开。然而从文先生却抢了过去，硬是用牙把麻绳咬断。这一个小小的举动，有点粗劲，有点蛮劲，有点野劲，有点土劲，并不高雅，并不优美。然而，它却完全透露了沈先生的个性。在达官贵人、高等华人眼中，这简直非常可笑，非常可鄙。可是，我欣赏的却正是这一种劲头。我自己也许就是这样一个“土包子”，虽然同那一些只会吃西餐、穿西装、半句洋话也不会讲偏又自认为是“洋包子”的人比起来，我并不觉得低他们一等。不是有一些人也认为沈先生是“土包子”吗？

还有一件小事，也使我忆念难忘。有一次我们到什么地方去游逛，可能是中山公园之类。我们要了一壶茶。我正要拿起壶来倒茶，沈先生连忙抢了过去，先斟出了一杯，又倒入壶中，说只有这样才能把茶味调得均匀。这当然是一件微不足道的小事，然而在琐细中不是更能看到沈先生的精神吗？

小事过后，来了一件大事：我们共同经历了北平的解放。在这个关键时刻，我并没有听说，从文先生有逃跑的打算。他的心情也是激动的，虽然他并不故作革命状，以达到某种目的，他仍然是朴素如常。可是厄运还是降临到他头上来。一个著名的马列主义文艺理论家，在香港出版的一个“进步”的文艺刊物上，发表了一篇长文，题目大概是什么《文坛一瞥》之类，前面有一段相当长的修饰语。这一位理论家视觉似乎特别发达，他在文坛上看出了许多颜色。他“一瞥”之下，就把沈先生“瞥”成了粉红色的小生。我没有资格对这一篇文章发表意见。但是，沈先生好像是当头挨了一捧，从此被“瞥”下了文坛，销声匿迹，再也不写小说了。

一个惯于舞笔弄墨的人，一旦被剥夺了写作的权利，他心里是什么滋味，我说不清；他有什么苦恼，我也说不清。然而，沈先生并没有因此而消沉下去。文学作品不能写，还可以干别的事嘛。他是一个精力旺盛的人，他是一个闲不住的人，他转而研究起中国古代的文物来，什么古纸、古代刺绣、古代衣饰等等，他都研究。凭了他那一股惊人的钻研的能力，过了没有多久，他就在新开发的领域内取得了可喜的成绩。他那一本讲中国服饰史的书，出版以后，洛阳纸贵，受到国内外一致的高度的赞扬。他成了这方面权威。他自已也写章草，又成了一个书法家。

有点讽刺意味的是，正当他手中的写小说的笔被“瞥”掉的时候，从国外沸沸扬扬传来了消息，说国外一些人士想推选他做诺贝尔文学奖的候选人。我在这里着重声明一句，我们国内有一些人特别迷信诺贝尔奖，迷信的劲头，非常可笑。试拿我们中国没有得奖的那几位文学巨匠同已经得奖的欧美的一些作家来比一比，其差距简直有如高山与小丘。同此辈争一日之长，有这个必要吗！推选沈先生当候选人的事是否进行过，我不得而知。沈先生怎样想，我也不得而知。我在这里提起这一件事，只不过把它当作沈先生一生中一个小小的插曲而已。

我曾在几篇文章中都讲到，我有一个很大的缺点（优点？），我不喜欢拜访人。有很多可尊敬的师友，比如我的老师朱光潜先生、董秋芳先生等等，我对他们非常敬佩，但在他们健在时，我很少去拜访。对沈先生也一样。偶尔在什么会上，甚至在公共汽车上相遇，我感到非常亲切，他好像也有同样的感情。他依然是那样温良、淳朴，时代的风风雨雨在他身上，似乎没有留下什么痕迹，说白了就是没有留下伤痕。一谈到中国古代科技、艺术等等，他就喜形于色，眉飞色舞，娓娓而谈，如数家珍，天真得像一个大孩子。这更增加了我对他的敬意。我心里曾几次动过念头：去看一看这一位可爱的老人吧！然而，我始终没有行动。现在人天隔绝，想见面再也不可能了。

有生必有死，是大自然的规律。我知道，这个规律是违抗不得的，我也从来没有想去违抗。古代许多圣君贤相，聪明一世，糊涂一时，想方设法，去与这个规律对抗，妄想什么长生不老，结果却事与愿违，空留了一场笑话。这一点我很清楚。但是，生离死别，我又不能无动于衷。古人云：太上忘情。我是一个微不足道的凡人，无论如何也做不到忘情的地步，只有把自己钉在感情的十字架上了。我自谓身体尚颇硬朗，并不服老。然而，曾几何时，宛如黄粱一梦，自己已接近耄耋之年。许多可敬可爱的师友相继离我而去。此情此景，焉能忘情？现在从文先生也加入了去者的行列。他一生安贫乐道，淡泊宁静，死而无憾矣。对我来说，忧思却着实难以排遣。像他这样一个有特殊风格的人，现在很难找到了。我只觉得大地茫茫，顿生凄凉之感。我没有别的本领，只能把自己的忧思从心头移到纸上，如此而已。

1988年11月2日写于香港中文大学会友楼

寿寿彝

寿彝同志行年八十了。我认识他已经将近半个世纪，超过了他现在年龄的一半，时间不能算短了。但是我们的友情却是与日俱浓。其中也并没有什么奥秘。中国古人说："人之相知，贵相知心。"在这样漫长的时间内，我越来越明确地感觉到，寿彝同志的心是淳朴的、开朗的、正直的、敦厚的。我们俩的共同老友臧克家同志经常同我谈到寿彝，谈起来总是赞不绝口。他的看法同我没有什么差别。可见我的感觉是实事求是的，并非个人偏见。

作为一个人，一个朋友，寿彝同志是这样子。作为一个学者，他同样对我有极大的吸引力。二十多年前，我们俩共同奉使到伊拉克去参加巴格达建城一千五百周年庆典，转道赴埃及开罗。我们天天在一起，参观金字塔，拜谒狮身人面像，除了用眼睛外，还要用嘴。我们几乎是无所不谈，但是谈学问之事居多。我们共同的爱好是历史，历史就成了我们谈话的主题。我是野狐谈禅，他是巍然大家，我们俩不在一个水平上。他曾长时间地向我谈了他对中国史学史的看法，我大有茅塞顿开之感。中国是世界上最重视历史的国家，史籍之多，浩如烟海；名家辈出，灿如列星。史学理论当然也如百花齐放，在世界上堪称独步。治中国史学史必能丰富世界史学理论，为世界史苑增添奇花异卉。这是中国史学界义不容辞的责任。

然而在目前中国，中国史学史这一门学问却给人以凋零衰颓的印象。这不能不说是极大的憾事。寿彝同志是一个有心人，他治中国史学史有年矣。他对几千年中国史学，其中也包括史学理论，有深刻、细致、系统的看法。但是他做学问一向谨严，决不肯把自己认为还不成熟的看法写成文章，公诸于世。如果换一个人，早已经大文屡出，著作等身了。我们在开罗逍遥期间，他对我比较详细地谈了他对中国史学史的看法，我受到很大的启发，自认是闻所未闻。回国以后，我们见面，我经常催问他：中国史学史写得怎样了？可见我对此事之关切。

在中国目前社会上对三教九流人等的分类上，寿彝和我都应归入“社会活动家”这一流的。我们同踞文山之上，同没会海之中。这样一来，我们见面的机会反而多起来了，真所谓“塞翁失马，焉知非福”。每次见面，我们都从内心深处感到异常亲切。这样的感觉，历久而不衰，实在是难能可贵的。

现在寿彝八十岁了。按照旧日的说法，他可以说是已经“寿登耄耋”了。但是，今天的情况已经大大地改变，老黄历查不得了。前几天，我招待韩国的一位大学校长。我们开玩笑说：古人说，六十花甲；我们现在应该改成八十花甲，九十古稀。那么，寿彝现在刚刚达到花甲之年，距古稀还有十年之久，从年龄上来说，他还大有可为。就算是九十古稀吧，今天也并不太稀。我的老师就颇有几位达到九十高龄的，我的一位美国老师活到一百零几岁。我常说，今天我们再也不能祝人“长命百岁”了。因为这似乎有限制的意味，限制人家只能活到百岁。因此，我现在祝寿彝长命一百岁以上，祝他再为中国史学史工作二十年以上。

1988年12月3日

声树同志研究的范围，我甚少通解，因而不敢赞一辞。但是，对于他作为一个人，作为一个学者，我却是十分敬佩，觉得颇有一些话要说。

在初解放的一段时间内，我住在城内沙滩红楼和翠花胡同，在沙滩一个小饭铺里经常同他在一起吃饭。又有许多机会同他一起开会。他给我的印象是淳朴、诚恳，蔼然儒者气象。后来听许多人讲到，声树同志极俭，而待人极厚；对自己要求极严，处处以最高标准要求自己。这方面的事迹，如果搜集起来，可以写成一本书。他的道德水平达到了很高的境界。在今天社会上道德准则不断滑坡的情况下，他的举动真可以振聋发聩，可以给人以针砭，给人以策励。

作为一个学者，他的著述虽然不算多。但是，据真正的内行说，他的每一篇文章都是千锤百炼的产品，达到了很高的水平。在这方面，他对自己要求很严格，对别人要求也同样很严格。在今天学术道德也不见得很令人满意的情况下，他也可以给我们以针砭，给我们以策励。

总之，从为人和为学两个方面来看，声树同志都可以成为我们的楷模。他会永远活在我们心中，我们会永远向他学习。

1989年4月10日

胡也频，这个在中国近代革命史上和文学史上宛如夏夜流星一闪即逝但又留下永恒光芒的人物，知道其名者很多很多，但在脑海中尚能保留其生动形象者，恐怕就很少很少了。

我有幸是其中的一个。

我初次见到胡先生是六十年前在山东济南省立高中的讲台上。我当时只有十八岁，是高中三年级的学生。他个子不高，人很清秀，完全是一副南方人的形象。此时日军刚刚退出了被占领一年的济南。国民党的军队开了进来，教育有了改革。旧日的山东大学附设高中改为省立高中。校址由绿柳红荷交相辉映的北园搬到车水马龙的杆石桥来，环境大大地改变了，校内颇有一些新气象。专就国文这一门课程而谈，在一年前读的还是《诗经》《书经》和《古文观止》一类的书籍，现在完全改为读白话文学作品。作文也由文言文改为白话文。教员则由前清的翰林、进士改为新文学家。对于我们这一批年轻的大孩子来说，顿有耳目为之一新的感觉。大家都兴高采烈了。

高中的新校址是清代的一个什么大衙门，崇楼峻阁，雕梁画栋，颇有一点儿威武富贵的气象。尤其令人难忘的是里面有一个大花园。园子的全盛时期早已成为往事。花坛不修，水池干涸，小路上长满了草。但是花木却依然青翠茂密，浓绿扑人眉宇。到了春天，夏天，仍然开满似锦的繁花，把这古园点缀得明丽耀目。枝头，丛中时有鸟鸣声，令人如入幽谷。老师们和学生们有时来园中漫步，各得其乐。

胡先生的居室就在园门口旁边，常见他走过花园到后面的课堂中去上课。他教书同以前的老师完全不同。他不但不讲《古文观止》，好像连新文学作品也不大讲。每次上课，他都在黑板上大书："什么是现代文艺？"几个大字，然后滔滔不绝地讲了起来，直讲得眉飞色舞，浓重的南方口音更加难懂了。下一次上课，黑板上仍然是七个大字："什么是现代文艺？"我们这一群年轻的大孩子听得简直像着了迷。我们按照他的介绍买了一些当时流行的马克思主义文艺理论书籍。那时候，"马克思主义"这个词儿是违禁的，人们只说"普罗文学"或"现代文学"，大家心照不宣，谁也了解。有几本书的作者我记得名叫弗里茨，以后再也没见到这个名字。这些书都是译文，非常难懂。据说是从日文转译的俄国书籍。恐怕日文译者就不太懂俄文原文，再转为汉文，只能像"天书"了。我们当然不能全懂，但是仍然怀着朝圣者的心情，硬着头皮读下去。生吞活剥，在所难免。然而"现代文艺"这个名词却时髦起来，传遍了高中的每一个角落，仿佛为这古老的建筑增添了新的光辉。

我们这一批年轻的中学生其实并不真懂什么"现代文艺"，更不全懂什么叫"革命"。胡先生在这方面没有什么解释。但是我们的热情却是高昂的，高昂得超过了需要。当时还是国民党的天下，学校大权当然掌握在他们手中。国民党最厌恶、最害怕的就是共产党，似乎有不共戴天之仇，必欲除之而后快。在这样的气氛下，胡先生竟敢明目张胆地宣传"现代文艺"，鼓动学生革命，真如太岁头上动土。国民党对他的仇恨是完全可以想象的。

胡先生却是处之泰然。我们阅世未深，对此完全是麻木的。胡先生是有社会经历的人，他应该知道其中的利害，可是他也毫不在乎。只见他那清瘦的小个子，在校内课堂上，在那座大花园中，迈着轻盈细碎的步子，上身有点儿向前倾斜，匆匆忙忙，仓仓促促，满面春风，忙得不亦乐乎。他照样在课堂上宣传他的“现代文艺”，侃侃而谈，视敌人如草芥，宛如走入没有敌人的敌人阵中。

他不但在课堂上宣传，还在课外进行组织活动。他号召组织了一个现代文艺研究会，由几个学生积极分子带头参加，公然在学生宿舍的走廊上，摆上桌子，贴出布告，昭告全校，踊跃参加。当场报名、填表，一时热闹得像是过节一样。时隔六十年，一直到今天，当时的情景还历历如在眼前，当时的笑语声还在我耳畔回荡，留给我的印象之深，概可想见了。

有了这样一个组织，胡先生还没有满足，他准备出一个刊物，名称我现在忘记了。第一期的稿子中有我的一篇文章，名叫《现代文艺的使命》。内容现在完全忘记了，无非是革命、革命、革命之类。以我当时的水平之低，恐怕都是从“天书”中生吞活剥地抄来了一些词句，杂凑成篇而已，决不会是什么像样的文章。

正在这时候，当时蜚声文坛的革命女作家、胡先生的夫人丁玲女士到了济南省立高中，看样子是来探亲的。她是从上海去的。当时上海是全国最时髦的城市，领导全国的服饰的新潮流。丁玲的衣着非常讲究，大概代表了上海最新式的服装。相对而言，济南还是相当闭塞淳朴的。丁玲的出现，宛如飞来的一只金凤凰，在我们那些没有见过世面的青年学生眼中，她浑身闪光，辉耀四方。

记得丁玲那时候比较胖，又穿了非常高的高跟鞋。济南比不了上海，马路坑坑洼洼，高低不平。高中校内的道路，更是年久失修。穿平底鞋走上去都不太牢靠，何况是高跟鞋。看来丁玲就遇上了“行路难”的问题。胡先生个子比丁玲稍矮，夫人“步履维艰”，有时要扶着胡先生才能迈步。我们这些年轻的学生看了这情景，觉得非常有趣。我们就窃窃私议，说胡先生成了丁玲的手杖。我们其实不但毫无恶意，而且是充满了敬意的。在我们心中真觉得胡先生是一个好丈夫，因此对他更增加了崇敬之感，对丁玲我们同样也是尊敬的。

不管胡先生怎样处之泰然，国民党却并没有睡觉。他们的统治机器当时运转得还是比较灵的。国民党对抗大清帝国和反动军阀有过丰富的斗争经验，老谋深算，手法颇多。相比之下，胡先生这个才不过二十多岁的真正的革命家，却没有多少斗争经验，专凭一股革命锐气，革命斗志超过革命经验，宛如初生的犊子不怕虎一样，头顶青天，脚踏大地，把活动都摆在光天化日之下。这确实值得尊敬。但是，勇则勇矣，面对强大的掌握大权的国民党，是注定要失败的。这一点，我始终不知道，胡先生是否意识到了。这个谜将永远成为一个谜了。

事情果然急转直下。有一天，国文课堂上见到的不再是胡先生那瘦小的身影，而是一位完全陌生的老师。全班学生都为之愕然。小道消息说，胡先生被国民党通缉，连夜逃到上海去了。到了第二年，1931年，他就同柔石等四人在上海被国民党逮捕，秘密杀害，身中十几枪。当时他只有二十八岁。

鲁迅先生当时住在上海，听到这消息以后，他怒发冲冠，拿起如椽巨笔，写了这样一段话：“我们现在以十分的哀悼和铭记，纪念我们的战死者，也就是要牢记中国无产阶级革命文学的历史的第一页，是同志的鲜血所记录，永远在显示敌人的卑劣的凶暴和启示我们的不断的斗争。”（《二心集》）这一段话在当时真能掷地作金石声。

胡先生牺牲到现在已经60年了。如果他能活到现在，也不过八十七八岁，在今天还不算是太老，正是“余霞尚满天”的年龄，还是大有可为的。而我呢，在这一段极其漫长的时间内，经历了极其曲折复杂的行程，天南海北，神州内外，高山大川，茫茫巨浸；走过阳关大道，也走过独木小桥，在“空前的十年”中，几乎走到穷途。到了今天，我已由一个不到二十岁的中学生变成了皤然一翁，心里面酸甜苦辣，五味俱全。但是胡先生的身影忽然又出现在眼前，我有点困惑。我真愿意看到这个身影，同时却又害怕看到这个身影，我真有点诚惶诚恐了。我又担心，等到我这一辈人同这个世界告别以后，脑海中还能保留胡先生身影者，大概也就要完全彻底地从地球上消逝了。对某一些人来说，那将是一个永远无法弥补的损失。在这里，我又有点儿欣慰：看样子，我还不会在短期中同地球“拜拜”。只要我在一天，胡先生的身影就能保留一天。愿这一颗流星的光芒尽可能长久地闪耀下去。

1990年2月9日

诗人兼学者的冯至（君培）先生

君培先生一向只承认自己是诗人，不是学者。但是众多的师友和学生，也包括我在内，却认为他既是诗人，也是学者。他把这两种多少有点矛盾的行当融汇于一身，而且达到了高度统一与和谐的境界。

他的抒情诗曾受到鲁迅先生的赞扬。可惜我对于新诗，虽然已经读了六十多年，却自愧缺少这方面的细胞，至今仍然处在幼儿园阶段，更谈不到登堂入室。因此，对冯先生的新诗，我不敢赞一词。

可是为什么我也认为他是诗人呢？我根据的是他的抒情散文。散文，过去也一度被称作小品文，英国的所谓familiaressay，就是这种东西。这个文学品种，同诗歌、小说、戏剧一样，也是国际性的。但又与后三者不完全相同：并不是每一个文学大国散文都很发达。过去，一讲到散文，首先讲英国，其次算是法国。这个说法基本上是正确的。英国确实出了不少的散文大家，比如兰姆（C.Lamb），G.吉辛（G.Gissing），鸦片烟鬼德•昆西（De Quincey）等等，近代还出了像切斯特顿（Chesterton）等这样的散文作家，灿如列星，辉耀文坛。在法国，蒙田是大家都熟悉的散文大家。至于德国、俄国等文学大国，散文作家则非常稀见。我个人认为，这恐怕与民族气质和思维方式有关。兹事体大，这里不详细讨论了。

我只想指出一点，过去一讲到散文，开口必言英国的中外学者们，忘记了一个事实：中国实际上是世界上最大的散文大国。他们五体投地、诚惶诚恐地匍匐在英国散文脚下，望穿秋水，把目光转向英国。却忘记了，远在天边，近在眼前，居散文魁首地位者非中国莫属。

中国旧日把一切典籍分为四类：经、史、子、集。经里面散文比较少见；史里面则大量存在，司马迁是最著名的例子；子几乎全属于散文范畴；集比起子来更有过之。我们平常所说的“唐宋八大家”，明朝末年的公安派和竟陵派，清朝的桐城派，等等，都是地地道道的散文。我们读过的《古文辞类纂》《古文观止》等等，不都是散文吗？不但抒情和写景的文章属于散文，连一些议论文，比如韩愈的《论佛骨表》、苏轼的《范增论》、《留侯论》以及苏洵的《辨奸论》等等，都必须归入散文范畴，里面弥漫着相当浓厚的抒情气息。我们童而习之，至今尚能成诵。可是，对我来说，一直到了接近耄耋之年，才仿佛受到“天启”，豁然开朗：这不是散文又是什么呢？古诗说：“踏破铁鞋无觅处，得来全不费工夫。”岂是之谓欤？

因此，我说：中国是世界的散文大国。

而冯至先生的散文，同中国近代许多优秀的散文大家的作品一样——诸如鲁迅、郁达夫、冰心、朱自清、茅盾、叶圣陶、杨朔、巴金等的散文，是继承了中国优秀散文传统的。里面当然也有西方散文的影响，在欧风美雨剧烈的震动下，不这样也是不可能的。但其基调以及神情韵味等，则是中国的。恐怕没有人能够完全否认这一点。在这一点上，中国近代的散文，同诗歌、小说、戏剧完全不一样，其中国味是颇为浓烈的。后三者受西方影响十分显著。试以茅盾、巴金等的长篇而论，它们从形式上来看，是同《红楼梦》接近呢，还是类似《战争与和平》？明眼人一望便知，几乎没有争辩的余地。至于曹禺的戏剧，更是形式上与易卜生毫无二致，这也是一个无可争辩的事实。我这一番话丝毫没有价值衡量的意味，我并不想说孰是孰非，孰高孰低，我只不过指出一个事实而已。但是，散文却与此迥乎不同。读了英国散文家的作品，再读上面谈到的那几位中国散文家的作品，立刻就会感到韵味不同。在外国，只有日本的散文颇有中国韵味。这大概同日本接受中国文学的影响，特别中国禅宗哲学的影响是分不开的。

中国散文已经有了几千年的历史传统，各种不同的风格，各种不同的流派，纷然杂陈。中国历代的散文文苑，花团锦簇，姹紫嫣红，赛过三春的锦绣花园。但是，不管风格多么不同，却有一点是共同的：所有散文家都不是率尔而作，他们写作都是异常认真的，简练揣摩，惨淡经营，造词遣句，谋篇布局，起头结尾，中间段落，无不精心推敲，慎重下笔。这情景在中国旧笔记里有不少的记载。宋朝欧阳修写《昼锦堂记》，对于开头几句，再三斟酌，写完后派人送走，忽觉不妥，又派人快马加鞭，追了回来，重新改写，是有名的例子。

我个人常常琢磨这个问题。我觉得，中国散文最突出的特点是同优秀的抒情诗一样，讲究含蓄，讲究蕴藉，讲究意境，讲究神韵，言有尽而意无穷，也可以用羚羊挂角来做比喻。借用印度古代文艺理论家的话来说就是，没有说出来的比已经说出来的更为重要，更耐人寻味。倘若仔细分析一下近代中国散文家的优秀作品，这些特点都是有的，无一不能与我的想法相印证。这些都是来自中国传统，这一点是不容置疑的。可惜，我还没有看到过这样分析中国散文的文章。有人侈谈，散文的核心精神就在一个“散”字上，换句话说就是，愿意怎样写就怎样写，不愿意写下去了，就立刻打住。这如果不是英雄欺人，也是隔靴搔痒，没搔到痒处。在我们散文坛上，确有这样的文章。恕我老朽愚钝，我期期以为不可。古人确实有一些读之如行云流水的文章，但那绝非轻率从事，而是长期锻炼臻入化境的结果。我不懂文章三昧，只不过如此感觉；但是，我相信，我的感觉是靠得住的。

冯至先生的散文，我觉得，就是继承了中国优秀传统的。不能说其中没有一点西方的影响，但是根底却是中国传统。我每读他的散文，上面说的那些特点都能感觉到，含蓄、飘逸、简明、生动，而且诗意盎然，读之如食橄榄，余味无穷，三日口香。有一次，我同君培先生谈到《儒林外史》，他赞不绝口，同我的看法完全一样。《儒林外史》完全用白描的手法，语言简洁鲜明，讽刺不露声色，惜墨如金，而描绘入木三分，实为中国散文（就体裁来说，它是小说；就个别片段来说，它又是散文）之上品。以冯先生这样一个作家而喜爱《儒林外史》完全是顺理成章的。

总之，我认为冯先生的散文实际上就是抒情诗，是同他的抒情诗一脉相通的。中国诗坛的情况，我不清楚；从下面向上瞥了一眼，不甚了了。散文坛上的情况，多少知道一点。在这座坛上，冯先生卓然成家，同他比肩的散文作家没有几个，他也是我最喜欢的近代散文作家之一。可惜的是，像我现在这样来衡量他的散文的文章，还没有读到过，不能不说是一件憾事了。

对作为学者的君培先生，我也有我个人的看法。我认为，在他身上，作为学者和作为诗人是密不可分的。过去和现在都有专门的诗人和专门的学者，身兼二者又达到相当高的水平的人，却并不多见。冯先生就是这样一个人。作为学者，他仍然饱含诗人气质，这一点在他的研究选题上就充分显露出来。他研究中西两方面的文学，研究对象都是诗人：在中国是唐代大诗人杜甫，在欧洲是德国大诗人歌德，旁及近代优秀抒情诗人里尔克（Rilke）。诗人之外，除了偶尔涉及文艺理论外，很少写其他方面的文章。这一个非常简单明了的事实，非常值得人们去参悟。研究中外诗人当然免不了要分析时代背景，分析思想内容，这样的工作难免沾染点学究气。这些工作都诉诸人们的理智，而非人们的感情，摆脱学究气并不容易，可是冯先生却能做到这一点。他以诗人研究诗人，研究仿佛就成了创作，他深入研究对象的灵魂，他能看到或本能地领悟到其他学者们看不到更领悟不到的东西，而又能以生花妙笔著成文章，同那些枯涩僵硬的高头讲章迥异其趣，学术论著本身就仿佛成了文学创作，诗意弥漫，笔端常带感情。读这样的学术论著，同读文学作品一样，简直是一种美的享受。

因此，我说，冯至先生是诗人又兼学者，或学者又兼诗人，他把这二者融于一体。

至于冯先生的为人，我又想说：诗人、学者、为人三位一体。中国人常说“文如其人”，或者“人如其文”。这两句话应用到君培先生身上，都是恰如其分的。我确实认为，冯先生是人文难分。他为人一向淳朴、正直、坦荡、忠实，待人以诚，心口如一。我简直无法想象会有谎言从他嘴里流了出来。他说话从不夸大，也不花哨；即之也温，总给人以实事求是的印象，而且几十年如一日，真可谓始终如一了。

君培先生长我六岁。我们都是搞德文起家，后来我转了向，他却一直坚持不懈。在国内，我们虽然不是一个大学，但是我们的启蒙老师却是一个人。他就是二三十年代北大德文系主任，同时又兼任清华的德文教授。因此，我们可以说是有同门之谊，我们是朋友。但是，我一向钦佩君培先生的学识，更仰慕其为人，我总把他当老师看待，因此，也可以说是师生。我在这里想借用陈寅恪师的一句诗“风义生平师友间”。我们相交将近五十年了。解放后，在一起开过无数次的会，在各种五花八门的场合下，我们聚首畅谈，我们应该说是彼此互相了解的。给我印象最深的是他套用李后主的词口吟的两句词：“春花秋月何时了，开会知多少？”我听了以后，捧腹大笑，我的第一个想法就是：实获我心！有不少次开会，我们同住一个房间，上天下地，无所不谈。这更增强了我们彼此的了解。总之，一句话：在将近半个世纪内，我们相处得极为融洽。

君培先生八十五岁了。在过去，这已经是了不起的高寿，古人不是说“人生七十古来稀”吗？但是，到了今天，时移世转，应该改一个提法：“人生九十今不稀”，这样才符合实际情况。我们现在祝人高寿，常说：“长命百岁！”我想，这个说法不恰当。从前说“长命百岁”，是表示期望。今天再说，就成了限制。人们为什么不能活过百岁呢？只说百岁，不是限制又是什么呢？因此，我现在祝君培先生高寿，不再说什么“长命百岁”，意思就是对他的寿限不加限制。我相信，他还能写出一些优秀的文章来的。我也相信而且期望他能活过这个限制期限。

1990年10月20日写完

记周培源先生

如果论资排辈，周培源先生应该算是我的老师。说话为什么这样绕弯子呢？原因是，我于1930年考入清华大学，当时周先生是清华教授。但是，我学的是西洋文学系，而周先生则是物理教授，并无任何接触。只是有时在校园中林荫路上看到周先生伉俪走过而已。当时教授在社会上地位极高，待遇优厚，而且进可以官，退可以学。在我们青年学生眼中，望之如神仙中人。

一直到1952年院系调整，清华理科归入北大，周先生自国外归来，参加了北大的工作。间有机会同他一起开会。但仍然由于行当不同，而从无过从。我对周先生的了解同二十多年以前相比，增加得微乎其微。不过，从他的言谈举止中，从别人对他的评论中，我渐渐发现，周先生其实是一个很有个性、很有骨气、很有正义感、能明辨大是大非的人，一个一身正气、两袖清风的人。

我真正认识周先生是在一个非常不正常的情况下，是在“十年浩劫”中。浩劫开始时一阵混乱过后，“群众组织”逐渐合并成两大派，这与全国形势是完全相适应的。两大派一个叫所谓“天派”，一个叫所谓“地派”。北大的两大派的名称是“新北大公社”（天）和“井冈山”（地）。从整个运动过程来看，这两大派都搞打砸抢，都乱抓无辜，都压迫真正的群众，真正是难兄难弟，枣木球一对，无法评论其是非优劣。但是从北大的具体情况来看，领导新北大公社的是那一位臭名昭著的“老佛爷”，打出江青的旗号，横行霸道，炙手可热。她掌握了全校的行政财政大权，迫害异己。我与此人打过多年交道，深知她不学无术，语无伦次，然而却心狠手辣，想要反对她，需要有一点牺牲精神。

我在运动初期不可避免地被打成“反动学术权威”。经过了一阵阵的惊涛骇浪，算是平安地过了关。虽然仍然被工作组划在“临界线”上，但究竟属于人民内部，满可以逍遥自在了。

但我是一个颇爱打点抱不平的人，虽然做不到“路见不平，拔刀相助”的程度，有时候也抑制不住自己，惹点小乱子。对于这一位“老佛爷”的所作所为，我觉得它不符合“毛主席的革命路线”。其实我也并不真懂什么是“革命路线”。我只觉得她对群众的态度不对头。于是我便有点“蠢蠢欲动”了。

出乎我的意料，又似乎是在意料之内，周培源先生也挺身而出，而且干脆参加了反“老佛爷”的组织，并且成为领导成员。在这期间，我一次也没有在私下见过周先生。他为什么这样做，我毫无所知。只记得北大两大派在大饭厅（今天的大讲堂）中举行过一次公开的辩论，两派的领导都坐在讲台上。周先生也俨然坐在那里，而且还发了言。他的岁数最大，地位最高，以一个白发盈顶的老人，同一群后生坐在一起，颇有点滑稽。然而我心里却是充满了敬意的，周先生的一身正气在这里流露得淋漓尽致。后来，“老佛爷”大概对周先生这样一位有威望的教授起来反对自己极为不安。于是唆使亲信对周先生大肆攻击。“十年浩劫”中对立派之间罗织罪名，要弄刀笔，达到了惊人的程度，这是大家都知道的事实。“老佛爷”对周先生当然更是使出了全身解数，诬陷污蔑。我得知，周先生参加的组织竟也为周先生立了专案组，调查他的一生行动。我当时真感到心里不是滋味。此事周先生恐怕至今也不知道。我在这里不想责怪任何人。大家都是在形势所迫下进行思考，进行活动的。

我呢，我也上了牛劲，终于经过长期的反复的考虑与观察，抱着“粉身碎骨在所不辞”的决心，“自己跳了出来”，也参加了那个反“老佛爷”的组织。这一跳不打紧，一跳就跳进了“牛棚”，几乎把老命给赔上。

有一天，我奉到牢头禁子（官名叫“监改人员”）之命，不要我出去参加劳动，要我在棚里等候批斗，不是主角，是“陪斗”，等于旧社会的“陪绑”，是一种十分残酷的刑罚。对于被批斗，尽管我已是“老手”，什么呼口号，喊“打倒”，发言批判，满嘴捏造，我能够坐在“喷气式”上置若罔闻；但是，坐“喷气式”，挨耳光，拳打脚踢，有时被打得鼻青脸肿，有人往脸上唾而又唾面自干，我却还真有点不寒而栗。当牢头禁子，带着满嘴的“国骂”向我下达命令时，我心里真有点哆嗦。我已失去一切自由，连活着的自由在内，我只有低头应命，如坐针毡似的等在牛棚里。

但是，一直到中午，也没有人来押解我。后来，有的难友悄悄告诉我说，“老佛爷”夜里抄了周先生的家——尽管周先生是中央明令要保护的人，“老佛爷”也胆敢违抗——，周先生大概事前得到消息，躲到什么地方去了，没有被“揪”住。“老佛爷”的如意算盘是揪住以后，大规模批斗，知道我同周先生的关系，才让我陪斗。我真有点后怕，如果当时周先生真被“揪”住，批斗起来，其声势之猛烈，概可想见了。在当天下午被押解着出来劳动时，我看到地上、墙上写满了“打倒猪配猿”一类的口号，想见“老佛爷”等辈咬牙切齿之状。

浩劫的风暴逐渐平静。我听说，中央某一个领导人向周先生提了意见，周先生在某一个场合做了点自我批评。这可能只是传闻，确否我不敢说。至于我，没有什么人提出意见，我不想在这方面做什么检查。我一生做的事自己满意的不多。我拼着老命反“老佛爷”一事，是我最满意的事情之一，它证明我还是一个有正义感的人，不是一个贪生怕死的胆小鬼。

风暴过后，我同周先生的接触多了。我们从来没谈过我上面说的那些事情。过去的就让它过去吧！但是，周先生的一身正气、两袖清风的风范却日益引起我的敬佩，是我一生学习的好榜样。

前两年，周先生曾重病过一次，然而却奇迹般地恢复了健康，又忙忙碌碌地从事各种活动了。我现在借用冯友兰先生的两句话来为周培源先生祝愿：“何止于米，相期以茶！”

1991年10月5日

我收到了江苏文艺出版社张昌华先生的来信，里面讲到老友吴作人教授最近的情况。为了存真起见，我索性抄一段原信：

那日下午，我们应约到吴作人先生家，为他拍照。他已中风，较严重。萧先生说他对以前的事记得清楚，对目下的事过目皆忘。有一件事，当时我十分激动，想立即告诉您的。那日，为吴先生拍过照以后，请他签名。我们把签名册送到他手中，我一页页翻过。当见到您签的那页时，十分激动，用手指着您的签字直抖，双唇颤抖，眼睛含着泪花。他执笔非要签在您的名字旁，萧夫人怕他弄损了您的签字不好制版，请他在另一页上签，他固执不肯，样子十分生气。最后还是在另页上签了，但十分令人悲伤，也十分令人感动。悲伤的是一代美术大师连自己的名字也签不起来了（想不出），尽管萧夫人再次提醒，他写不出自己的名字，倒写了一堆介乎美术线条的草字。杂乱，但十分清楚可辨的是您的“林”字。我想大概当时他完全沉浸在对您的美好回忆中。我可揣测，您们之间一定有着十分感人的友谊。而且，写着写着，他流了泪。他的签名始终没有完成。最后萧夫人用一张他病中精神状态好时签在一张二寸长纸条上的名字。我们为此十分激动、感动。

读了这一段信，我的心颤抖起来。难道还有人看了这样发自内心的真挚的行动而不受感动的吗？何况我又是一个当事人！我可万万没有想到，分别还不过一两年，老友作人兄竟病到这个样子。我也流了泪。

我为老友祝福，祝他早日康复！

回想起来，我同作人兄相交已经将近半个世纪了。解放前夕，不是在1947年，就是在1948年，当时我已到北京大学来工作，学校还在沙滩。我筹办了一个印度伟大诗人泰戈尔的画展，地点在孑民堂。因为大画家徐悲鸿先生曾在印度泰戈尔创立的国际大学呆过，而且给泰翁画了那一幅有名的像。所以我就求助于悲鸿先生。徐先生非常热心，借画给我，并亲自到北大来指导。偕同他来的有徐夫人廖静文女士，还有作人兄。

这是我同作人第一次见面，他留给我非常美好的印象。当时我们都还年轻。我只有三十六七岁，作人也不过这个年龄，都正是风华正茂的时候。关于他的大名，我却早已听说过了。我对绘画完全外行。据内行人说，中国人学习西洋的油画，大都是学而不像；真正像的，中国只有一人，这就是吴作人。这话有多大根据，我实在说不上来。但是作人却因此在我眼中成了传奇人物。当我同这一位传奇人物面对面站在一起的时候，我用好奇的眼光打量他，只见他身材颇为魁梧，威仪俨然，不像江南水乡人物。他沉默寡言，然而待人接物却是诚挚而淳朴。

从此以后，在无言中我们就成了朋友。

忘记了准确的时间，可能是在解放初期，我忽然对藏画发生了兴趣。我虽然初出茅庐，但野心颇大：不收齐白石以下的作品。我于是请作人代我买几张白石翁的作品。他立即以内行的身份问我："有人名的行不行？"当时收藏家有一种偏见，如果画上写着受赠者的名字，则不如没有写名的值钱。我觉得这个偏见十分可笑，立即答道："我不在乎。"作人认识白石翁，他买的画决不会是赝品。过了不久，他就通知我：画已经买到。我连忙赶到他在建国门内离开古观象台不远的老房子里去取画。大概有四五张之多，依稀记得付了约相当于以后人民币三十元的价钱。这几张画成了我藏画的起点。

此后不久，在1951年，作人和我同时奉派参加解放后第一个大型的出国代表团：中国文化代表团，赴印度和缅甸访问。代表团规模极大，团员文理兼备，大都是在某一方面有代表性的学者和艺术家，其中颇不乏非常知名的人物，比如郑振铎、冯友兰等等。我们从1951年春天开始筹备，到1952年1月24日完成任务回国，前后共有八九个月。我几乎天天都同作人在一起。我们曾在故宫里面一个大殿里布置了规模极大的出国图片展览，请周恩来总理亲临审查。我们团员每一个人几乎都参加工作，参加劳动，大家兴致很高。我同作人，年纪虽轻，都是从旧社会走过来的。当时我们看什么东西都是玫瑰色的，都是光辉灿烂的。我们都怀着一种只可意会，不可言传的，既兴奋，又愉快，既矫健，又闲逸的，飘飘然的感觉，天天仿佛在云端里过日子。

1951年9月20日，我们从北京乘火车出发，在广州停留了一段时间，然后到香港，乘轮船先到缅甸仰光，只停留了极短的时间，就乘飞机抵印度加尔各答，开始了对印度的正式访问。在印度呆了约六周，东西南北中的大城市以及佛教圣迹，无不遍访，一直到了亚洲大陆最南端的科摩林海角，在印度洋里游泳。最后又回到缅甸，进行正式访问。1952年1月10日乘船返抵香港。1月24日回到北京，完成了一个大循环。

那一种飘飘然的感觉，始终伴随着我。在海外的时候，更像是在云端里过日子了。

往事如云如烟。现在回忆起来，有的地方清晰，有的地方就比较模糊。我现在仿佛是面对着黄山的云海。我同作人兄在这长达八九个月中相处的回忆，就像云海中迷茫的白云，一片茫然；但是，在某一些地方，在一片迷茫中又露出了黑色的山头，黑白相对照，特别引人注目。

这样的山头，最突出的有两个：一在印度的科钦，一在缅甸的东枝。

说起科钦，真是大大地有名。这个地方，我们古书上称之为柯枝，是印度西海岸上的一个自古以来就著名的港口。在历史上就同中国有过来往。我国明代的大航海家郑和也曾到过这里。这一座港口城市很小很小，但到处留有中国的痕迹。房屋建筑的山墙，据印度主人说，是中国式的。连海里捕鱼的网也据说是来自中国。博物馆里陈列着大量的中国明代的青花瓷盘和瓷碗，闪耀着青白色的历史的光辉。中国人来到此处，处处引发思古之幽情，不是很自然的吗？

我们到了以后，城市很快就参观完毕。一天早晨，主人安排我们乘小轮游览海港。此时旭日初升，海波不兴。我们分乘几艘小轮，向大海驶去。“纵一苇之所如，凌万顷之茫然”，我们在海湾里兜开了圈子。遥想当年郑和率水师，不远万里，来到此处，为中印两国人民架起了一座友谊的金桥。千百年来，连绵未断。今天我们又来到此处，此时我们真是心潮澎湃，意气风发。我们一路上唱的一首当时风靡全国的歌又自然而然地涌出我们的喉咙：“五星红旗迎风飘扬，胜利歌声多么嘹亮！”那令人欢欣鼓舞的内容，回还往复的旋律，宛如眼前海中的波涛，一波未平，一波又起，连绵起伏，永无止境。眼前景色如此，我们仿佛前能见古人，后能想来者，天地毫不悠悠，生趣就在眼前。情与景会，歌声愈唱愈高，水天汪洋，大海茫茫，我们仿佛成了主沉浮的宇宙之主了。在唱的过程中，我注意到，作人唱的同我们有时有点区别，声音低沉。我好奇地问了他一声。他说这是二重唱的和音。我恍然又增添了一点见识。

我们都返老还童，飘飘然仿佛在云端里过日子。

缅甸的东枝，是一个同印度科钦迥异其趣的地方。此地既无大海，也无大山。但是林泉秀美，花木扶疏，大地上一片浓碧。现在向记忆里去搜寻东枝，竟无一点黄色的影子；唯一的例外是那些在万绿丛中闪着黄光的小星星，这是橘园中悬挂在枝头的柑橘，它吸引住了人们的目光。东枝最著名的地方当属茵莱湖。此湖不但名显缅甸，而且蜚声全球，因为她有一些非常特殊的地方。她是一个长达百里的狭长的淡水湖。湖中所有的岛都是“浮岛”，就是漂浮在湖面上能够活动的岛。岛是人工制造成的。人们在漂浮在水面的苇丛上撒上土。过一段时间，苇丛受压下沉，上面又长出了新的芦苇，于是再在上面撒上土。如此，一而再，再而三，年深日久，面积越来越大，体积越来越深，就形成了浮岛。在大的浮岛上可以修建木楼，木楼连接，成了水村。村中有工厂，有商店，当然也有住宅，村村相连，形成水城。居民往来，皆乘小船。此地划船姿势为世界他处所不见。舟子站在船头，用一只脚来划船，行驶颇速。居民很少登陆，死后抛尸水中。据说此地的居民是不吃鱼的，因为鱼是吃死尸长大的。

在这样童话王国般的环境里，我们参观任务不重，悠闲自在，遗世而独立，颇多聊天的机会。我和作人常常对坐橘园，信口闲聊，上天下地，海阔天空，没有主题，而兴趣盎然。

我们又飘飘然，仿佛在云端过日子。

回国以后，各有各的工作岗位，见面的机会就很少了。我曾多次讲到过，我有一个最大的缺点，就是不乐意拜访人。我由此而对我一些最尊敬的师友抱憾者屡屡矣。对于作人，我也蹈了这个覆辙。幸而在若干年前，我们同参加全国人大常委会，呆了五年。常委会的会是非常多的，每两月我们必能见面一次。可惜没能找出时间，像在印度和缅甸那样，晤对闲聊。在这期间，他曾亲临寒舍，带给我一册影印的他同夫人萧淑芳女士的画册。此情此谊，至今难忘。可我哪里会想到暌别时间不长，他竟中了风，艰于言行。但是，就是在这样艰难的情况下，我在他心中竟然还能有这样的地位，我内心的感情难道用“感动”二字就能表达的吗？

往事如云如烟，人生如光如电。但真挚的友谊是永存的。古今中外感人的友谊佳话多矣。而且我还相信，像中风这样的病，只要调理得法，是不难恢复健康的。

我为老友祝福，祝他早日康复。

我相信，他的康复指日可待。

1992年6月10日

哭冯至先生

对我来说，真像是晴空一声霹雳：冯至先生走了，永远永远地走了。

要说我一点都没有想到，也不是的。他毕竟已是达到了米寿高龄的人了。但是，仅仅在一个多月以前，我去看过他。我看他身体和精神都很好，心中暗暗欣慰。他告诉我说，他不大喜欢有一些人去拜访他，但我是例外。他再三想把我留住，情真意切，见于辞色。可是我还有别的事，下了狠心辞别。我同他约好，待到春暖花开之时，接他到燕园里住上几天，会一会老朋友，在园子里漫游一番，赏一赏他似曾相识的花草树木。我哪里会想到，这是我们长达半个多世纪的友谊的最后一次谈话。如果我当时意识到的话，就是天大的事，我也会推掉的，陪他谈上几个小时，可是我离开了他。如今一切都成为过去。晚了，晚了，悔之晚矣！我将抱恨终天了！

我认识冯至先生的过程，现在回想起来，仿佛已经成了历史。他长我六岁，我们不可能是同学，因此在国内没有见过面。当我到德国去的时候，他已经离开那里，因此在国外也没有能见面。但是，我在大学念书的时候，就读过他的抒情诗，对那一些形神俱臻绝妙的诗句，我无限向往，无比喜爱。鲁迅先生赞誉他为中国最优秀的抒情诗人，我始终认为这是至理名言。因此，对抒情诗人的冯至先生，我真是心仪已久了。

但是，一直到1946年，我们才见了面。这时，我从德国回来，在北京大学东语系任教，冯先生在西语系，两系的办公室挨着，见面的机会就多了。

在这期间，给我留下印象最深的，不是北大的北楼，而是中德学会所在地，一所三进或四进的大四合院。这里房屋建筑，古色古香。虽无曲径通幽之趣，但回廊重门也自有奇趣。院子很深，“庭院深深深几许”，把市声都阻挡在大门外面，院子里静如古寺，一走进来，就让人觉得幽寂怡性。冯至先生同我，还有一些别的人，在这里开过许多次会。我在这里遇到了许多人，比如毕华德、张星烺、袁同礼、向达等等，现在都已作古。但是，对这一段时间的回忆，却永远不会消逝。

很快就到了1948年冬天，解放军把北京团团围住。北大一些教授，其中也有冯先生，在沙滩孑民堂里庆祝校庆，城外炮声隆隆，大家不无幽默地说，这是助庆的鞭炮。可见大家并没有身处危城中的恐慌感，反而有所期望，有所寄托。校长胡适乘飞机仓皇逃走，只有几个教授与他同命运，共进退。其余的都留下了，等待解放军进城。冯先生就是其中之一。

过去，我常常想，也常常说，对中国旧社会的知识分子来说，解放是一场严峻考验，是大节亏与不亏的考验。在这一点上说，冯至先生是大节不亏的。但是，我想做一点补充或者修正。由于政治信念不同，当时离开大陆的也不见得都是大节有亏的。在这里，标准只有一个，就是看他爱不爱国。只要爱我们伟大的祖国，呆在哪里，都无亏大节。爱国无分先后，革命不计迟早。这是我现在的想法。

总之，在这考验的关头，冯至先生留下来了，我也留下来了，许许多多的教授都留下来了。我们共同度过一段欢喜、激动、兴奋、甜美的日子。

跟着来的是长达四十年的漫长的开会时期。记得五十年代在一次会上，周扬同志笑着对我们说："国民党的税多，共产党的会多。"冯至先生也套李后主的词说："春花秋月何时了？开会知多少！"他们二位并没有什么恶意，但是从他们的苦笑中也可以体会出一点苦味，难道不是这样吗？

幸乎？不幸乎？他们两位的话并没有错，在我同冯至先生长达四十多年的友谊中，我对他的回忆，几乎都同开会联在一起。

常言道："时势造英雄。"解放这一个时势，不久就把冯至先生和我都造成了"英雄"。不知怎样一来，我们俩都成了"社会活动家"，甚至"国际活动家"，都成了奔走于国内外的开会的"英雄"。我是一个性格内向的人，最怕同别人打交道。我看，冯先生同我也是"伯仲之间见伊吕"，他根本不是一个交际家。如果他真正乐此不疲的话，他就不会套用李后主的词来说"怪话"。这一点是用不着怀疑的。

开会之所以多，就是因为解放后集会结社，名目繁多。什么这学会，那协会；这理事会，那委员会；这人民代表大会，那政治协商会议，种种称号，不一而足。冯先生和我既然都是"社会活动家"，那就必须"活动"。又因为我们两个的行当有点接近，在社会上所处的地位，又有点相似，因此就经常"活动"到一起来了。我有时候胡思乱想：冯先生和我如果不是"社会活动家"的话，我们见面的机会就会减少百分之八九十，我们的友谊就会向另外一个方向发展了。仅仅为了这一点，我也要感谢"会多"。

我们俩共同参加的会，无法一一列举，仅举其荦荦大者，就有《世界文学》编委会、中国作家协会、全国人民代表大会、国务院学位委员会、《中国大百科全书•外国文学卷》编委会、中国外国文学研究会、中国社会科学院文学研究所学术委员会、外国文学研究所学术委员会，等等，等等。我们的友谊就贯穿在这些五花八门的会中，我的回忆也贯穿在这些五花八门的会中。

我不能忘记那奇妙的莫干山。有一年，《中国大百科全书•外国文学卷》编委会在这里召开。冯先生是这一卷的主编，我是副主编，我们俩都参加了。莫干山以竹名，声震神州。我这个向来不作诗的“非诗人”，忽然得到了灵感，居然写了四句所谓“诗”：“莫干竹世界，遍山绿琅玕。仰观添个个，俯视惟团团。”可见竹子给我的印象之深。在紧张地审稿之余，我同冯先生有时候也到山上去走走。白天踏着浓密的竹影，月夜走到仿佛能摸出绿色的幽篁里；有时候在细雨中，有时候在夕阳下。我们随意谈着话，有的是与审稿有关，有的是上天下地，无所不谈。

这一段回忆是美妙绝伦的，终生难忘。

我不能忘记那令人发思古之幽情的西安丈八沟国宾馆。西安是中国古代几个朝代的都会，到了唐代，西安简直成了全世界的文化、政治和经济的中心，大量的外国人住在那里。唐代诗歌又是中国文学史上的一个黄金时期的产品。今天到了西安，只要稍一留意，就会到处都是唐诗的遗迹。谁到了灞桥，到了渭水，到了那一些什么“原”，不会立刻就联想到唐代许多脍炙人口的诗句呢？西安简直是一座诗歌的城市，一座历史传说的城市，一座立即让人发思古之幽情的城市。丈八沟这地方，杜甫诗中曾提到过。冯至先生本人是诗人，又是研究杜甫诗歌的专家。他到了西安，特别是到了丈八沟，大概体会和感受应该比别人更多吧。我们这一次是来参加中国外国文学研究会的年会的，工作也是颇为紧张的。但是，同在莫干山一样，在紧张之余，我们也间或在这秀丽幽静的宾馆里散一散步。这里也有茂林修竹，荷塘小溪。林中，池畔，修竹下，繁花旁，留下了我们的足迹。

这一段回忆是美妙绝伦的，终生难忘。

够了，够了。往事如云如烟。像这样不能忘记的回忆，真是太多太多了。像这些不能忘记的地方和事情，也真是太多太多了，多到我的脑袋好像就要爆裂的程度。现在，对我来说，每一个这样的回忆，每一件这样的事情，都仿佛成了一首耐人寻味的抒情诗。

所有这一些抒情诗都是围绕着一个人而展现的，这个人就是冯至先生。

在长达半个多世纪的友谊中，我们虽为朋友，我心中始终把他当老师来看待。借用先师陈寅恪先生的一句诗，就是“风义平生师友间”。经过这样长时间的亲身感受，我发现冯先生是一个非常可爱，非常可亲近的人。他淳朴，诚恳，不会说谎，不会虚伪，不会吹牛，不会拍马，待人以诚，同他相处，使人如坐春风中。我从来没有见他发过脾气。前几天，我到医院去看他的时候，他女儿姚平告诉我说，有时候她爸爸在胸中郁积了一腔悲愤，一腔不悦。女儿说：“你发一发脾气嘛！一发不就舒服了吗？”他苦笑着说：“你叫我怎样学会发脾气呢？”

冯至先生就是这样一个平凡而又奇特，这样一个貌似平凡实为不平凡的人。

古人说："人生得一知己，足矣。"我生性内向，懒于应对进退，怯于待人接物。但是，在八十多年的生命中，也有几个知己。我个人认为，冯至先生就是其中之一。在漫长的开会历程中，有多次我们住在一间屋中。我们几乎是无话不谈，对时事，对人物，对社会风习，对艺坛奇闻，我们的意见完全一致，几乎没有丝毫分歧。我们谈话，从来用不着设防。我们直抒胸臆，尽兴而谈。自以为人生幸福，莫大于此。我们的友谊之所以历久不衰，而且与时俱增，原因当然就在这里。

两年前，我的朋友和学生一定要为我庆祝八十诞辰，我提出来了一个条件：凡是年长于我的师友，一律不通知，不邀请。冯先生当然是在这范围以内的。然而，到了开会的那一天，大会就要开始时，冯先生却以耄耋之年，跋涉长途，从东郊来到西郊，来向我表示祝贺。我坐在主席台上，瞥见他由人搀扶着走进会场，我一时目瞪口呆，万感交集，我连忙跳下台阶，双手扶他上来。他讲了许多鼓励的话，优美得像一首抒情诗。全场四五百人掌声雷动，可见他的话拨动了听众的心弦。此情此景，我终生难忘。那一次会上，还来了许多年长于我或少幼于我的老朋友，比如吴组缃（他是坐着轮椅赶来的）、许国璋等等，情谊深重，连同所有的到会的友人，包括我家乡聊城和临清的旧雨新交，我都终生难忘。我是一个拙于表达但在内心深处极重感情的人。我所有的朋友对我这样情深意厚的表示，在我这貌似花样繁多而实单调、貌似顺畅而实坎坷的生命上，涂上了一层富有生机、富于情谊的色彩，我哪里能够忘记呢？

近几年来，我运交华盖，连遭家属和好友的丧事。人到老年，旧戚老友，宛如三秋树叶，删繁就简，是自然的事。但是，就我个人来说，几年之内，连遭大故，造物主——如果真有的话——不也太残酷了吗？我哭过我们全家敬爱的老祖，我哭过我的亲生骨肉婉如，我哭过从清华大学就开始成为朋友的乔木。我哪里会想到，现在又轮到我来哭冯至先生！“白发人哭黑发人”固然是人生之至痛。但“白发人哭白发人”，不也是同样的惨痛吗？我觉得，人们的眼泪不可能像江上之清风与山间之明月，取之不尽、用之不竭。几年下来，我的泪库已经干涸了，再没有眼泪供我提取了。

然而，事实上却不是这样，完全不是这样。前几天，在医院里，我见了冯先生最后一面。他虽然还活着。然而已经不能睁眼，不能说话。我顿感，毕生知己又弱一个。我坐在会客室里，泪如泉涌，我准备放声一哭。他的女儿姚平连声说：“季伯伯！你不要难过！”我调动起来了自己所有剩余的理智力量，硬是把痛哭压了下去。脸上还装出笑容，甚至在泪光中作出笑脸。只有我一个人知道：我的泪都流到肚子里去了。为了冯至先生，我愿意把自己泪库中的泪一次提光，使它成为我一生中最后的一次痛哭。

呜呼！今生已矣。如果真有一个来生，那会有多么好。

1993年2月24日

乔木同志离开我们已经一年多了。我曾多次想提笔写点怀念的文字，但都因循未果。难道是因为自己对这一位青年时代的朋友感情不深、怀念不切吗？不，不，决不是的。正因为我怀念真感情深，我才迟迟不敢动笔，生怕亵渎了这一份怀念之情。到了今天，悲思已经逐步让位于怀念，正是非动笔不行的时候了。

我认识乔木是在清华大学。当时我不到二十岁，他小我一年，年纪更轻。我念外语系而他读历史系。我们究竟是怎样认识的，现在已经回忆不起来。总之我们认识了。当时他正在从事反国民党的地下活动（后来他告诉我，他当时还不是党员）。他创办了一个工友子弟夜校，约我去上课。我确实也去上了课，就在那一座门外嵌着“清华学堂”的高大的楼房内。有一天夜里，他摸黑坐在我的床头上，劝我参加革命活动。我虽然痛恶国民党，但是我觉悟低，又怕担风险。所以，尽管他苦口婆心，反复劝说，我这一块顽石愣是不点头。我仿佛看到他的眼睛在黑暗中闪光。最后，听他叹了一口气，离开了我的房间。早晨，在盥洗室中我们的脸盆里，往往能发现革命的传单，是手抄油印的。我们心里都明白，这是从哪里来的。但是没有一个人向学校领导去报告。从此相安无事，一直到一两年后，乔木为了躲避国民党的迫害，逃往南方。

此后，我在清华毕业后教了一年书，同另一个乔木（乔冠华，后来号“南乔木”，胡乔木号“北乔木”）一起到了德国，一住就是十年。此时，乔木早已到了延安，开始他那众所周知的生涯。我们完全走了两条路，恍如云天相隔，“世事两茫茫”了。

等到我于1946年回国的时候，解放战争正在激烈进行。到了1949年，解放军终于开进了北京城。就在这一年的春夏之交，我忽然接到一封从中南海寄出来的信。信开头就说：“你还记得当年在清华时一个叫胡鼎新的同学吗？那就是我，今天的胡乔木。”我当然记得的，一缕怀旧之情蓦地萦上了我的心头。他在信中告诉我说，现在形势顿变，国家需要大量的研究东方问题、通东方语文的人才。他问我是否同意把南京东方语专、中央大学边政系一部分和边疆学院合并到北大来。我同意了。于是有一段时间，东语系是全北大最大的系。原来只有几个人的系，现在顿时熙熙攘攘，车马盈门，热闹非凡。

记得也就是在这之后不久，乔木到我住的翠花胡同来看我。一进门就说：“东语系马坚教授写的几篇文章：《穆罕默德的宝剑》《回教徒为什么不吃猪肉？》等，毛先生很喜欢，请转告马教授。”他大概知道，我们不习惯于说“毛主席”，所以用了“毛先生”这一个词儿。我当时就觉得很新鲜，所以至今不忘。

到了1951年，我国政府派出了新中国成立后第一个大型的出国代表团：赴印缅文化代表团。乔木问我愿不愿参加，我当然非常愿意。我研究印度古代文化，却没有到过印度，这无疑是一件憾事。现在天上掉下来一个良机，可以弥补这个缺憾了。于是我畅游了印度和缅甸，留下了毕生难忘的印象。这当然要感谢乔木。

但是，我是一个上不得台盘的人，我很怕见官。两个乔木都是我的朋友，现在都当了大官。我本来就不喜欢拜访人，特别是官，不管是多熟的朋友，也不例外。解放初期，我曾请南乔木乔冠华给北大学生做过一次报告。记得送他出来的时候，路上遇到艾思奇，他们俩显然很熟识。艾说："你也到北大来老王卖瓜了！"乔说："只许你卖，就不许我卖吗？"彼此哈哈大笑。从此我就再没有同乔冠华打交道。同北乔木也过从甚少。

说句老实话，我这两个朋友，南北两乔木都没有官架子。我最讨厌人摆官架子，然而偏偏有人爱摆。这是一种极端的低级趣味的表现。我的政策是：先礼后兵。不管你是多么大的官，初见面时，我总是彬彬有礼。如果你对我稍摆官谱，从此我就不再理你，见了面也不打招呼。知识分子一向是又臭又硬的，反正我决不想往上爬，我完全无求于你，你对我绝对无可奈何。官架子是抬轿子的人抬出来的。如果没有人抬轿子，架子何来？因此我憎恶抬轿子者胜于坐轿子者。如果有人说这是狂狷，我也只等秋风过耳边。

但是，乔木却决不属于这一类的官。他的官越做越大，地位越来越高，被誉为"党内的才子""大手笔"，俨然执掌意识形态大权，名满天下。然而他并没有忘掉故人。特别是"文化大革命"以后，我们都有独自的经历。我们虽然没有当面谈过，但彼此心照不宣。他到我家来看过我。他的家我却是一次也没有去过。什么人送给他了上好的大米，他也要送给我一份。他到北戴河去休养，带回来了许多个儿极大的海螃蟹，也不忘记送我一筐。他并非百万富翁，这些可能都是他自己出钱买的。按照中国老规矩：来而不往，非礼也。投桃报李，我本来应该回报点东西的，可我什么吃的东西也没有送给乔木过。这是一种什么心理呢？我自己并不清楚。难道是中国旧知识分子，优秀的知识分子那种传统心理在作怪吗？

1986年冬天，北大的学生有一些爱国活动，有一点“不稳”。乔木大概有点着急。有一天他让我的儿子告诉我，他想找我谈一谈，了解一下真实的情况。但他不敢到北大来，怕学生们对他有什么行动，甚至包围他的汽车，问我愿不愿意到他那里去。我答应了。于是他把自己的车派来，接我和儿子、孙女到中南海他住的地方去。外面刚下过雪，天寒地冻。他住的房子极高极大，里面温暖如春。他全家人都出来作陪。他请他们和我的儿子、孙女到另外的屋子里去玩，只留我们两人，促膝而坐。开宗明义，他先声明：“今天我们是老友会面。你眼前不是政治局委员，书记处书记，而是六十年来的老朋友。”我当然完全理解他的意思，把我对青年学生的看法，竹筒倒豆子，和盘倒出，毫不隐讳。我们谈了一个上午，只是我一个人说话。我说的要旨其实非常简明：青年学生是爱国的。在上者和年长者唯一正确的态度是理解与爱护，诱导与教育。个别人过激的言行可以置之不理。最后，乔木说话了：他完全同意我的看法，说是要把我的意见带到政治局去。能得到乔木的同意，我心里非常痛快。他请我吃午饭。他们全家以夫人谷羽同志为首和我们祖孙三代围坐在一张非常大的圆桌旁。让我吃惊的是，他们吃得竟是这样菲薄，与一般人想象的什么山珍海味、燕窝、鱼翅，毫不沾边儿。乔木是一个什么样的官儿，也就一清二楚了。

有一次，乔木想约我同他一起到甘肃敦煌去参观。我委婉地回绝了。并不是我不高兴同他一起出去，我是很高兴的。但是，一想到下面对中央大员那种逢迎招待、曲尽恭谨之能事的情景，一想到那种高楼大厦、扈从如云的盛况，我那种上不得台盘的老毛病又发作了，我感到厌恶，感到腻味，感到不能忍受。眼不见为净，还是老老实实地呆在家里为好。

最近几年以来，乔木的怀旧之情好像愈加浓烈。他曾几次对我说：“老朋友见一面少一面了！”我真是有点惊讶。我比他长一岁，还没有这样的想法哩。但是，我似乎能了解他的心情。有一天，他来北大参加一个什么展览会。散会后，我特意陪他到燕南园去看清华老同学林庚。从那里打电话给吴组缃，电话总是没有人接。乔木告诉我，在清华时，他俩曾共同参加了一个地下革命组织，很想见组缃一面，竟不能如愿，言下极为怏怏。我心里想：这次不行，下次再见嘛。焉知下次竟没有出现。乔木同组缃终于没能见上一面，就离开了人间。这也可以说是抱恨终天吧。难道当时乔木已经有了什么预感吗？

他最后一次到我家来，是老伴谷羽同志陪他来的。我的儿子也来了。后来谷羽和我的儿子到楼外同秘书和司机去闲聊。屋里只剩下了我同乔木两人。我一下回忆起几年前在中南海的会面。同一会面，环境迥异。那一次是在极为高大宽敞、富丽堂皇的大厅里，这一次却是在低矮窄小、又脏又乱的书堆中。乔木仍然用他那缓慢低沉的声调说着话。我感谢他签名送给我的诗集和文集。他赞扬我在学术研究中取得的成就，用了几个比较夸张的词儿。我顿时感到惶恐，觳觫不安。我说：“你取得的成就比我大得多而又多呀！”对此，他没有多说什么话，只是轻微地叹了一口气，慢声细语地说：“那是另外一码事儿。”我不好再说什么了。谈话时间不短了，话好像是还没有说完。他终于起身告辞。我目送他的车转过小湖，才慢慢回家，我哪里会想到，这竟是乔木最后一次到我家里来呢？

大概是在前年，我忽然听说：乔木患了不治之症。我大吃一惊，仿佛当头挨了一棍。“斯人也，而有斯疾也。”难道天道真就是这个样子吗？我没有别的办法，只能寄希望于万一。这一次，我真想破例，主动到他家去看望他。但是，儿子告诉我，乔木无论如何也不让我去看他。我只好服从他的安排。要说心里不惦念他，那是根本不可能的。六十多年的老友，世界上没有几个了。

时间也就这样过去。去年八九月间，他委托他的老伴告诉我的儿子，要我到医院里去看他。我十分了解他的心情：这是要同我最后诀别了。我怀着沉重的心情，同儿子到了他住的医院里。病房同中南海他的住房同样宽敞高大，但我的心情却无论如何也不能同那一次进中南海相比，我这一次是来同老友诀别的。乔木仰面躺在病床上，嘴里吸着氧气。床旁还有一些点滴用的器械。他看到我来了，显得有点激动，抓住我的手，久久不松开。看来他知道，这是最后一次握老友的手了。但是，他神态是安详的，神志是清明的，一点没有痛苦的表情。他仍然同平常一样慢声慢气地说着话。他曾在《人物》杂志上读过我那《留德十年》的一些篇章。不知道为什么他现在又忽然想了起来，连声说："写得好！写得好！"我此时此刻百感交集，我答应他全书出版后，一定送他一本。我明知道这只不过是空洞的谎言。这种空洞萦绕在我耳旁，使我自己都毛骨悚然。然而我不说这个又能说些什么呢？

这是我同乔木最后一次见面。过了不久，他就离开了人间。按照中国古代一些知识分子的做法，《留德十年》出版以后，我应当到他的坟上焚烧一本，算是送给他那在天之灵。然而，遵照乔木的遗嘱，他的骨灰都已撒到他革命的地方了，连一个骨灰盒都没有留下。他是"赤条条来去无牵挂"。然而，对我这后死者来说，却是极难排遣的。我面对这一本小书，泪眼模糊，魂断神销。

平心而论，乔木虽然表面上很严肃，不苟言笑，他实则是一个正直的人，一个正派的人，一个感情异常丰富的人，一个脱离了低级趣味的人。六十年的宦海风波，他不能无所感受，但是他对我半点也没有流露过。他大概知道，我根本不是此道中人，说了也是白说。在他生前，大陆和香港都有一些人把他封为“左王”，另外一位同志同他并列，称为“左后”。我觉得，乔木是冤枉的。他哪里是那种有意害人的人呢？

我同乔木相交六十年。在他生前，对他我有意回避，绝少主动同他接近。这是我的生性使然，无法改变。他逝世后这一年多以来，不知道是为什么，我倒常常想到他。我像老牛反刍一样，回味我们六十年交往的过程，顿生知己之感。这是我以前从来没有感到过的。现在我越来越觉得，乔木是了解我的。有知己之感是件好事，然而它却加浓了我的怀念和悲哀。这就难说是好是坏了。

随着自己年龄的增长，我现在越来越觉得，在人世间，后死者的处境是并不美妙的，年岁越大，先他而走的亲友越多，怀念与悲思在他心中的积淀也就越来越厚，厚到令人难以承担的程度。何况我又是一个感情常常超过需要的人，我心里这一份负担就显得更重。乔木的死，无疑又在我的心灵中增加了一份极为沉重的负担。我有没有办法摆脱这一份负担呢？我自己说不出。我怅望窗外皑皑的白雪，我想得很远，很远。

1993年11月28日凌晨

悼组湘

组缃毕竟还是离开我们走了，永远永远地走了。最近几年来，他曾几次进出医院。有时候十分危险，然而他都逢凶化吉，走出了医院。我又能在池塘边上看到一个戴儿童遮阳帽的老人，坐在木头椅子上，欣赏湖光树影。

他前不久又进了医院。我仍然做着同样的梦，希望他能再一次化险为夷，等到春暖花开时，再一次坐在木椅子上，为朗润园增添一景。然而，这一次我的希望落了空。组缃离开了我们走了，永远永远地走了。对我个人来说，我失掉了一个有六十多年友谊的老友。偌大一个风光旖旎的朗润园，杨柳如故，湖水如故，众多的贤俊依然灿如列星，为我国的文教事业增添光彩。然而却少了一个人，一个平凡又不平凡的老人。我感到空虚寂寞，名园有灵，也会感到空虚与寂寞的。

距今六十四年以前，在三十年代的第一年，我就认识了组缃，当时我们都在清华大学读书。岁数相差三岁，级别相差两级，又不是一个系。然而，不知怎么一来，我们竟认识了，而且成了好友。当时同我们在一起的还有林庚和李长之，可以说是清华园“四剑客”。大概我们都是所谓“文学青年”，都爱好舞笔弄墨，共同的爱好把我们聚拢在一起来了。我读的虽然是外国语文系，但曾旁听过朱自清先生和俞平伯先生的课。我们“四剑客”大概都偷听过当时名噪一时的女作家谢冰心先生的课和燕京大学教授郑振铎先生的课。结果被冰心先生板着面孔赶了出来。和郑振铎先生我们却交上了朋友。他同巴金和靳以共同创办了《文学季刊》，我们都成了编委或特约撰稿人，我们的名字堂而皇之地赫然印在杂志的封面上。郑先生这种没有一点教授架子，决不歧视小字辈的高风亮节，我曾在纪念他的文章中谈到。我们曾联袂到今天北京大学小东门里他的住处访问过他，对他那插架的宝书曾狠狠地羡慕过一阵。先生之风，山高水长，可惜长之和组缃已先后谢世，能够回忆的只剩下我同林庚两人了。

我们“四剑客”是常常会面的，有时候在荷花池旁，有时候在林荫道上，更多的时候是在某一个人的宿舍里。那时我们都很年轻，我的岁数最小，还不到二十岁，正是幻想特多，不知天高地厚，仿佛前面的路上全铺满了玫瑰花的年龄。我们放言高论，无话不谈，“语不惊人死不休”。个个都吹自己的文章写得好，不是梦笔生花，就是神来之笔。林庚早晨初醒，看到风吹帐动，立即写了两句话：

破晓时天旁的水声，
深林中老虎的眼睛。

当天就念给我们听，眉飞色舞，极为得意。他的一篇诗稿上有一个“袭”字，看上去像是“聋”字。长之立即把这个“聋”字据为己有。原诗是“袭来了什么什么”，现在成了“聋来了什么什么”。他认为，有此一个“聋”字而境界全出了。

我们会面的地方，留给我印象最深的还是工字厅。这是一座老式建筑，里面回廊曲径，花木蓊郁，后临荷塘，那一个有名的写着“水木清华”四个大字的匾，就挂在工字厅后面。这里房间很多，数也数不清。中间有一座大厅，按现在的标准来说，也不算太大。厅里旧木家具，在薄暗中有时闪出一点光芒。这是一个非常清静的地方，平常很少有人到这里来。对我们“四剑客”来说，这里却是侃大山（当时还没有这个词儿）的理想的地方。我记得茅盾《子夜》出版的时候，我们四个人又凑到一起，来到这里，大侃《子夜》。意见大体上分为两派：否定与肯定。我属于前者，组缃属于后者。我觉得，茅盾的文章死板、机械，没有鲁迅那种灵气。组缃则说，《子夜》结构闳大，气象万千。这样的辩论向来不会有结果的。不过是每个人淋漓尽致地发表了意见以后，你好，我好，大家都好，又谈起别的问题来了。

组缃上中学时就结了婚。家境大概颇为富裕，上清华时，把家眷也带了来。现在听说中国留学生可以带夫人出国，名曰伴读。当时是没有这个说法的。然而组缃的所作所为不正是“伴读”吗？组缃真可谓“超前”了。有了家眷，就不能住在校内学生宿舍里。他在清华附近西柳村租了几间房子，全家住在那里。我曾同林庚和长之去看过他。除了夫人以外，还有一个三四岁的女孩，小名叫小鸠子，是非常聪慧可爱的孩子。去年下半年，我去看组缃，小鸠子正从四川赶回北京来陪伴父亲。她现在也已六十多岁，非复当日的小女孩了。我叫了一声“小鸠子！”组缃笑着说：“现在已经是老鸠子了。”相对一笑，时间流逝得竟是如此迅速，我也不禁“惊呼热中肠”了。

清华毕业后，我们“四剑客”，天南海北，在茫茫的赤县神州，在更茫茫的番邦异域，各奔前程，为了糊口，为了养家，在花花世界中，摸爬滚打，历尽苦难，在心灵上留下了累累伤痕。我们各自怀着对对方的忆念，在寂寞中，在沉默中，等待着，等待着。一直等到50年代初的院系调整，组缃和林庚又都来到了北大，我们这“三剑客”在暌离二十年后又在燕园聚首了。此时我们都已成了中年人，家事、校事、国事，事事萦心。当年的少年锐气已经磨掉了不少，非复昔日之狂纵。燕园虽秀美，但独缺少一个工字厅，缺少一个水木清华。我们平常难得见一次面，见面大都是在校内外召开的花样繁多的会议上。一见面，大家哈哈一笑，个中滋味，不足为外人道也。

时光是超乎物外的，它根本不管人世间的悲欢离合，从无始至无终，始终是狂奔不息。一转瞬间，已经过去了四十年。其间风风雨雨，坎坎坷坷，中国的老知识分子无不有切肤之痛，大家心照不宣，用不着再说了。我同组缃在“牛棚”中做过“棚友”，更别有一番滋味在心头。我们终于都离开了中年，转入老年，进而进入耄耋之年。不但青年的锐气消磨精光，中年的什么气也所余无几，只剩下了一团暮气了。幸好我们这清华园“三剑客”（长之早已离开了人间）并没有颓唐不振，仍然在各自的领域里辛勤耕耘，虽非“志在千里”，却也还能“日暮行雨，春深著花”，多少都有所建树，差堪自慰而已。

前几年，我同组缃的共同的清华老友胡乔木，曾几次对我说：“老朋友见一面少一面了！”我颇讶其伤感。前年他来北大参加一个什么会。会结束后，我陪他去看了林庚。他执意要看一看组缃，说他俩在清华时曾共同搞过地下革命活动。我于是从林庚家打电话给组缃，打了好久，没有人接。并非离家外出，想是高卧未起。不管怎样，组缃和乔木至终也没能再见上一面。乔木先离开了人间，现在组缃也走了。回思乔木说的那一句话，字字是真理，哪里是什么感伤！我却是乐观得有点可笑了。

我默默地接受了这个教训，赶在组缃去世之前，想亡羊补牢一番。去年我邀集了几个最老的朋友：组缃、恭三（邓广铭）、林庚、周一良等小聚了一次。大家都一致认为，老友们的兴致极高，难得浮生一夕乐。但在觥筹交错中，我不禁想到了两个人：一是长之，一是乔木，清华“剑客”于今飘零成广陵散矣。我本来想今年再聚一次，被邀请者范围再扩大一点。哪里想到，如果再相聚的话，又少了一个人：组缃。暮年老友见一面真也不容易呀！

不管我还能活上多少年，我现在走的反正是人生最后一段路程。最近若干年来，我以忧患余生，渐渐地成了陶渊明的信徒。他那形神相赠的诗，我深深服膺。我想努力做到“纵浪大化中，不喜亦不惧”。我想努力做到宋人词中所说的“悲欢离合总无情”。我觉得，自己的努力并没有白费。我对这花花世界确已看透，名缰利锁对我的控制已经微乎其微。然而一遇到伤心之事，我还不能“总无情”，而是深深动情，组缃之死就是一个例子。生而为人，孰能无情，一个“情”字不就是人之所异于禽兽者的那一点“几稀”吗？

有一件事却让我触目惊心。我舞笔弄墨之十多年于兹矣。前期和中期写的东西，不管内容如何，不管技巧如何，悼念的文章是极为稀见的。然而最近几年来，这类文章却逐渐多了起来。最初我没有理会。一旦理会到了，不禁心惊胆战。一个人到了老年，如果能活得长一点，当然不能说是坏事。但是，身旁的老友一个接一个地离开了自己，宛如郑板桥诗所说的“删繁就简三秋树”，如果“简”到只剩下自己这一个老枝，岂不大可哀哉！一个常常要写悼念文章的人，距离别人为自己写悼念文章，大概也为期不远了。一想到这一点，即使自己真能“不喜亦不惧”，难道就能无动于衷吗？

但是，眼前我并不消极，也不颓唐，我决不会自寻“安乐死”的。看样子我还能活上若干年的，我耳不聋，眼稍昏，抬腿就是十里八里。王济夫同志说我是“奇迹”，他的话有点道理。我计划要做的事，其数量和繁重程度，连一些青年或中年人都会望而却步，借用冯友兰先生的话，我是“欲罢不能”。天生是辛劳的命，奈之何哉！看来悼念文章我还是要写下去的。我并没有老友臧克家要活到一百二十岁那样的雄心壮志，退而求其次，活到九十多，大概不成问题。我还有多少悼念文章要写呀，恐怕没有人敢说了。

1994年2月2日

悼许国璋先生

小保姆告诉我，北京外国语大学来了电话，说许国璋教授去世了。我不禁“哎哟”了一声。我这种不寻常的惊呼声，在过去相同的场合下是从来没有过的。它一方面表现了这件事对我打击之剧烈，另一方面其背后还蕴含着一种极其深沉的悲哀，有如被雷击一般，是事前绝对没有想到的，我只有惊呼“哎哟”了。

我同国璋，不能算是最老的朋友。但是，屈指算来，我们相识也已有将近半个世纪了。在解放初期那种狂热的开会的热潮中，我们常常在各种各样的会上相遇。会虽然是各种各样，但大体上离不开外国语言和文学。我们亦不是一个行当，他是搞英语的，我搞的则是印度和中亚古代语言。但因为同属于外字号，所以就有了相会的机会。我从小学就开始学英语，以后在清华，虽云专修德语，实际上所有的课程都用英语来进行，因此我对英语也不敢说是外行，又因此对国璋的英语造诣也具有能了解的资格。英语界的同行们对他的英语造诣之高，无不钦佩。但是，他在这一方面绝无骄矜之气。他待人接物，一片淳真，朴实，诚恳，谦逊，但也并不故作谦逊状，说话实事求是，决不忸怩作态。因此，他给我留下了非常美好的、毕生难忘的印象。

到了那一个史无前例的“十年浩劫”，他理所当然地在劫难逃。风闻他被打成了外院“洋三家村”的大老板。中国人作诗词，讲究对偶，“四人帮”一伙虽然胸无点墨，我们老祖宗这个遗产，他们却忠诚地继承下来了，既有“土三家村”，必有“洋三家村”。国璋等三个外院著名的英美语言文学的教授，适逢其会，忉蒙垂青，于是一个虚无缥缈的“洋三家村”就出现在大字报上了。大家都知道，“土三家村”是“十年浩劫”的直接导火线。本来不存在的事实却被具有天眼通、天耳通的“四人帮”及其徒子徒孙们“炒”成了“事实”，搞得乌烟瘴气，寰宇闻名。中一变而为外，土一变而为洋，当时崇洋媚外，罪大恶极——其实“四人帮”一伙是在灵魂深处最崇洋媚外的——“土三家村”十恶不赦，而“洋三家村”则必然是万恶不赦了。在这样的情况下，国璋所受的皮肉之苦，以及精神上的折磨，概可想见了。

拨乱反正，天日重明。我同国璋先生的来往也多了起来。据我个人的估计，我们在浩劫前后的来往，性质和内容，颇有所不同。劫前集会，多是务虚；劫后集会，则重在务实。从前，我们这一群知识分子，特别是老知识分子，又特别是在外国呆过的老知识分子，最初还是有理智、有自知之明的。我们都知道自己是热爱祖国的，热爱新社会的，对所谓“解放”是感到骄傲的。然而，天天开会，天天“查经”，天天“学习”，天天歌功。人是万物之灵，但又是很软弱的动物，久而久之，就被这种环境制造成了后现代主义的最新型的“基督教徒”，一脑袋“原罪”思想，简直觉得自己一无是处，罪恶滔天，除非认真脱胎换骨，就无地自容，就无颜见天下父老。我的老师中国当代大哲学家金岳霖先生，学贯中西，名震中外，早已过了还历之年，头发已经黑白参半。就是这样一个老人，竟在一次会上，声音低沉，眼睛里几乎要流出眼泪，沉痛检讨自己。什么原因呢？他千方百计托人买一幅明朝大画家文征明的画。我当时灵魂的最深处一阵战栗，觉得自己“原罪”的思想太差劲了，应该狠狠地向老师学习了。

我同国璋也参加了不少这样的会，他是怎样思考的，我不知道。反正他是一个老党员，“原罪”的意识应该超过我们的。我丝毫也没有认为，中国的老知识分子都是完美无缺的。我们有自己的缺点，我们也应该改造思想。但是，事实最是无情的，当年一些挥舞着“资产阶级法权”大棒专门整人的人，曾几何时，原形毕露：他们有的不只是资产阶级思想，而且还有封建思想。这难道不是最大的讽刺吗？

这话扯远了，还是收回来讲劫后的集会吧，此时“四人帮”已经垮了台，“双百方针”真正得到了实现。改革开放给人们带来了思想的活跃，带来了重新恢复起来的干劲。外国语言文学界也不例外。我同国璋先生，还有“洋三家村”的全体成员，以及南南北北的同行们，在暌离了十多年以后，又经常聚在一起开会。但是，现在不再是写不完的检讨，认不完的罪，而是认真、细致地讨论一些为适应我国社会主义建设的有关外国语言文学的问题。最突出的例子是编写《中国大百科全书》“外国文学卷”和“语言卷”的工作。此时，我们真正是心情愉快，仿佛拨云雾而见青天。那一顶顶“资产阶级法权”“资产阶级反动学术权威”的虚无缥缈的、至今谁也说不清楚的、然而却如泰山压顶似的大帽子，“三山半落青天外”了。我们无帽一身轻，真有用不完的劲。我同国璋每次见面，会心一笑，真如“如来拈花，迦叶微笑”，“心有灵犀一点通”了。

最难忘的是当我受命担任“语言卷”主编时的情景。这样一部能够而且必须代表有几千年研究语言学传统的世界大国语言学研究水平的巨著，编纂责任竟落到了我的肩上，我真是诚惶诚恐，如履薄冰。我考虑再三，外国语言部分必须请国璋先生出马负责。中国研究外国语言的学者不是太多，而造诣精深，中西兼通又能随时吸收当代语言新理论的学者就更少。在这样考虑之下，我就约了李鸿简同志，在一个风大天寒的日子里，从北大乘公共汽车，到魏公村下车，穿过北京外院的东校园，越过马路，走到西校园的国璋先生的家中，恳切陈词，请他负起这个重任。他二话没说，立即答应了下来。我刚才受的寒风冷气之苦和心里面忐忑不安的心情，为之一扫。我无意中瞥见了他室中摆的那一盆高大的刺儿梅，灵犀一点，觉得它也为我高兴，似向我招手祝贺。

从那以后，我们的来往就多了起来，有时与《大百科》有关，有时也无关。他在自己的小花园里种了荷兰豆，几次采摘一些最肥嫩的，亲自送到我家里来。大家可以想象，这些当时还算是珍奇的荷兰豆，嚼在我嘴里是什么滋味，这里面蕴涵着淳厚的友情，用平常的词汇来形容，什么“鲜美”，什么“脆嫩”，都是很不够的。只有用神话传说中的“醍醐”，只有用梵文amra（不死之药）一类的词儿，才能表达于万一。

他曾几次约我充当他的硕士生和博士生答辩委员会主席，请我在他住宅附近的一个餐厅里吃饭，有一次居然吃的是涮锅子。他也到我家来过几次，我们推心置腹，无话不谈。我们谈论彼此学校的情况，谈论当前中国文坛、特别是外国语言文学界的新情况和新动向，谈论当前的社会风气。谈论最多的是青年的出国热。我们俩都在外国呆过多年，决不是什么土包子，但是我们都不赞成久出不归，甚至置国格与人格于不顾，厚颜无耻地赖在那个蔑视自己甚至污辱自己的国家里不走。我们当年在外国留学时，从来也没有久居不归的念头。国璋特别讲到，一个黄脸皮的中国人，那几个诺贝尔奖金的获得者除外，在民族歧视风气浓烈的美国，除了在唐人街鬼混或者同中国人来往外，美国社会是很难打进去的。有一些中国人可以毕生不说英文，依然能过日子。神话传说中说一人成道，鸡犬升天，那一些中国人把一块中国原封不动地搬过了汪洋浩瀚的太平洋，带着鸡犬，过同在中国完全一样的日子，笑骂由他笑骂，好饭我自吃之，这究竟有什么意义呢？我同国璋禁不住唏嘘不已。“回思寒夜话明昌，相对南冠泣数行。”我们不是楚囚，也无明昌可话，但是我们的心情是沉重的，我们是欲哭无泪了。岂不大可哀哉！

最让我忆念难忘的是在我八十岁诞辰庆祝会上，我同国璋兄的会面。人生八十，寿登耄耋，庆祝一下，未可厚非。但自谓并没有做出什么了不起的成绩，而校系两级竟举办了这样大规模的庆祝活动。大会在电教大厅举行。本来只能容四百多人的地方，竟到了五六百人。多年不见的毕业老同学都从四面八方来到燕园，向我表示祝贺。我的家乡的书记也不远千里来了。澳门的一些朋友也来了。我心里实在感到不安。最让我感动的是接近米寿的冯至先生来了，我的老友，身体虚弱、疾病缠身的吴组缃兄也坐着轮椅来了。我既高兴，又忐忑不安，感动得我手忙脚乱，一时竟说不出话来。

又实在出我意料，国璋兄也带着一个大花篮来了。我们一见面，仿佛有什么暗中的力量在支配着我们，不禁同时伸出了双臂，拥抱在一起。大家都知道，这种方式在当前的中国还是比较陌生的。可我们为什么竟同时伸出了双臂呢？中国古人说：“诚于中，形于外。”在我们两人的心中，不知道从什么时候早已埋下了超乎寻常的感情，一种“贵相知心”的感情。在当时那一种场合下，自然而然地爆发了出来，我们只能互相拥抱了。

在我漫长的一生中，那一次祝寿会是空前的，是我完全没有意料到的。我周旋在男女老少五六百人的人流中，我眼前仿佛是一个春天的乐园，每一个人的笑容都幻化成一朵盛开的鲜花，姹紫嫣红，一片锦绣。当我站在台上讲话的时候，心中一时激动，眼泪真欲夺眶而出，片刻沉默，简直说不出话来。此情此景，至今记忆犹新。

我已年届耄耋，一生活得时间既长，到的地方又多。我曾到过三十来个国家，有的国家我曾到过五六次之多，本来应该广交天下朋友，但是情况并非如此。我确实交了一些朋友，一些素心人，但是数目并不太多。我自己检查，我天生是一个内向的人，我自谓是性情中人。在当今世界上，像我这样的人是不合时宜的。但是，造化小儿仿佛想跟我开玩笑，他让时势硬把我“炒”成了一个社会活动家，甚至国际活动家。每当盛大场合，绅士淑女，峨冠博带，珠光宝气，照射牛斗。我看有一些天才的活动家，周旋其中，左一握手，右一点头，如鱼得水，畅游无碍。我内心真有些羡煞愧煞。我局促在一隅，手足无所措，总默祷苍天，希望盛会早散，还我自由。这样的人而欲广交朋友，岂不等于骆驼想钻针眼吗?

我因此悟到：交友之道，盖亦难矣。其中有机遇，有偶合，有一见如故，有相对茫然。友谊的深厚并不与会面的时间长短成正比。往往有人相交数十年，甚至天天对坐办公，但是感情总是如油投水，决不会融洽。天天“今天天气，哈，哈，哈！”，天天像英国人所说的那样像一对豪猪，必须保持一定的距离，天天在演“三叉口”，到了成不了真正的朋友。

反观我同国璋兄的关系，情况却完全不同。我们并不在一个学校工作，见面的次数相对说来并不是太多。我们好像真是一见如故，一见倾心，没有费多少周折。我们也都并没有清晰地意识到，我们终于成了朋友，成了知己的朋友。难道真如佛家所说的那样人与人之间有缘分吗?

了解了我在上面说的这个过程，就能够知道，国璋的逝世对我的心灵是多么大的打击。我们俩都是唯物主义者，不信有什么来生，有什么天堂。能够有来生和天堂的信仰，也不是坏事，至少心灵可以得到点安慰。但是，我办不到。我相信我们都只有一次生命，一别便永远不能再会。可是，如果退一步想，在仅有的一次生命中，我们居然能够相逢，而且成了朋友，这难道不能算是最高的幸福吗?遗体告别的那一天，有人劝我不要去。我心里想的却是，即使我不能走，我爬也要爬到八宝山。这最后的一面我无论如何也要见的。当我看到国璋安详地躺在那里时，我泪如泉涌，真想放声痛哭一场。从此人天暌隔，再无相见之日了。呜呼，奈之何哉！奈之何哉！

1994年9月24日

我只是克家同志的最老的老朋友之一，我们的友谊已经有六十多年了。我们中国评论一个人总是说道德文章，把道德摆在前边，这是我们中华民族优秀文化的表现之一，跟西方不一样。那么我就根据这个标准，把过去六十多年中间克家给我的印象讲一讲。

第一个讲道德。克家曾在一首诗里说过，一个叫责任感，一个叫是非感，我觉得道德应该从这地方来谈谈。是非、责任，不是小是小非，而是大是大非。什么叫大是大非呢？大是非就是关系到我们祖国，关系到我们人民，关系到世界，也就是要拥护社会主义、拥护共产主义，这是大是大非。我觉得责任也在这个地方，克家在过去七十多年中间，尽管我们国内的局势变化万千，可是克家始终没有落伍，能够跟得上我们时代的步伐，我觉得这是非常难得的。这就是大是大非，就是重大的责任。我觉得从这地方来看，克家是一个真正的人。至于个人，他给我的印象是一个像火一样热情的诗人，对朋友忠诚可靠，终生不渝，这也是非常难得的。关于道德，我就讲这么几句。

关于文章呢，这就讲外行话了。当年我在清华大学念书，就读到克家的《烙印》《罪恶的黑手》。我不是搞中国文学的，但我有个感觉就是克家作诗受了闻一多先生的影响。我一直到今天，作为一个诗的外行来讲，我觉得作诗、写诗，既然叫诗，就应该有形式。那种没形式的诗，愧我不才，不敢苟同。克家一直重视诗，我觉得这里边有我们中国文化的传统。我们中国的语言有一个特点，就是讲炼字、炼句，这个问题，在欧洲也不能说没有，不过不能像中国这么普遍这样深刻。过去文学史上传来许多佳话，像“云破月来花弄影”那个“弄”字，“红杏枝头春意闹”那个“闹”字，“春风又绿江南岸”那个“绿”字。可惜的是炼字这种功夫现在好像一些年轻人不大注意了。文字是我们写作的工具。我们写诗、写文章必须知道我们使用的工具的特点。莎士比亚用英文写作，英文就是他的工具。歌德用德文写作，德文就是他的工具。我们使用汉字，汉字就是我们的工具。可现在有些作家，特别是诗人，忘记了他的工具是汉字。是汉字，就有炼字、炼句的问题，这一点不能不注意。克家呢，我觉得他一生在这方面倾注了很多的心血，而且获得了很大的成功。克家的诗我都看过，可是我不敢赞一词，我只想从艺术性来讲。我觉得克家对这方面非常重视。这个问题非常重要。我因此就想到一个问题，可这个问题太大了，但我还想讲一讲。我觉得我们过去多少年来研究中国文学史，特别是古典文学，好像我们对政治性重视，这个应该。可是对艺术性呢，我觉得重视得很不够。大家打开今天的文学史看看，讲政治性，讲得好像最初也不是那么深刻，一看见“人民”这样的词，类似“人民”这样的词，就如获至宝；对艺术性，则三言两语带过，我觉得这是很不妥当的。一篇作品，不管是诗歌还是小说，艺术性跟思想性总是辩证统一的，强调一方面，丢掉另外一方面是不全面的。因此我想到，是不是我们今天研究文学的，特别是研究古典文学的，应该在艺术性方面更重视一点。我甚至想建议：重写我们的文学史。现在流行的许多文学史都存在着我说的这个毛病。我觉得，真正的文学史不应该是这个样子。

我祝我的老朋友克家九十、一百、一百多、一百二十，他的目的是一百二十，所以我想祝他长寿！健康！

1994年10月18日

接到韩小蕙小姐的约稿信，命我说说张中行先生与沙滩北大红楼。这个题目出得正是时候。好久以来，我就想写点有关中行先生的文章了，只是因循未果。小蕙好像未卜先知，下了这一阵及时雨，滋润了我的心，我心花怒放，灵感在我心中躁动。我又焉得不感恩图报，欣然接受呢？

中行先生是高人、逸人、至人、超人。淡泊宁静，不慕荣利，淳朴无华，待人以诚。以八十七岁的高龄，每周还到工作单位去上几天班。难怪英文《中国日报》发表了一篇长文，颂赞中行先生。通过英文这个实为世界语的媒介，他已扬名寰宇了。我认为，他代表了中国知识分子，特别是老年知识分子的风貌，为我们扬了眉，吐了气。我们知识分子都应该感谢他。

但是，现在回想起来，却不能不承认这是一件怪事：我与中行先生同居北京大学朗润园二三十年，直到他离开这里迁入新居以前的几年，我们才认识，这个“认识”指的是见面认识，他的文章我早就认识了。有很长一段时间，亡友蔡超尘先生时不时地到燕园来看我。我们是济南高中同学，很谈得来。每次我留他吃饭，他总说，到一位朋友家去吃，他就住在附近。现在推测起来，这“一位朋友”恐怕就是中行先生，他们俩是同事。愧我钝根，未能早慧。不然的话，我早个十年八年认识了中行先生，不是能更早得一些多得一些潜移默化的享受，早得一些多得一些智慧，撬开我的愚钝吗？佛家讲因缘，因缘这东西是任何人任何事物都无法抗御的。我没有什么话好说。

但是，也是由于因缘和合，不知道是怎样一来，我认识了中行先生。早晨起来，在门前湖边散步时，有时会碰上他。我们俩有时候只是抱拳一揖，算是打招呼，这是“土法”。还有“土法”是“见了兄弟媳妇叫嫂子，无话说三声”，说一声：“吃饭了吗？”这就等于舶来品“早安”。我常想中国礼仪之邦，竟然缺少几句见面问安的话，像西洋的“早安”“午安”“晚安”等等。我们好像挨饿挨了一千年，见面问候，先问“吃了没有？”我同中行先生还没有饥饿到这个程度，所以不关心对方是否吃了饭，只是抱拳一揖，然后各行其路。

有时候，我们站下来谈一谈。我们不说：“今天天气，哈，哈，哈！”我们谈一点学术界的情况，谈一谈读了什么有趣的书。有一次，我把他请进我的书房，送了他一本《陈寅恪诗集》。不意他竟然说我题写的书名字写得好。我是颇有自知之明的，我的“书法”是无法见人的。只在迫不得已时，才泡开毛笔，一阵涂鸦。现在受到了他的赞誉，不禁脸红。他有时也敲门，把自己的著作亲手递给我。这是我最高兴的时候。有一次，好像就是去年春夏之交，我们早晨散步，走到一起了，就站在小土山下，荷塘边上，谈了相当长的时间。此时，垂柳浓绿，微风乍起，鸟语花香，四周寂静。谈话的内容已经记不清楚。但是此情此景，时时如在眼前，亦人生一乐也。可惜在大约半年以前，他乔迁新居。对他来说，也许是件喜事。但是，对我来说，却是无限惆怅。朗润园辉煌如故，青松翠柳，“依然烟笼一里堤”。

北大文星依然荟萃，我却觉得人去园空。每天早晨，独缺一个耄耋而却健壮的老人，荷塘为之减色，碧草为之憔悴。“此情可待成追忆，只是当时已惘然。”

中行先生是“老北大”。同他比起来，我虽在燕园已经呆了将近半个世纪，却仍然只能算是“新北大”。他在沙滩吃过饭，在红楼念过书。我也在沙滩吃过饭，却是在红楼教过书。一“念”一“教”，一字之差，时间却相差了二十年，于是“新”“老”判然分明了。即使是“新北大”吧，我在红楼和沙滩毕竟吃住过六年之久，到了今天，又哪能不回忆呢？

中行先生在文章中，曾讲过当年北大的入学考试。因为我自己是考过北大的，所以倍感亲切。1930年，当时山东唯一的一个高中——省立济南高中毕业生八十余人，来北平赶考。我们的水平不是很高。有人报了七八个大学，最后，几乎都名落孙山。到了穷途末日，朝阳大学，大概为了收报名费和学费吧，又招考了一次，一网打尽，都录取了。我当时尚缺自知之明，颇有点傲气，只报了北大和清华两校，居然都考取了。我正做着留洋镀金的梦，觉得清华圆梦的可能性大，所以就进了清华。清华入学考试没有什么特异之处，北大则给我留下了难忘的印象。先说国文题就非常奇特：“何谓科学方法？试分析详论之。”这哪里像是一般的国文试题呢？英文更加奇特，除了一般的作文和语法方面的试题以外，还另加一段汉译英，据说年年如此。那一年的汉文是：“别来春半，触目愁肠断。砌下落梅如雪乱，拂了一身还满。”这也是一个很难啃的核桃。最后，出所有考生的意料，在公布的考试科目以外，又奉赠了一盘小菜，搞了一次突然袭击：加试英文听写。我们在山东济南高中时，从来没有搞过这玩意儿。这当头一棒，把我们都打蒙了。我因为英文基础比较牢固，应付过去了。可怜我那些同考的举子，恐怕没有几人听懂的。结果在山东来的举子中，只有三人榜上有名。我侥幸是其中之一。

至于沙滩的吃和住，当我在1946年深秋回到北平来的时候，斗换星移，时异事迁，相隔二十年，早已无复中行先生文中讲的情况了。他讲到的那几个饭铺早已不在。红楼对面有一个小饭铺，极为狭窄，只有四五张桌子。然而老板手艺极高，待客又特别和气。好多北大的教员都到那里去吃饭，我也成了座上常客。马神庙则有两个极小但却著名的饭铺，一个叫“菜根香”，只有一味主菜：清炖鸡。然而却是宾客盈门，川流不息，其中颇有些知名人物。我在那里就见到过马连良、杜近芳等著名京剧艺术家。路南有一个四川饭铺，门面更小，然而名声更大，我曾看到过外交官的汽车停在门口。顺便说一句：那时北平汽车是极为稀见的，北大只有胡适校长一辆。这两个饭铺，对我来说是“山川信美非吾土”，价钱较贵。当时通货膨胀骇人听闻，纸币上每天加一个“0”，也还不够。我吃不起，只是偶尔去一次而已。我有时竟坐在红楼前马路旁的长条板凳上，同“引车卖浆者流”挤在一起，一碗豆腐脑，两个火烧，既廉且美，舒畅难言。当时有所谓“教授架子”这个名词，存在决定意识，在抗日战争前的黄金时期，大学教授社会地位高，工资又极为优厚，于是满腹经纶外化而为“架子”。到了我当教授的时候，已经今非昔比，工资一天毛似一天，虽欲摆“架子”，焉可得哉？而我又是天生的“土包子”，虽留洋十余年，而“土”性难改。于是以大学教授之“尊”而竟在光天化日之下，端坐在街头饭摊的长板凳上却又怡然自得，旁人谓之斯文扫地，我则称之源于天性。是是非非，由别人去钻研讨论吧。

中行先生至今虽已到了望九之年，他上班的地方仍距红楼沙滩不远，可谓与之终生有缘了。因此，在他的生花妙笔下，其实并不怎样美妙的红楼沙滩，却仿佛活了起来，有了形貌，有了感情，能说话，会微笑。中行先生怀着浓烈的“思古之幽情”，信笔写来，娓娓动听。他笔下那一些当年学术界的风云人物，虽墓木久拱，却又起死回生，出入红楼，形象历历如在眼前。我也住沙滩红楼颇久。一旦读到中行先生妙文，也引起了我的“思古之幽情”。我的拙文，不敢望中行先生项背，但倘能借他的光，有人读上一读，则于愿足矣。

中行先生的文章，我不敢说全部读过，但是读的确也不少。这几篇谈红楼沙滩的文章，信笔写来，舒卷自如，宛如行云流水，毫无斧凿痕迹，而情趣盎然，间有幽默，令人会心一笑。读这样的文章，简直是一种享受。他文中谈到的老北大的几种传统，我基本上都是同意的。特别是其中的容忍，更合吾意。蔡孑民先生的“兼容并包”，到了今天，有人颇有微词。夷考其实，中外历史都证明了，哪一个国家能兼容并包，哪一个时代能兼容并包，那里和那时文化学术就昌盛，经济就发展。反之，如闭关锁国，独断专行，则文化就僵化，经济就衰颓。历史事实和教训是无法抗御的。文中讲到外面的人可以随时随意来校旁听，这是传播文化的最好的办法。可惜到了今天，北大之门固若金汤。门外的人如想来旁听，必须得到许多批准，可能还要交点束脩。对某些人来说，北大宛若蓬莱三山，可望而不可即了。对北大，对我们社会，这样做究竟是一件好事，还是一件坏事，请读者诸君自己来下结论吧！我不敢越俎代庖了。

中行先生的文章是极富有特色的。他行文节奏短促，思想跳跃迅速；气韵生动，天趣盎然；文从字顺，但绝不板滞，有时宛如大珠小珠落玉盘，仿佛能听到节奏的声音。中行先生学富五车，腹笥丰盈。他负暄闲坐，冷眼静观大千世界的众生相，谈禅论佛，评儒论道，信手拈来，皆成文章。这个境界对别人来说是颇难达到的。我常常想，在现代作家中，人们读他们的文章，只须读上几段而能认出作者是谁的人，极为稀见。在我眼中，也不过几个人。鲁迅是一个，沈从文是一个，中行先生也是其中之一。

在许多评论家眼中，中行先生的作品被列入“学者散文”中。这个名称妥当与否，姑置不论。光说“学者”，就有多种多样。用最简单的分法，可以分为“真”“伪”二类。现在商品有假冒伪劣，学界我看也差不多。确有真学者，这种人往往是默默耕耘，晦迹韬光，与世无忤，不事张扬。但他们并不效法中国古代的禅宗，主张“不立文字”，他们也写文章。顺便说上一句，主张“不立文字”的禅宗，后来也大立而特立。可见不管你怎样说，文字还是非立不行的。中行先生也写文章，他属于真学者这一个范畴。与之对立的当然就是伪学者。这种人会抢镜头，爱讲排场，不管耕耘，专事张扬。他们当然会写文章的。可惜他们的文章晦涩难懂，不知所云。有的则塞满了后现代主义的词语，同样是不知所云。我看，实际上都是以艰深文浅陋，以

“摩登”文浅陋。称这样的学者为“伪学者”，恐怕是不算过分的吧。他们的文章我不敢读，不愿读，读也读不懂。

读者可千万不要推断，我一概反对“学者散文”。对于散文，我有自己的偏见：散文应以抒情叙事为正宗。我既然自称“偏见”，可见我不想强加于人。学者散文，古已有之。即以传世数百年的《古文观止》而论，其中有不少可以归入“学者散文”这一类的文章。最古的不必说了，专以唐宋而论，唐代韩愈的《原道》《师说》《进学解》等篇都是“学者散文”，柳宗元的《桐叶封弟辨》也可以归入此类。宋代苏轼的《范增论》《留侯论》《贾谊论》《晁错论》等等，都是上乘的“学者散文”。我认为，上面所举的这些篇“学者散文”，有一个共同的特点，就是文采斐然，换句话说，也就是艺术性强。我又有一个偏见：凡没有艺术性的文章，不能算是文学作品。

拿这个标准来衡量中行先生的文章，称之为“学者散文”，它是决不含糊的，它是完全够格的。它融会思想性与艺术性，融会到天衣无缝的水平。在当今“学者散文”中堪称独树一帜，可为我们的文坛和学坛增光添彩。

1995年8月

我认识恭三（邓先生之字）已经很有些年头了。因为同是山东老乡，我们本应该在20年代前期就在济南认识的。但因他长我4岁，中学又不在一个学校，所以在那里竟交臂失之，一直到了30年代前期才在北京相识，仍然没有多少来往。紧接着，我又远适异域，彼此不相闻者十余年。1946年，我从欧洲回国，来北大任教。当时恭三是胡适之校长的秘书。我每每到沙滩旧北大孑民堂前院东屋校长办公室去找胡先生，当然都会见到恭三，从此便有了比较多的来往，成了算是能够知心的朋友了。

恭三是历史学家，专门治宋史，卓有建树，腾誉国内外士林，为此道权威。先师陈寅恪先生有一个颇为独特的见解，他在《邓广铭宋史职官志考证序》中写道："华夏民族之文化，历数千载之演进，造极于赵宋之世。后渐衰微，终必复振。"而"复振"的希望有一部分他就寄托在恭三身上。他接着写道："宋代之史事，乃今日所亟应致力者。"然而这一件工作邓并不容易做，因为《宋史》阙误特多，而在诸正史中，卷帙最为繁多，由此可见，欲治《宋史》，必须有勇气，有学力。"数百年来，真能熟读之者，实无几人。"恭三就属于这仅有的"几人"之列。对于《宋史职官志考证》一书，陈先生的评价是："其用力之勤，持论之慎，并世治宋史者，未能或之先也。”这是极高的评价。熟悉陈先生之为人者，都知道，陈先生从不轻易月旦人物，对学人也从未给予廉价的赞美之词。他对恭三的学术评价，实在值得我们注意和深思的。

近些年来，由于众所周知的原因，国内大学及科研机构中，从事人文社会科学的研究事业者，大都有后继乏人之慨叹。实际情况也确实是这样，确实值得人们担忧。阻止或延缓这种危机的办法，目前还没有见到。有个别据要津者，本应亡羊补牢，但也迟迟不见行动，徒托空言，无济于事。这绝非杞人忧天的想法，而是迫在眉睫的灾难。我辈这一批手无缚鸡之力的知识分子，虽然知之甚急，忧之极切，也只能“惊呼热中肠”而已。

在这样的危机中，宋史研究当然也不会例外。但是，恭三是有福的。他的最小的女儿邓小南，女承父业，接过了恭三研究宋史的衣钵，走上了研究宋史的道路，虽然年纪还轻，却已发表了一些颇见水平的论文，崭露头角，将来大成可期。恭三不出家门，就已后继有人，他可以含笑于九泉之下或九天之上了。我也为老友感到由衷的高兴。

恭三离开我们时，已经达到九十岁高龄。在中国几千年的学术史上，我还想不起，哪一个学者曾活到这般年纪。但是，从他的身体状态，特别是心理状态上来看，他本来是还能活下去的。他虽身患绝症——他自己并不知道，但在病床上还讲到要回家来写他的《岳飞传》。我们也都希望，他真能够“岂止于米，相期以茶”。即使达不到一百零八岁的茶寿，但是九十九岁的白寿，或者一百岁的期颐，努一把力，还是有希望的。可是死生之事大矣，是不能由我们自己来决定的。我们含恨同他告别了。

回忆我们长达半个世纪的交谊，让我时有凄凉寂寞之感。解放前在沙滩时，我们时常在一起闲聊，上天下地，无所不聊，但是聊得最热烈的却是胡校长竞选国民党的国大代表和传说蒋介石放出风来有意推胡为总统的事。我们当时政治觉悟都不够高，但是，以我们那种很低的水平，也能够知道蒋介石之心是路人皆知。可笑或可悲的是，聪明如胡先生者竟颇有相信之意。我们共同的结论是，胡毕竟是一个书生，说不好听的，是一个书呆子。

以后不久，我同恭三等一批也是书呆子的人，迎来了解放，一时心情极为振奋。1962年以后，朗润园六幢公寓楼落成，我们相继搬了进来。在风光旖旎的燕园中，此地更是特别秀丽幽静。虽然没有“四时不谢之花，八节长春之草”，却也有茂林修竹，翠湖青山。夏天红荷映日，冬日雪压苍松。这些当然都能令人赏心悦目，这已极为难得。但是，光有好风景，对一些书呆子如不佞者，还是不够的，我需要老朋友，需要素心人。陶渊明诗：“闻多素心人，乐与数晨夕。”这正是我所要求的，而我也确实得到了。当年全盛时期，张中行先生住在这里，虽然来往不多，但是早晨散步时，有时会不期而遇，双方相向拱手合十，聊上几句，就各奔前程了。这一早晨我胸中就暖融融的，其乐无穷。组缃是清华老友，也曾在这里住过。常见一个戴儿童遮阳帽的老头儿，独自坐在湖边木椅上，面对半湖朝日，西天红霞。我顾而乐之，认为这应当归入朗润几景之中。“素心人”中，当然有恭三在。我多次讲过，我是最不喜欢拜访人的人，我同恭三，除了在校内外开会时见面外，平常往还也不多。四五年前，我为写《糖史》查资料，我每天到北大图书馆去。回家时，常在路上碰到恭三，他每天上午11点前必到历史系办公室去取《参考消息》。他说，他故意把《参考消息》订在系里，以便每天往还，借以放步，锻炼身体。两个耄耋老人每天在湖边相遇，这也可算是燕园后湖一景吧。

然而，光阴荏苒，时移世异，曾几何时，中行先生在校外找到房子，乔迁新居。虽然还时通音问，究亦不能在清晨湖畔，合十微笑了。我心头感到空荡荡的，大发思古之幽情。但是，中行先生还健在，同在一城中，楼多无阻拦，因此，心中尚能忍受得住。至于组缃和恭三，则情况迥乎不同。他们已相继走到了那一个长满了野百合花的地方，永远，永远地再也不回来了。此时，朗润园湖光依旧潋滟，山色依旧秀丽，车辆依旧奔驰，人物依旧喧闹。可是在我的心中，我却感到空虚、荒寒、寂寞、凄清，大有“前不见古人，后不见来者”之慨，真想“独怆然而涕下”了。默诵东坡词“人有悲欢离合，月有阴晴圆缺，此事古难全”，聊以排遣忧思而已。

中华民族毕竟是一个伟大的民族。四大发明，震撼寰宇，辉耀千古，我们在这里暂且不谈。我只谈一个词儿：“后死者。”在这世界上其他语言中还没有碰到过。从表面上来看，这只是一个非常普通的词儿。但仔细一探究，却觉其含义深刻，令人回味无穷。对已死的人来说，每一个活着的人都是一个“后死者”。可这个词儿里面蕴含着哀思、回忆，抚今追昔，还有责任、信托。已死者活在后死者的记忆中，后者有时还要完成前者未竟之业，接过他们手中曾握过的接力棒，继续飞驰，奔向前方，直到自己不得不把接力棒递给自己的“后死者”，自己又活到别人回忆里了。人生就是如此，无所用其愧恨。现在我自己成了一个“后死者”，感情中要承担所有沉重的负担。我愿意摆脱掉这种沉重的负担吗？我扪心自问：还不想摆脱，一点摆脱的计划都没有。我愿意背着这个沉重的“后死者”的十字架，一直背下去，直到非摆脱不行的时候。但愿那一天晚一点来，阿门！

1998年2月22日

记张岱年先生

我认识张岱年先生，已有将近70年的历史了。30年代初，我在清华念书，他在那里教书。但是，由于行当不同，因而没有相识的机会。只是不时读到他用“张季同”这个名字发表的文章，在我脑海留下了一个青年有为的学者的印象，一留就是二十年。

时移世变，沧海桑田，再见面时已是1952年院系调整以后了。当时全国大学的哲学系都合并到北大来，张先生也因而来到了北大。我们当年是清华校友，而今又是北大同事了。仍然由于行当不同，平常没有多少来往。1957年反右，张先生受到了牵连。这使我对他更增加了一种特殊的敬意。我有一个自己认为是正确的意见：凡被划为“右派”者都是好人，都是正直的人，敢讲真话的人，真正热爱党的人。但是，我决不是说，凡没有被划者都不是好人，好人没有被划者遍天下，只是没有得到被划的“幸福”而已。至于我自己，我蹲过“牛棚”，说明我还不是坏人，是我毕生的骄傲。独没有被划为右派，说明我还不够好，我认为这是一生憾事，永远再没有机会来补课了。

张先生是哲学家，对于中国哲学史的研究有湛深的造诣，这是学术界的公论。愧我禀性愚鲁，不善于作邃密深奥的哲学思维，因此对先生的学术成就不敢赞一词。独对于先生的为人，则心仪已久。他奖掖后学，爱护学生，极有正义感，对任何人都不阿谀奉承，凛然一身正气，又决不装腔作势，总是平等对人。这样多的优秀品质集中到一个人的身上，再加上真正淡泊名利，唯学是务，在当今士林中，真堪为楷模了。

《论语》中说："仁者寿。"岱年先生是仁者，也是寿者。我读书有一个习惯：不管是读学术史，还是读文学史，我首先注意的是中外学者和文学家生年卒月。我吃惊地发现，古代中外著名学者或文学家中，寿登耄耋者极为稀少。像泰戈尔的八十，歌德的八十三，托尔斯泰的八十二，真如凤毛麟角。许多名震古今的大学问家和大文学家，多半是活到五六十岁。现在，我们已经"换了人间"，许多学者活得年龄都很大，像冯友兰先生、梁漱溟先生等等都活过了九十。冯先生有两句话："岂止于米，相期以茶。""米"是八十八岁，"茶"是一百零八岁。现在张先生已经过米寿二年，距茶寿十八年。从他眼前的健康情况来看，冯先生没有完成的遗愿，张先生一定能完成的。张先生如果能达到茶寿，是我们大家的幸福。"碧章夜奏通明殿，乞赐张老十八春。"

1999年1月10日

朴老涅槃，我心实悲。我曾在什么地方看过一幅壁画，画的是如来佛涅槃时的情景。如来佛右胁在下侧卧在那里。身旁围了一大群弟子，大多数是痛哭流涕，悲哀难抑。独有一位弟子站在那里，凝然无动于衷。他大概是已经参透了人生奥秘，领悟了无常是生命的正道。他也许正是这一幅壁画的核心人物，他是众僧的榜样，他是众生的楷模。我个人是一个凡夫俗子，远远没有参透人生的奥秘，我宁愿归属痛哭的众僧之列。

提到赵朴老，我真是早已久仰久仰了。他是著名的身体力行的佛教居士，中国佛协的领导人，造诣高深的佛学理论家；他又是蜚声书坛的书法家；他还是有悠久革命经历的国务活动家。赵朴老真正是口碑载道，誉满中外，成为人们景仰的对象。

可就是这样一位名人，一位大人物，却丝毫没有名人的架子，大人物的派头。同他一接触，就会被他那慈祥的笑容所感动，使人们如坐春风，如沐春雨，感到无比的温暖和幸福。我个人同朴老接触不多；但是，每会面一次，就增强一次上述的感觉。

我同朴老相处最长的一次是在1986年。当时，班禅大师奉中央命赴尼泊尔公干，中央派了一架专机，陪同的人很多，赵朴老和夫人陈邦织女士也在其中。我作为全国人大常委敬陪末座。我们坐在飞机最前面的特别包厢里，中间一张小桌，两边各坐二人，朴老和班禅一边，我和陈邦织女士一边。飞机飞临珠穆朗玛峰上空，接到尼泊尔加德满都的电话，说那里晨雾未消，不能降落，请飞机放慢速度。我们刚登上飞机时，飞机起飞，要系好安全带。但是，班禅大师的安全带两端碰不拢，他笑着说："你看我这肚子！"过了不久，加德满都方面来了电话说，飞机可以降落了。我诚敬地对班禅大师说："这是托大师的洪福！"他笑着说："我跟你一样！"可见班禅大师是一位多么平易近人的活佛。

我送给了朴老一本刚出版的《原始佛教语言问题》，请求指正。朴老还没有来得及看，但是，陈邦织先生却一路手不停披，等到飞机在加德满都机场着陆时，看样子，她已经把全书看得差不多了。我心里暗暗钦佩邦织先生读书之勤。由此可以推断，她大概是同朴老一样"学富五车"的。

在加德满都，我与朴老夫妇和秘书一起被安排在全城最高级的大概是五星级的一家大饭店里。饭店里有中西许多国家的餐厅。我同人大常委会几位同志经常是吃一顿饭换一个餐厅，遍尝了许多国家的名菜，可谓大快朵颐了。朴老是虔诚的佛教信徒，坚持素食，几十年如一日。他们不同我们一起吃饭。但因同住一层楼，房间相距不远，所以不乏见面的机会。有一天，朴老夫妇忽然来敲我的房门，邦织先生手持一幅朴老刚写好的字送给我。这真是喜从天降，我哪里会想到在异乡做客时竟能获得朴老的墨宝呢？我双手去捧接，心潮腾涌，视墨宝如拱璧，心想家中又得到了一件传家宝，我这个人和我们全家都有福了。

加德满都是一个很奇特有趣的地方，位于一个大山谷中。神话传说，此地原来处于深水中，谷口有巨石挡住，水流不出去。后来文殊菩萨手挥巨剑把巨石劈开，水流了出去，就形成了现在的加德满都。所以尼泊尔人尊文殊为保护神。在中国，文殊菩萨的圣地是五台山，因此尼泊尔朋友也视五台山为圣山，到了中国，多往朝拜。这也可以算是中尼友谊史上的一段佳话吧。

从尼泊尔回来以后，我还曾多次见到过朴老。在人民大会堂招待星云大师的宴会上，在人民大会堂不同的厅里召开的不同的会议上，在广济寺召开的讨论清代大藏经雕版的会上，我都同他见过面。虽然说话不多，但是，他那真正体现了佛教基本精神慈悲为怀的人格的魅力却在无形中净化了我的灵魂。我缺少慧根，毕生同佛教研究打交道，却不能成为真正的佛教信徒。但是，我对佛教的最基本的教义万有无常(sarvam anityam)却异常信服。我认为，这真正抓住了宇宙万有的根本规律，是谁也否定不掉的。

我在上面曾说到，朴老已经参透了人生的奥秘。他在遗嘱中用诗歌表达了他的生死观："生固欣然，死亦无憾。花落还开，水流不断，我兮何有，谁欤安息。明月清风，不劳寻觅。"谁读了这首诗不会受到真挚的感动呢?我是一个俗人，虽然也向往这种境界，但是却徒劳无功。我达不到如来涅槃壁画上那一位凝然无动于衷的法师的水平，我只能像一般俗人一样悲痛不已。

2000年11月6日

《平凡而伟大的学者——于道泉》序

老友于道泉先生离开我们已经颇有些年头了。然而，他的音容笑貌至今还不时在我耳边、眼前飘动。可见他留给我的印象之深刻了。

古今中外的学术史、艺术史等里面都提供了一些例证，证明大凡有天才的人，其言论行动，在平常人眼中都难免有点怪。怪者，和平常人不同也。中国的米颠拜石不是传为千古佳话了吗？

于道泉先生是一个有天才的人，他的行动也常常被人认为是“怪”。这一点，连他自己都有所感知。记得有一次他亲口对我说：“我的脑筋大概是有点问题。”关于这方面的传闻，那就更多了。据说，他为了学习西藏文和蒙古文，干脆搬进了雍和宫，同蒙古喇嘛住在一起，因此得了一个绰号“于喇嘛”。他在巴黎时，听说西红柿极有营养，于是天天只吃西红柿，一天吃五六斤之多，结果泻了肚。在伦敦时，适逢陈寅恪先生在那里治疗眼疾。为了给寅恪先生解闷，他天天到医院里去给陈先生读书、读报。读的书中就有马克思的《资本论》。但是同时他在研究“鬼学”，他相信有鬼。离开北大到民族学院以后，他曾研究过无土种植，后来又研究号码代音字问题。总之，这些行动都被认为是“怪”的。

为什么这样的“怪”会同天才联系在一起呢？一个有天才的人，认准了一个问题，于是心无旁骛，精神专注，此时此刻，世界万有不存在了，芸芸众生不存在了，是非得失不存在了，飞黄腾达不存在了，在茫茫的宇宙中，只有他眼前的这一个问题，这一件事物。在这样的情况下，他焉能不发古人未发之覆，焉能不向绝对真理走近一步呢？

但是，在平凡的人类眼中，这就叫做“怪”，于道泉先生就是这样的一个怪人。

对于于道泉先生，还必须进一步更深入更彻底地挖掘一下。我们平常赞美一个人，说他“淡泊名利”，这已经是很高的赞誉了。然而，放在于道泉先生身上，这是远远不够的。他早已超越了“淡泊名利”的境界，依我看，他是根本不知道，或者没有意识到，世界上还有名利二字。他的这种超越，同尘世间庸俗之辈的蝇营狗苟的争名夺利的行径比较起来，有如天渊。于道泉先生是我们的楷模。

因为于道泉先生留下的学术著作不多，他那学富五车、满腹经纶的学养，今天很多青年学人都不知道了。这是极可惋惜的事。现在王尧教授编集成了这样一本书，发潜德之幽光，垂厚爱于未来，使于道泉先生这样一颗在中国学术界的天空里的流星又发出了璀璨明亮的光辉。我们都要感谢王尧教授。

2000年12月13日

悼念马石江同志

上个月的某一天，蔚秋来告诉我：马石江同志走了。这并不出我意料，因为他患的是在一般人眼中的不治之症，而且已病入膏肓，所以才转沪治疗。但我总相信古人的一句话："天佑善人。"石江绝对是善人，他应当得到上天的福佑，转危为安的。然而事实竟不是如此，他终于离开我们走了。这消息对我来说，宛如晴空的霹雳，打得我一时目瞪口呆，眼眶里溢满了泪水，强忍住没有流出来，而是流向内心的深处，其痛苦实非言语所能表达的。

这并不是没有理由或根据的。我同石江经历不同，成长的环境不同，年岁也不同，我长他十几岁；但是我们却一见如故，没有经过什么周折，没有经过什么互相考验，我们一下就成了朋友，而且是亲密的知心的朋友。我甚至于每一想到马石江这三个字，他那朴实无华的衣着，诚悫淳良的笑容，立即浮现在我眼前，使我心里感到无量的温暖，久久不能自已。

这也并不是没有理由和根据的。这理由和根据，就在石江本人身上。他对祖国无限热爱，对教育事业无限忠诚，对青年学生无限爱护，对朋友无限诚恳，对同事无限亲切，对工作无限投入。我虽驽陋，对这几个"无限"也一直在向往着，也不能说一点没有做到；但是，同石江比起来，则宛如小巫见大巫，瞠乎后矣。石江之所以对我有这样强烈的吸引力，这是最根本的原因之一。

在上面几个“无限”中，我认为，最根本的一条就是对青年学生的无限爱护。首先，我们要对中国当前的青年学生做一个公正的实事求是的评估。不能否认，在欧风美雨强烈的吹拂浇淋下，有一些青年变成了“新人类”或“新新人类”，同老一代的代沟日益加阔加深。可是这样的青年只占极少数。就连这一些极少数的青年们，同广大的青年一样，并没有忘记和背叛中国几千年知识分子（士）的优良传统：“天下兴亡，匹夫有责。”我们做父兄的，在学校做教师或领导工作的，甚至我们的行政当局，对青年学生只有教育爱护之责，其他的行动都是不恰当的。青年毕竟是我们伟大祖国未来希望之所寄，我们万不能自己毁灭自己的未来。在这一点上，石江同广大教师的态度都是正确的，无可非议的。他虽然因此遭受诬陷，受到了党的纪律处分；但是，真理毕竟会胜利的，我们党的领导毕竟是英明的，今天的马石江仍然是堂堂正正的优秀党员。这给了我极大的安慰，也带给了我对我们国家的未来极大的希望。石江可以瞑目矣。

石江赴沪就医前，我同蔚秋商量，无论如何要去看他一看，但为她所阻。听说，在临行前，他也坚持要来我家辞别，也为家人所阻，未果。我原期望，奇迹能够出现，等石江病愈返京后，我们再晤面。谁知这个期望终于落了空，我们未能见一面，他就先走了。我再三暗诵苏东坡的词句：“人有悲欢离合，月有阴晴圆缺，此事古难全。”也不过是聊以自慰而已。

我已经年届九旬，即使在今天，也应该说是上寿了。但是我体脑两健，决无要走的迹象，也无此计划。自从听了石江的消息以后，他的面影不时在我眼前晃动。这面影带给了我力量，带给了我勇气。我一定好好地活下去，多做点对人民有益的工作。但是，一想到这个面影的本人永远不会见到了，辄悲从中来，不能自胜。呜呼！人天隔绝，奈之何哉！奈之何哉！

2001年2月6日
时窗外大雪纷飞，助我悲思

稍微了解我的交游情况的人，恐怕都会有一个疑问：季羡林是颇重感情的人，他对逝去的师友几乎都写了纪念文章，为什么对李长之独付阙如呢？

这疑问提得正确，正击中了要害。我自己也有这个疑问的。原因究竟何在呢？我只能说，原因不在长之本人，而在另一位清华同学。事情不能说是小事一端，但也无关世界大局和民族兴亡，我就不再说它了。

长之是我一生中最早的朋友。认识他时，我只有八九岁，地方是济南一师附小。我刚从私塾转入新式小学，终日嬉戏，并不念书，也不关心别人是否念书。因此对长之的成绩如何也是始终不知道的，也根本没有想知道的念头。小学生在一起玩，是常见的现象，至于三好两歹成为朋友，则颇为少见。我同长之在一师附小的情况就是这样，我不记得同他有什么亲密的往来。

当时的一师校长是王祝晨先生，是有名的新派人物，最先接受了五四的影响，语文改文言为白话。课本中有一课是举世皆知的“阿拉伯的骆驼”。我的叔父平常是不大关心我的教科书的。无巧不成书，这一个“阿拉伯的骆驼”竟偶然被他看到了。看了以后，他大为惊诧，高呼：“骆驼怎么能说话呢？荒唐！荒唐！转学！转学！”

于是我立刻就转了学，从一师附小转到新育小学

(后改称三合街小学)。报名口试时，老师出了一个“骡”字，我认识了，而与我同去的大我两岁的彭四哥不认识。我被分派插入高小一年级，彭四哥入初小三年级。区区一个“骡”字为我争取了一年。这也可以算是一个轶事吧。

我在新育小学，不是一个用功的学生，不爱念书，专好打架。后来有人讲我性格内向，我自己也认为是这样；但在当时，我大概很不内向，而是颇为外向的，打架就是一个证明。我是怎样转为内向的呢？这问题过去从未考虑过，大概同我所处的家庭环境有关吧。反正我当时是不大念书的。每天下午下课以后，就躲到附近工地堆砖的一个角落里，大看而特看旧武侠小说，什么《彭公案》《施公案》《济公传》《东周列国志》《封神演义》《说岳》《说唐》等等。《彭公案》我看到四十几续，越续越荒唐，我却乐此不疲。不认识的字当然很多。秋妹和我常开玩笑，问不认识的字是用筷子夹呢，还是用笤帚扫；前者表示不多，后者则表示极多，我大概是用笤帚扫的时候居多吧。读旧小说，叔父称之为“看闲书”，是为他深恶而痛绝的。我看了几年闲书却觉得收获极大。我以后写文章，思路和文笔都似乎比较通畅，与看闲书不无关联。我痛感今天的青年闲书看得不够。是不是看闲书有百利而无一弊呢？也不能这样说，比如我想练“铁砂掌”之类的笑话，就与看闲书有关。但我认为，那究竟是些鸡毛蒜皮的事，用不着大张挞伐的。

看闲书当然会影响上正课。当时已经实行了学年学期末考试张榜的制度。我的名次总盘旋在甲等三四名，乙等一二名之间，从来没有拿到过甲等第一名。我似乎也毫无追求这种状元的野心，对名次一笑置之，我行我素，闲书照看不误。

我一转学，就同长之分了手。一分就是六年。新育毕业后，按常理说，我应该投考当时大名鼎鼎的济南一中的。但我幼无大志，自知是一个上不得台盘的人，我连报名的勇气都没有，只是凑合着报考了与“烂育英”相提并论的“破正谊”。但我的水平，特别是英语水平，恐怕确实高于一般招考正谊中学的学生，因此，我入的不是一年级，而是一年半级，讨了半年的便宜。以后事实证明，这半年是“狗咬尿泡一场空”，一点用处也没有。至于长之，他入的当然是一中。一中毕业以后，他好像是没有入山大附中，而是考入齐鲁大学附中，从那里又考入北京大学预科。但在北大预科毕业后，却不入北大，而是考入清华大学。我自己呢，正谊毕业以后，念了半年正谊高中。山大附设高中成立后，我转到那里去念书。念了两年，日寇占领了济南，停学一年，1929年，山东省立济南高中成立，我转到那里，1930年毕业，考入清华大学。于是，在分别六年之后，我同长之又在清华园会面了。

长之最初入的是生物系，看来是走错了路。我有一次到他屋里去，看到墙上贴着一张图，是他自己画的细胞图之类的东西，上面有教员改正的许多地方，改得花里胡哨。长之认为，细胞不应该这样排列，这样不美。他根据自己的审美观加以改变，当然就与大自然有违。这样的人能学自然科学吗？于是他转入了哲学系。又有一次我走到他屋里，又看到墙上贴着一张法文试卷。上面法文教员华兰德老小姐用红笔改得满篇红色，熠熠闪着红光。这一次，长之没有说，法文不应该这样结构，只是苦笑不已，大概是觉得自己的错误已经打破了世界纪录了吧。从这两个小例子上，完全可以看出，长之是有天才的人，思想极为活跃，但不受任何方面的绳墨的约束。这样的人，做思想家可能大有成就，做语言学家或自然科学家则只能有大失败。长之的一生证明了这一点。

我同长之往来是很自然的。但是，不知道是怎样一来，我们同中文系的吴组缃和林庚也成了朋友，经常会面，原因大概是我们都喜欢文学，都喜欢舞笔弄墨。当时并没有什么“清华四剑客”之类的名称，可我们毫无意识地结成了一个团伙，则确是事实。我们会面，高谈阔论，说话则是尽量夸大，尽量偏激，“挥斥方遒”，粪土许多当时的文学家。有一天，茅盾的《子夜》刚出版不久，在中国文坛上引起了极大的震动。我们四人当然不会无动于衷，就聚集在工字厅后面的一间大厅里，屋内光线不好，有点阴暗。但窗外荷塘里却是红荷映日，翠盖蔽天，绿柳垂烟，鸣蝉噪夏，一片暑天风光。我们四人各抒己见，有的赞美，有的褒贬，前者以组缃为代表，后者的代表是我，一直争到室内渐渐地暗了下来，已经到了吃晚饭的时候了，我们方才鸣金收兵。遥想当年的鹅湖大会，盛况也不过如此吧。

由于我们都是“文学青年”，又都崇拜当时文坛上的明星，我们都不自觉地拜在郑振铎先生门下，并没有什么形式，只是旁听过他在清华讲“中国文学史”的课，又各出大洋三元订购了他的《插图本中国文学史》。郑先生是名作家兼学者，但是丝毫没有当时的教授架子，同我谈话随便，笑容满面，我们结成了忘年交，终生未变。我们曾到他燕京大学的住宅去拜访过他，对他那藏书插架之丰富，狠狠地羡慕了一番。他同巴金、靳以主编了《文学季刊》，一时洛阳纸贵。我们的名字赫然印在封面上，有的是编委，有的是特约撰稿人。虚荣心恐怕是人人有之的。我们这几个二十岁刚出头的毛头小伙子，心里有点飘飘然，不是很自然的吗？有一年暑假，我同长之同回济南，他在家中宴请老舍，邀我作陪，这是我认识老舍先生之始，以后也成为了好朋友。

我同长之还崇拜另一位教授，北京大学德文系主任、清华大学兼任教授杨丙辰先生。他也是冯至先生的老师，早年在德国留过学，没拿什么学位，翻译过德国一些古典名著，其他没有什么著作。他在北京许多大学兼课，每月收入大洋一千余元，当时是一个很大的数目。他有一位年轻貌美的夫人，以捧京剧男角为主要业务。他则以每天到中山公园闲坐喝茶为主要活动。夫妇感情极好，没有儿女。杨先生的思想极为复杂，中心信仰是“四大皆空”。因此教书比较随便，每个学生皆给高分。有一天，他拿给长之和我一本德文讲文艺理论的书，书名中有一个德文字Literatur Wissenschaft，意思是“文艺科学”。长之和我都觉得此字极为奇妙，玄机无穷，我们简直想跪下膜拜。我们俩谁也没有弄明白，葫芦里究竟卖的是什么药。后来我到了德国，才知道这是一个非常一般的字，一点玄妙也没有。长之却写文章，大肆吹捧杨先生，称他为“我们的导师”。长之称他自己的文学批评理论为“感情的批评主义”。我对理论一向不感兴趣，他这“感情的批评主义”是不是指愿意怎么说就怎么说，完全以主观印象为根据，我不得而知，一直到今天，我也是一点都不明白。

有一位姓张的中文系同学，同我们都不大来往，与长之来往极密。长之张皇“造名运动”，意思是尽快出名，这位张君也是一个自命“天才”的人，在这方面与长之极为投机。对这种事情，我不置一词，但是他从图书馆借书出来，挖掉书中的藏书票，又用书来垫床腿，我则极为不满，而长之漠然置之，这却引起了我的反感。我认为，这是损人利己的行为，是不道德的。再扩大了，就会形成曹操主义：“宁要我负天下人，不要天下人负我。”对一个文明社会来说，是完全要不得的。我是不是故意危言耸听呢？我决无此意。这位张君，我毕业后又见过一次面，以后就再没有听到过他的消息，不知所终了。

时间已经到了1935年。我在清华毕业后，在济南省立高中教过一年国文。这一年考取了清华与德国的交换研究生。我又回到北京办理出国手续，住在清华招待所里。此时长之大概是由于转系的原因还没有毕业。我们天天见面，曾共同到南院去拜见了闻一多先生，这是我第一次拜见一多先生，当然也就是最后一次了。长之还在他主编的天津《益世报》“文艺副刊”上写长文为我送行，又在北海为我饯行，邀集了不少的朋友。我们先在荷花丛中泛舟。虽然正在炎夏，但荷风吹来，身上尚微有凉意，似乎把酷暑已经驱除，而荷香入鼻，更令人心旷神怡。抬头见白塔，塔顶直入晴空，塔影则印在水面上，随波荡漾。祖国风光，实在迷人。我这个即将万里投荒的准游子，一时心潮腾涌，思绪万千。再看到这样的景色不知要等到何年何月了。

我同长之终于分了手。我到德国的前两年，我们还不断有书信往来。他给我寄去了日本学者高楠顺次郎等著的《印度古代哲学宗教史》，还在扉页上写了一封信。“二战”一起，邮路阻绝。我们彼此不相闻问者长达八九年之久。万里相思，婵娟难共。我在德国经历了战火和饥饿的炼狱，他在祖国饱尝了外寇炮火的残酷。朝不虑夕，生死难卜，各人有各人的一本难念的经。但是，有时候我还会想到长之的。忘记了是哪一年，我从当时在台湾教书的清华校友许振德的一封信中，得知长之的一些情况。他笔耕不辍，著述惊人，每年出几本著作，写多篇论文。著作中最引人瞩目的是《鲁迅批判》，鲁迅个人曾读到此书。当时所谓“批判”就是“评论”的意思，与后来“文革”中所习见者迥异其趣。但是，“可惜小将（也许还有老将）不读书”，这给长之招来了无穷无尽的麻烦与灾难，这是后话，在这里暂且不表了。

1946年夏天，我在离开了祖国十一年之后，终于经过千辛万苦，绕道瑞士、法国、越南、香港等地，又回到祖国的怀抱。当时，我热泪盈眶，激动万端，很想跪下来，吻一下祖国的土地。我先在上海见到了克家，在他的榻榻米上睡了若干天。然后又到南京，见到了长之。我们虽已分别十一年，但在当时，我们都还是三十多岁的小伙子，并显不出什么老相。长之在国立编译馆工作，我则是无业游民。我虽已接收了北大的聘约，但尚未上班，当然没有工资。我腰缠一贯也没有，在上海卖了一块从瑞士带回来的欧米茄金表，得到八两黄金，换成法币，一半寄济南家中，一半留着自己吃饭用。住旅馆是没有钱的，晚上就睡在长之的办公桌上，活像一个流浪汉。

就这样，我的生活可以说是不安定不舒服的。确实是这样。但是也有很舒服的一面。我乍回到祖国，觉得什么东西都可爱，都亲切，都温暖。长之的办公桌，白天是要用的。因此，我一起"床"，就必须离开那里。但是，我又没有别的地方可去，只有出门到处漫游，这就给了我一个接近祖国事物和风光的机会。这就是温暖的来源。国立编译馆离开古台城不远。每天我一离开编译馆，就直奔台城。那里绿草如茵，古柳成行，是否还有"十里"长，我说不出。反正是绿叶蔽天，浓荫匝地，"依旧烟笼十里堤"的气势俨然犹在。这里当然是最能令人发思古之幽情的地方，然而我的幽情却发不出。它完全为感激之情所掩。我套用了那一首著名的唐诗，写了两句诗："有情最是台城柳，伴我长昼度寂寥。"可见我心情之一斑。附近的诸名胜，比如鸡鸣寺、胭脂井之类，我是每天必到。也曾文思涌动过，想写点什么，但只写了一篇《〈胭脂井小品〉序》，有序无文，成了一只断线的风筝了。

长之在星期天当然也陪我出来走走。我们一向是无话不谈的。他向我介绍了国内的情况，特别是国民党的情况。抗战胜利后，国民党派出了很多大员，也有中员和小员，到各地去接收敌伪的财产。他们你争我夺，勾心斗角，闹得一塌糊涂；但每个人的私囊都塞得鼓鼓的。这当然会引起了人民群众的愤怒，一时昏天昏地。长之对我绘声绘形地讲了这些情况，可见他对国民党是不满的。他还常带我到鼓楼附近的一条大街上新华社门外报栏那里去看中共的《新华日报》。这是危险的行动，会有人盯梢照相的。他还偷偷地告诉我，济南一中同学王某是军统特务，对他说话要小心。可见长之政治警惕性是很高的。他是我初入国门的政治指导员，让我了解了很多事情。他还介绍我认识了梁实秋先生。梁先生当时也在国立编译馆工作，他设盛宴，表示为我洗尘。从此我们成了忘年交。梁先生也是名人，却毫无名人架子。我们相处时间虽不长，但是终我们一生都维持着出自内心的友谊。

1946年深秋，我离开了南京，回到上海，乘轮船到达秦皇岛，再转乘火车到了阔别十一年多的北京。再过三年，就迎来了解放。此时长之也调来北京师范大学。中国老知识分子，最初都是豪情满怀，逸兴遄飞的，仿佛走的是铺满了鲜花的阳关大道。但是不久，运动就一个接一个铺天盖地而来，知识分子开始走上了坎坷不平的长满了荆棘的羊肠小道。言必有过，动辄得咎，几乎每个人都被弄得晕头转向，不知所之。但是，中国知识分子的爱国赤诚源远流长，根深蒂固。即使是处在这样的情况下，几乎没有人心怀不满的，总是深挖自己的灵魂，搜寻自己的缺点。结果是一种中国牌的原罪感压倒了一切。据我看，这并没有产生多少消极的影响。对某一些自高自大的知识分子来说，反倒会有一些好处的。这一些人有意与无意地总觉得高人一等。从新中国成立到60年代中叶“十年浩劫”前，中国的老知识分子的心态和情况大体上就是这样。

北大一向是政治运动的发源地，学生思想非常活跃。北师大稍有不同，但每次运动也从不迟到。我在上面已经说到，长之从南京调北师大工作，我的另一位从初中就成为朋友的同学张天麟，也调到北师大去工作。无巧不成书，每次运动，他们俩总是首先被冲击的对象，成了有名的“运动员”。张的事情在这里先不谈，只谈长之。我在上面已经说过，他并不赞成国民党。但我听说，不知道是在哪一年，他曾在文章中流露出吹捧法西斯的思想。确否不知。即使是真的，也不过只是书生狂言，也可能与他的个人英雄主义思想有关，当不得真的。最大的罪名恐怕还是他那部《鲁迅批判》。鲁迅几乎已经被尊为圣人，竟敢“批判”他，岂不是太岁头上动土！这有点咎由自取，但也不完全是这样。在莫须有的罪名满天飞的时候，谁碰上谁就倒霉。长之是不碰也得碰的。结果被加冕为“右派”。谁都知道，这一顶帽子无比地沉重，无异于一条紧箍，而且谁都能念紧箍咒。他被剥夺了教书的权利，只在图书室搞资料，成了一个“不可接触者”。反右后，历次政治运动，他都是带头的“运动员”，遭受了不知道多少次的批判。这却不是他笔下的那种“批判”，而是连灵魂带肉体双管齐下的批斗。到了“十年浩劫”，他当然是绝对逃不过的。他受的是什么“待遇”，我不清楚。我自己则是自觉自愿地跳出来的，反对那一位北大的“老佛爷”，在“牛棚”中饱受痛打与折磨。我们俩都是泥菩萨过江自身难保了。

“四人帮”垮台以后，天日重明，普天同庆。长之终于摘掉了“右派”帽子。虽然仍有一顶“摘帽右派”的帽子无声无影地戴在头上，但他已经感觉到轻松多了。有一天，他到燕园来看我，嘴里说着“我以前真不敢来呀！”这一句话刺痛了我的心，我感到惭愧内疚。我头上并没戴“右派”的帽子，为什么没有去看他呢？我决不是出于政治上的考虑才不去看他的。我生平最大的缺点——说不定还是优点哩——就是不喜欢串门子。我同吴组缃和林庚同居一园之内，也是十年九不遇地去看看他们。但是长之毕竟与他俩不同。我不能这样一解释就心安理得，我感到不安。长之伸出了他的右手，五个手指已经弯曲僵硬如鸡爪，不能伸直。这意味着什么呢？我说不清。但是，我的泪水却向肚子里直流，我们相对无言了。

这好像是我同长之的最后一次会面。又隔了一段时间，我随对外友协代表团赴印度访问，在那里呆的时间比较长。回国以后，听说长之已经去世，我既吃惊又痛苦。以长之的才华，本来还可以写一些比较好的文章共庆升平的。然而竟赍志以没。我们相交七十余年，生不能视其疾，死不能临其丧，我的心能得安宁吗？呜呼！长才未展，命途多舛；未臻耄耋，遽归道山。我还没有能达到“悲欢离合总无情”的水平。我年纪越老，长之入梦的次数越多。我已年届九旬，他还能入梦多少次啊！悲哉！

2001.8.29写毕

最近两个月来，我接连接到老友逝世的噩耗，内心震动，悲从中来。但是，最出我意料的、最使我哀痛的还是一良兄的远行。

9月16日，中国文化书院在友谊宾馆友谊宫为书院导师庆祝九十华诞和米寿举行宴会。一良属于米寿的范畴，是寿星老中最年轻的。他虽已乘坐轮椅多年，但在那天的宴会上，虽称不上神采奕奕，却也面色红润，应对自如。我心里想，他还会活上若干年的。就在几天前，在10月20日，任继愈先生宴请香港饶宗颐先生，请一良和我作陪。他因身体不适，未能赴宴，亲笔签了一本书，送给饶先生。饶先生也在自己的画册上签上了名送给他。但在两天后，杨锐想把这一本书送到他家时，他已经离开了人世。多么突然的消息！据说，他是在睡梦中一个人悄没声地走掉的。江淹说："自古皆有死，莫不饮恨而吞声。"一良的逝去，既不饮恨，也不吞声。据老百姓的说法，这是前生修来的。鲁迅先生也说，死大概会有点痛苦的；但一个人一生只能有一次，是会过得去的。一良的死却毫无痛苦，这对我们这些后死者也总算是一种安慰了。

一良小我两岁，在大学时至少应该同学二年的。但是，他当时在燕京读书，我则在清华。我们读的不是一个行当。即使相见，也不会有深交的。可以说，我们俩在大学时期是并不认识的。一直到1946年，我在去国十一年之后回到北平，在北大任教，他当时在清华任教。此时我们所从事的研究工作已经有一部分相同了。因为我在德国读梵文，他在美国也学了梵文。既然有了共同语言，订交自是意中事。我曾在翠花胡同寓舍中发起了一个类似读书会一类的组织，邀请研究领域相同或相近的一些青年学者定期聚会，互通信息，讨论一些大家都有兴趣的学术问题，参加者有一良、翁独健等人。开过几次会，大家都认为有所收获。从此以后，一良同我之间的相互了解加深了，友谊增强了，一直到现在，五十余年间并未减退。

一良出自名门世家，家学渊源，年幼时读书条件好到无法再好的水平。因此，他对中国古典文献，特别是史籍，都有很深的造诣。他曾赴日本和美国留学，熟练掌握英日两国语言，兼又天资聪颖，个人勤奋，最终成为一代学人，良有以也。中年后他专治魏晋南北朝史，旁及敦煌文献、佛教研究，多所创获。巍然大师，海内无出其右者。至于他的学术风格，我可以引汤用彤先生两句话。有一天，汤先生对我说："周一良的文章，有点像陈寅恪先生。"可见锡予先生对他评价之高。在那一段非常时期，他曾同人合编过一部《世界通史》。这恐怕是一部"应制"之作，并非他之所长。但是统观全书，并不落俗人窠臼，也可见他对史学功底之深厚。可惜由于各种各样的原因，他长才未展。他留下的几部专著，决不能说是已尽其所长，我只能引用唐人诗句："长使英雄泪满襟"了。

一良虽然自称"毕竟一书生"，但是据我看，即使他是一个书生，他是一个有骨气有正义感的书生，决不是山东土话所称的"孬种"。在"十年浩劫"中，他跳出来反对北大那一位倒行逆施、炙手可热的"老佛爷"。当时北大大权全掌握在"老佛爷"

手中，一良的命运可想而知。他同我一样，一跳就跳进了“牛棚”，我们成了“棚友”。我们住在棚中时，新北大公社的广播经常鬼哭狼嚎地喊出了周一良、侯仁之、季羡林的名字，连成了一串，仿佛我们是三位一体似的。有一次，忘记了是批斗什么人，我们三个都是“陪斗”。我们被赶进了原大饭厅台下的一间小屋里，像达摩老祖一样，面壁而立。我忽然听到几声巴掌打脸或脊梁的声音，清脆“悦”耳，是从周一良和侯仁之身上传过来的。我想，下面该轮到我了。我肃穆恭候，然而巴掌竟没有打过来，我顿时颇有“失望”之感。忽听台上一声狮子吼：“把侯仁之、周一良、季羡林押上来！”我们就被两个壮汉反剪双臂押上台去，口号声震天动地。这种阵势我已经经受了多次，已经驾轻就熟，毫不心慌意乱，熟练地自己弯腰低头，坐上了“喷气式”。至于那些野狗狂叫般的批判发言，我却充耳不闻了。这一段十分残酷然而却又十分光荣的回忆，拉近了我同侯仁之和周一良的关系。

一良是十分爱国的。当年他在美国读书时，曾同另一位也是学历史的中国学者共同受到了胡适之先生的器重。据知情人说，在胡先生心目中，一良的地位超过那一位学者。如果他选择移民的道路，拿一个终身教授，搞一个名利双收，直如探囊取物，唾手可得。然而他却选择了回国的道路，至今已五十余年矣。在这长达半个多世纪的时间中，他走过的道路，有时顺顺利利，满地繁花似锦；有时又坎坎坷坷，宛如黑云压城。当他暂时飞黄腾达时，他并不骄矜；当他暂时堕入泥潭时，他也并不哀叹。他始终无怨无悔地爱着我们这个国家。我从没有听到过他发过任何牢骚，说过任何怪话。在这一点上，我虽驽钝，也愿意成为他的“同志”。因此，半个多世纪以来，我们始终维持着可喜的友谊。见面时，握手一谈，双方都感到极大的快慰。然而，一转瞬间，这一切都顿时成了过去。“当时只道是寻常”，我在心里不禁又默诵起这一句我非常喜爱的词。回首前尘，已如海上蓬莱三山，可望而不可即了。

我已经年逾九旬。我在任何方面都是一个胸无大志的人，包括年龄在内，能活到这样高的年龄，极出我意料和计划。世人都认为长寿是福，我也不敢否认。但是，看到比自己年轻的老友一个个先我离去。他们成了被哀悼者，我却成了哀悼者。被哀悼者对哀悼这种事情大概是不知不觉的。我这哀悼者却是一个活生生的人，七情六欲，件件不缺。而我又偏偏是一个极重感情的人，我内心的悲哀实在不足为外人道也。鲁迅笔下那一个小女孩看到的开满了野百合花的地方，是人人都必须到的，问题只在先后。按中国序齿的办法，我在北大教授中虽然还没有达到前三甲的水平，但早已排到了前列。到那个地方去，我是持有优待证的。那个地方早已洒扫庭院，等待我的光临了。我已下定决心，决不抢先使用优待证。但是这种事情能由我自己来决定吗？我想什么都是没有用的。我索性不再去想它，停笔凝望窗外，不久前还是绿盖擎天的荷塘，现在已经是一片惨黄。我想套用英国诗人雪莱的两句诗：“如果秋天到了，冬天还会远吗？”闭目凝思，若有所悟。

2001.10.26

忆念张天麟

我一生尊师重友，爱护弟子。因为天性内向，不善交游，所以交的朋友不算太多，但却也不算太少。我自己认为是一个非常重感情的人，几乎所有的师友都在我的文章中留下了痕迹。但是稍微了解内情的人都会纳闷儿：为什么我两个最早的朋友独付阙如？一个是李长之，一个是张天麟。长之这一笔账前不久已经还上了，现在只剩下张天麟了。事必有因。倘若有人要问：为什么是这样子呢？说老实话，我自己也有点说不清道不白。在追忆长之的文章中，我碰了下这个问题；但也只是蜻蜓点水一般一点即过。现在遇到了张天麟，我并没有变得更聪明，依然糊涂如故。张天麟一生待我如亲兄弟，如果有什么扞格不入之处的话，也决不在他身上。那么究竟是在谁身上呢？恍兮惚兮，其中有人。现在已时过境迁，说出来也没有什么意义了，还是不去说它吧。

张天麟，这不是他本来的名字。他本名张天彪，字虎文。因为参加了国民党的革命，借用了他一个堂兄的名字，以作掩护。从此就霸占终生。我于1924年在新育小学毕业，觉得自己是一个上不得台盘的人，是一只癞蛤蟆，不敢妄想吃天鹅肉，大名鼎鼎的一中，我连去报名的勇气都没有，只凑凑合合地去报考了“破正谊”。又因为学习水平确实不低，我录取的不是一年级，而是一年半级，算是沾了半年的光。同班就有老学生张天彪，他大我四岁，因双腿有病，休学了四年，跟我成了同班。在班上，他年龄最大，脑袋瓜最灵，大有鹤立鸡群之势。当时军阀滥发钞票，大肆搜刮，名之曰军用票，是十分不稳定不值钱的纸币。从山东其他县分到济南正谊中学上学的学生，随身带的不是军用票，而是现大洋或中国银行、交通银行的钞票，都是响的硬通货。正谊是私立中学，靠学生的学费来维持学校的开支。张天彪不知是用了些什么手法，用军用票去换取外地学生手中的现大洋或中交钞票。我当时只有十三岁，对他这种行动只觉得有趣，也颇有学习的想法，可是不知道从何处下手，只好作罢。这种本领伴随了张天麟一生。

正谊毕业以后，我考入了山东大学附设高中，时间是1926年，我十五岁。从此以后，我走上了认真读书的道路。至于虎文干了些什么，我不清楚。可能是到南方什么地方参加国民党的革命去了。我们再次在济南见面时，大概是在1928年年末或1929年年初，反正是在日寇撤离而国民党军队进驻的时候。这时候，他已经当了什么官，我不清楚，我对这种事情从来不感兴趣。但是，我却微妙地感觉到，他此时已经颇有一些官架子了。

时光一下子就到了1930年。我在省立济南高中毕业后，来到北平，考入清华大学。虎文不知道是什么时候到北平来的。他正在北京大学德文系读书，投在杨丙辰先生麾下。虎文决不是阿谀奉承，做走狗，拍马屁那样的人物；但是，他对接近权势者和长者并取得他们的欢心，似乎有特异功能。他不久就成为杨丙辰先生的红人。杨先生曾一度回河南故乡担任河南大学的校长，虎文也跟了去，成为他重要的幕僚。杨先生担任大学校长的时间不长，虎文又跟他回到了北平。回来后，他张罗着帮助什么人成立了一个中德学会，他在里面担任什么职务，我不清楚，我一向对这种事情不大热心。后来，他之所以能到德国去留学，大概走的就是这一条线。

我于1934年在清华西洋文学系毕业，回母校济南高中教了一年国文。于1935年考取清华与德国合办的交换研究生，当年夏天取道“满洲国”和西伯利亚铁路，到了柏林。秋天到了哥廷根，一住就是十年。我不记得，虎文是什么时候到的德国，很可能是在我到了哥廷根之后。他在Tübingen念了几年书，拿到了博士学位，又回到柏林，在国民党政府驻柏林公使馆里鬼混，大概也是一个什么官。此时，他的夫人牛西园和儿子张文已经到了德国。有一年，可能是1939年或1940年，我想回国，到了柏林，就住在虎文家里。他带我去拜见大教育学家Spranger和大汉学家Franche。我没有走成，又回到了哥廷根。隔了不久，虎文全家到哥廷根去看我，大约住了两个礼拜，我们共同度过了一段非常愉快的日子，至今难忘。1942年，德国与汪精卫伪政权建交，国民党公使馆不得已而撤至瑞士。虎文全家也都到瑞士去了。我同当时同住在哥廷根的张维、陆士嘉夫妇共同商议，决定无论如何也不能跟日伪使馆打交道，宣布了无国籍，从此就变成了像天空中的飞鸟一样，任人射杀，不受任何国家的保护。

过了几年海外孤子的生活，并没有遇到什么麻烦，德国师友对我们都极好。转眼到了1945年，三个妄想吞并世界的法西斯国家：德国、意大利和日本，相继投降，第二次世界大战结束了。人类又度过了一劫。该是我们回国的时候了。最初攻入哥廷根的是美国军队，后来不知道为什么由英国军官来主持全城的行政工作。我同张维去找了英国军官。他把我们看作盟邦的“难民”(displaced person)，很慷慨地答应帮我们的忙，送我们到瑞士去。当时德国境内的铁路几乎已完全炸毁，飞机当然更谈不到，想到瑞士去只能坐汽车。那位英国军官找到了一个美国少校和另外一位美国军人，驾驶两辆吉普车，把张维一家三人、刘先志一家两人和我共六人送到了瑞士边境。我们都没有签证，瑞士进不去。我打电话给中国驻瑞士公使馆虎文，他利用中国外交官的名义，把我们都接进了瑞士。离开德国边境时，我心中怅然若有所失。十年来三千六百多个日日夜夜，就此结束了。众多师友的面影一时都闪到我眼前来，“客树回看成故乡”，我胸中溢满了离情别绪，我只有徒唤“奈何”了。

虎文此时在使馆里是个什么官，好像是副武官之类，有一个少校的军衔，还是什么《扫荡报》的记者。我在上面提到的他那种“特异功能”发挥得淋漓尽致。他其实并不真正崇拜蒋介石，也不能算是忠实的国民党员，他有时也说蒋和国民党的坏话。这时公使馆的公使和参赞之间有矛盾。每次南京政府汇款给使馆接济留欧的学生，参赞就偷偷地泄露给我们，我们就到使馆去找公使要钱。要的数目是多多益善，态度则是无理取闹。使馆搞不清留学生的底细，不敢得罪。当时仅就留德学生而论，有一些确非“凡胎”，蒋、宋、孔、陈四大家族，外加冯玉祥、居正、戴传贤等国民党大员的子女均有在德国留学者。像我这样的卑贱者，掺在里面，鱼目混珠，公使馆不明真相，对留学生一律不敢得罪，坐收渔人之利，也弄到了一些美钞。我们知道，这种钱不要白不要，要了也白要。最重要的一点是学会了同国民党的驻外机构打交道，要诀是蛮横，他们吃这一套。

当时，我们从德国来的几个留学生被分派到Fribourg来住，住在一个天主教神父开办的不大的公寓里，名叫Foyer St.Justin，因为用费便宜。虎文全家则住在瑞士首府Bern。他们有时也来Fribourg看我们。我们是从住了六年饥饿炼狱里逃出来的饿鬼，能吃饱肚子就是最高的幸福。我过了一段安定快乐的日子。

1946年春天，虎文一家、刘先志一家和我准备返回祖国。当时，想从欧洲回国，只有一条路可走，就是乘船走海路。我们从瑞士乘汽车到法国马赛，登上了一艘英国运送法国军队到越南去的大船，冒着极大的危险——因为海中的水雷还没有清除，到了越南西贡，此时西贡正是雨季。我们在这里住了一些时候，又上船到香港，然后从香港乘船到上海登岸。我离开日夜思念的祖国已经快十一年了。我常说：我生平有两个母亲，一个是生我的母亲，一个便是祖国母亲，当时前者已经不在，只剩下后者一个了。俗话说“孩儿见了娘，无事哭三场”，我踏上祖国土地的那一刹那时的心情，非笔墨所能形容于万一也。

我在上海住了一些日子。因为没有钱，住不起旅馆，就住在臧克家兄家里的日本地铺上。克家带我去谒见了叶圣陶、郑振铎等前辈。也想见郭沫若，他当时正不在上海。我又从上海到了南京。长之不久前随国立编译馆复员回到南京。因同样理由，我就借住在长之的办公室内办公的桌子上。白天他们上班，我无处可去，就在附近的台城、鸡鸣寺、胭脂井一带六朝名胜地区漫游，有时候也走到玄武湖和莫愁湖去游逛。消磨时光，成了我的主要任务。我通过长之认识了梁实秋先生。他虽长我们一辈，但是人极随和，蔼然仁者。我们经常见面，晤谈极欢，订交成了朋友。

此时，国民党政府，得胜回朝，兴致不浅；武官怕死，文官要钱；接收大员，腰缠万贯；下属糊涂，领导颟顸；上上下下，一团糜烂。实际上，到处埋藏着危机。在官场中，大家讲究“竹”字头和“草”字头。“竹”字头是简任官，算是高干的低级。“草”字头是荐任官，大概科长以下都算。在这里，虎文又展示了他的特异功能。不知怎样一来，他成了教育部什么司的

“帮办”（副司长），属于“竹”字头了。

我已经接受了北大的聘约，对“竹”字头或“草”字头了无兴趣。我于1946年深秋从上海乘船到了秦皇岛，从那里乘大车到了北平，我离开故都已经十一年了。现在回到这里，大有游子还乡的滋味。只是时届深秋，落叶满长安（长安街也），一派萧条冷寂的气氛，我感到几分兴奋，几分凄凉，想落泪又没有流出来。阴法鲁兄把我们带到了红楼，就在那里住了一段时间。当了一个星期的副教授，汤用彤先生立即把我提为正教授，又兼东方语言文学系主任。从此一待就是五十六年，而今已垂垂老矣。

不知怎样一来，因缘巧合，我的两位最早的朋友，李长之和张天麟，都来到了北京师范大学任教。解放以后，运动频仍，一年一小运，三年一大运，运得你晕头转向。知识分子仿佛是交了华盖运，每次运动，知识分子都在劫难逃。李长之因为写过一本《鲁迅批判》，“批判”二字，可能是从日本借用过来的，意思不过是“评论”。到了中国，革命小将，也许还有中将和老将，不了解其含义，于是长之殆矣。至于虎文，由我在上面的叙述，也可以看出，他的经历相当复杂，更是难逃“法”网。因此，每一次运动，我的两位老友在北师大都是首当其冲的“运动员”。到了1957年，双双被划为右派，留职降级，只准搞资料，不许登讲台。长之我在另外一篇文章中已经谈过，这里不再重复，我只谈虎文。

虎文被划为右派以后，当时批斗过多少次，批斗的情况怎样，我都不清楚，估计他头上的帽子决不止右派一顶。反右后的几次小运动中，他被批斗，自在意料中。斗来斗去，他终于得了病，是一种很奇怪的病：全身抽筋。小小的抽筋的经验，我们每个人都会有过的，其痛苦的程度，我们每个人也都感受过的。可他是全身抽筋，那是一种什么滋味，我们只能想象了。据说，痛得厉害时，彻夜号叫，声震屋瓦，连三楼的住户都能听到。我曾到北师大去看过他，给他送去了钱。后来他住进北京一所名牌的医院，我也曾去看过他。大夫给他开出一种非常贵重的药。不知哪一位法制观念极强的人打听他是几级教授。回答说是四级，对方说：不能服用。这话是我听说来的，可靠程度我不敢说。总之，虎文转了院，转到了上海去。从此，虎文就一去不复返，走了，永远永远地走了。我失去了一位真正的朋友，至今仍在怀念他。

综观虎文的一生，尽管他有这样那样的问题，我仍然觉得他是一个爱国的人，一个有是非之辨的人，一个重朋友义气的人，总之，是一个好人。他对学术的向往，始终未变。他想写一本“中国母亲的书”，也终于没有写成，拦路虎就是他对政治过分倾心。长才未展，未能享上寿，“长使英雄泪满襟”也。只要我能活着，对他的记忆将永将活在我的心中。

2002年1月14日写毕

痛悼钟敬文先生

昨天早晨，突然听说，钟敬文先生走了。我非常哀痛，但是并不震惊。钟老身患绝症，住院已半年多，我们早有思想准备。但是听说，钟老在病房中一向精神极好，关心国事、校事，关心自己十二名研究生的学业，关心老朋友的情况。我心中暗暗地期望，他能闯过百岁大关，把病魔闯个落花流水，闯向茶寿，为我们老知识分子创造一个奇迹。然而，事实证明，我的期望落了空。岂不大可哀哉！

钟老长我八岁，如果在学坛上论资排辈的话，他是我的前辈。想让我说出认识钟老的过程，开始阶段有点难说。我在读大学的时候，他已经在民俗学的研究上颇有名气。虽然由于行当不同，没有读过他的书，但是大名却已是久仰了。这时是我认识他，他并不认识我。此后，从30年代一直到90年代六十来年的漫长的时期内，我们各走各的路，每个人都有自己的一亩三分地，都在勤恳地耕耘着，不相闻问，事实上也没有互相闻问的因缘。除了大概是在50年代他有什么事到北大外文楼系主任办公室找过我一次之外，再无音讯。

1957年那一场政治大风暴，来势迅猛，钟老也没有能逃过。我一直到现在也不明白，像钟老这样谨言慎行的人，从来不胡说八道，怎样竟也不能逃脱“阳谋”的圈套，堕入陷阱中。自我们相交以来，他对此事没有说过半句抱怨的话，使我在心中暗暗地钦佩。我一向认为，中国知识分子，由几千年历史环境所决定，爱国成性。祖国是我们的母亲，不管受到多么不公平的待遇，母亲总是母亲，我们总是无怨无悔，爱国如故。我觉得，这是中国知识分子最可宝贵的品质，一直到今天，不但没有失去其意义，而且更应当发扬光大。在这方面，钟老是我们的表率。

为什么钟老对我产生了兴趣呢？我有点说不清楚。这大概同我的研究工作有关。我曾用了数年之力翻译了印度两大史诗之一的《罗摩衍那》，也曾对几个民间故事和几种民间习俗，从影响研究的角度上追踪其发展、传播和演变的过程。钟老是民俗学家，所以就发生了兴趣。他曾让我到北师大做过一次有关《罗摩衍那》的学术报告。他也曾让我复印我几篇关于民间故事传播过程的论文。做什么用，我不清楚。对于比较文学，我是浅尝辄止，没有深入钻研。但是，我却倾向于法国学派的影响研究。这种研究摸得着，看得清，是踏踏实实的学问，不像美国学派提倡的平行研究，恍兮惚兮，给许多不学无术之辈提供了藏身洞。钟老可能是倾向于影响研究的，否则他不会复印我的论文。

不管怎样，这样一来，我们就成了朋友，而且是忠诚真挚的朋友。陈寅恪先生《王观堂先生挽词》中说："风义平生师友间。"我同钟老的关系颇有类似之处，我对他尊敬如师长。他为人正直宽厚，蔼然仁者，每次晤对，如坐春风。由于钟老的缘故，我对北师大的事情也积极起来。每次有会，召之即来，来之必说。主要原因是想见上钟老一面。一面之晤，让我像充了电一般，回校后久久兴奋不已，读书写作更加勤奋。我常常自己想，像钟老这样的老人，忠贞爱国，毕生不二；百岁敬业，并世无双。他是我们中国知识分子的优秀代表，又是我们学习的楷模。

中国人民是永远不会忘记他的。

去年，2001年，是我的九十岁生日。一些机关、团体和个人变着花样为我祝寿。我常常自嘲是“祝寿专业户”。每次祝寿活动，我总忘不了钟老，只要有借口，我必设法请他参加，他也是每请必到。至于他自己却缺少官样的借口来祝寿，米寿已过，九十也被他甩在后面，离开白寿（九十九岁）最近，可也还有一些距离。去年年初，我们想了一个主意，把接近九十或九十以上的老朋友六七位邀请到一起，来一个联合祝寿，林庚、侯仁之、张岱年等等都参加了。大家都不会忘记钟老，钟老也来参加了。大家尽欢而散，成为一次难能可贵的盛会。可是走出勺园七号楼的大门时，我看到大红布标仍然写着“庆祝季羡林先生九十华诞”，我心中十分愧怍。9月29日，我又以给钟老祝寿的名义，在勺园举办了一次有将近二百人参加的大会，群贤毕至，发言热烈。

去年下半年，钟老因病住院，我曾几次心血来潮，要到医院里去看他。但是，他正在医生的严密的“控制”下，不许会见老朋友，怕他兴奋激动。到了今年年初，我也因病进了医院，也处在大夫的严密“控制”下。可我还梦想，在预定本月中旬中央几个机构为钟老庆祝百岁华诞时说不定能见他一面。然而他却匆匆忙忙地不辞而别，我见他一面的梦想永远化为幻影了。现在他的面影时时在我眼前晃动，然而面影毕竟代替不了真正的面孔，而真正的面孔却永远一去不复返了，奈之何哉！奈之何哉！

写这篇短文，几次泫然泪下。回想同钟老几年的交往，“许我忘年为气类，北海今知有刘备”。而今而后，哪里再找这样的人啊！茫茫苍天，此恨曷极！

2002年2月12日

我对李恒进大夫的了解已经写入我的长篇报告兼抒情的文章《在病中》中。我现在再独立叙述一下，作为一个终生难忘的纪念。

在进301医院之前，我们素昧平生，我对他毫无所知。他看了我的手脚上长的水泡，他是个大专家，一看就知道其中隐含着极大的危险性。起初不想收留我，但我赖着不走，大概这就触动了他的医德，终于产生了奇迹，挽救了我的性命。

我对医疗界不甚了了。但是，凭我个人的想法，一个大夫，一个医院至少应当有三个基本条件：医德、医术、医风。中国自古以来就称医病为“是乃仁术”，“仁”者，爱也。一个医生对病人必须有真切的爱心，也可以说是同情心，以病人之痛苦为痛苦，全力以除之。这就是医德，是医生的基础。所谓“医术”，是指医疗的技术，医疗的本领。一个医生在求学期间所着重学习的就是这些技术。光有医德而没有技术是救不了人的。融医德与医术为一体，再辅之以细致谨严、认真负责的作风或者风度，就构成了医风。

此外，我还观察到，李大夫是一个有哲学头脑，深通辩证法的医生，非一般医生所可能及。

在医德、医术、医风三个医疗基础中，医院与医院之间，大夫与大夫之间，水平是决不会一致的。经过四十多天的观察与体验，我觉得301医院是高水平的，可称之为三高医院；李恒进大夫是高水平的，可称之为三高大夫。

李恒进大夫是我学习的榜样。

2002年9月21日

痛悼克家

克家走了，永远永远地走了。有人认为是意内之事：一个老肺病，能活到九十九岁，才撒手人寰，不能不算是一个奇迹。在这个奇迹中建立首功者是克家夫人郑曼女士。每次提到郑曼，北大教授邓广铭则赞不绝口。他还利用他的相面的本领，说郑曼是什么“南人北相”。除了相面一点我完全不懂外，邓的意见我是完全同意的。

克家和我都是山东人，又都好舞笔弄墨。但是认识比较晚，原因是我在欧洲滞留太久。从1935年到1946年，一去就是十一年。我们不可能有机会认识。但是，却有机会打笔墨官司。在他的诗集《烙印》中，有一首写洋车夫的诗，其中有两句话：

夜深了不回家，
还等什么呢？

这种连三岁孩子都能懂得的道理——无非是想多拉几次，多给家里的老婆孩子带点吃的东西回去。而诗人却浓笔重彩，仿佛手持宝剑追苍蝇，显得有点滑稽而已。因此，我认为这是败笔。

类似这样的笔墨官司向来是难以做结论的。这一场没有结论的官司导致了我同克家成了终身挚友。我去国十一年，1946年夏回到上海，没有地方可住，就睡在克家的榻榻米上。我生平第一次，也是唯一的一次喝醉了酒，地方就在这里，时间是1946年的中秋节。

此时，我已应北京大学任教授之聘。下学期开学前，我无事可做。克家是有工作的，只在空闲的时候带我拜见了几位学术界的老前辈。在上海住够了，卖了一块瑞士表，给家寄了点钱，又到南京去看望长之。白天在无情的台城柳下漫游，晚上就睡在长之的办公桌上。六朝胜境，恍如烟云。

到了三秋树删繁就简的时候，我们陆续从上海、南京迁回北平。但是，他住东城赵堂子胡同，我住西郊北京大学，相距大概总有七八十里路。平常日子，除了偶尔在外面参加同一个会，享受片刻的晤谈之乐之外，要相见除非是梦里相逢了。

然而，忘记了是从什么时候起，我们有了一个不言的君子协定：每年旧历元旦，我们必然会从西郊来到东城克家家里，同克家、郑曼等全家共进午餐。

克家天生是诗人，脑中溢满了感情，尤其重视友谊，视朋友逾亲人。好朋友到门，看他那一副手欲舞足欲蹈的样子，真令人心旷神怡。他里表如一，内外通明。你无论如何也不会想到有半句假话会从他的嘴中流出。

就连那不足七八平米的小客厅，也透露出一些诗人的气质。一进门，就碰到逼人的墨色。三面壁上挂着许多名人的墨迹，郭沫若、冰心、王统照、沈从文等人的都有。这就证明，这客厅真有点像唐代刘禹锡的“陋室”，“谈笑有鸿儒，往来无白丁”，这两句有名的话，也确实能透露出客室男女主人做人的风范。

郑曼这一位女主人，我在上面已经说了一些好话，但是还没有完。她除了身上有那些美德外，根据我的观察，她似乎还有一点特异功能。别人做不到的事她能做到，这不是特异功能又是什么呢？我举一个小例子——种兰花。兰花是长在南方的植物，在北方很难养。我事前也并不知道郑曼养兰花。有一天，我坐在“陋室”中，在不经意中，忽然感到有几缕兰花的香气流入鼻中。鼻管里没有多大地方，容不下多少香气。人一离开赵堂子胡同，香气就随之渐减。到了车子转进燕园深处后湖十里荷香中时，鼻管里已经恍兮惚兮，但是其中有物无物却不知道了。

明眼人一看就知道，上面的说法，或者毋宁说是幻想，是没有人会认真付诸实践的。既然不能去实行，想这些劳什子干嘛？这就如镜中月、水中花，聊以自怡悦而已。

写到这里我偶然想到克家的两句诗，大意是：有的人在活着，其实已经死了。有的人死了，其实还在活着。

克家属于后者，他永远永远地活着。

2004年10月22日

忆念荷姐

如果统领宇宙的造物主愿意展示他那宏大无比的法力的话，愿他让我那在济南的荷姐仍然活着，她只比我大两岁。

最近一个时期以来，经常想到荷姐。一转眼，她的面影就在我眼前晃动，莞尔而笑。在仪态上，她虽然比不了自己的胞姐小姐姐的花容月貌，但是光艳动人，她还是当之无愧的。

话头一开，就要回到七八十年前去。当时我们家同荷姐家同住一个大院，她住后院，我们住前院。我当时是一个十七八岁的毛头小伙子，语不惊人，貌不逮众，寄人篱下，宛如一只小癞蛤蟆，没有几个人愿意同我交谈的。只有两个人算是例外。一个是小姐姐，一个就是荷姐。这一件事我永远不会忘记。

到了1929年，我十八岁了。叔父母为了传宗接代，忙活着给我找个媳妇。谈到媳妇，我有我的选择。我的第一选择对象就是荷姐。她是一个难得的好媳妇：漂亮、聪明、伶俐、温柔。但是，西湖月老祠对联的原一联是：是前生注定事莫错过姻缘。我同荷姐的事情大概是前生没有注定，终于错过了姻缘。

1935年，我以交换研究生的名义赴德国留学。时间原定只有两年。但是，1937年，日寇发动了全面对华侵略战争，我无法回国。1939年，第二次世界大战爆发，我有国难归，一住就是十年。幸蒙哈隆教授

（Gustav Haloun）垂青，任命我为汉学讲师，避免成为饿殍。我是一个闲不住的人。我借这个机会，学习了梵文、巴利文、吐火罗文。于1941年获得哲学博士学位。主系是印度学，两个副系，一个是斯拉夫语言学，一个是英国语言学。博士拿到手，我仍然毫不懈怠，开电灯以继晷，恒兀兀以穷年，结果写成了几篇论文，颇有一些新见解、新发现。论文都是用德文写成的。其中一篇讲语尾am变为u或o的问题，是一篇颇有意义的文章。Sieg教授一看，大为欣赏，立即送哥廷根科学院院刊发表。一个外国青年学者在科学院院刊上发表文章，是一件非同小可的事情。

1945年秋天，我离开了德国到瑞士去。在那里参加了庆祝国庆的盛会。对中国（那时是国民党）外交官有了初步的感性认识。

1946年，我离开瑞士，乘运载法国兵的英国巨轮，到了越南西贡。在那里住了几个月。又乘轮出发，经香港到了上海。出国十一年，现在一旦回到祖国母亲的怀抱里，心中激动万分，很想跪下亲吻土地。但是，一想到国内官僚正在乘日寇高官撤走，国内大汉奸纷纷被镇压之际大耍五子登科的把戏。我立即气馁，心虚，不想采取什么行动了。

这一年的夏天，我一半住在上海，一半住在南京。在上海，晚上就睡在克家的榻榻米上。在南京，晚上就睡在长之在国立编译馆的办公桌上，实际上是过着流浪的生活。心情极不稳定，切盼自己有朝一日能有自己的一间小房。

这年秋天，我从上海乘轮船到达秦皇岛。下船登车，直抵北京。当时烽火遍地。这一段铁路由美国兵把守，能得畅通。我离故都已经十一年。这一次老友重逢，丝毫没有欢欣鼓舞的感觉。正相反，节令正值深秋，秋水吹昆明（湖），落叶满长安（街），一片荒寒肃杀之气。古文“悲哉，秋之为气也”，差能表达我的心情于万一。

我被安排到五四时期名建筑红楼上去住。红楼早已过了自己辉煌的童年、青年和壮年，现在已经是一位耄耋老翁了。它当然是一个无生命的东西。然而，在我的心目中，它却是活的东西。静心观万物，冷眼看世界，积累了大量的智慧和见识，我住在里面，仿佛都能享受一份，甚可乐也。可是，还有另外一方面的情况。此时，四层大楼一百多间房子，只住着包括我在内的四五个人。走廊上路灯昏黄，电灯只开了几盏。一想到楼下地下室日寇占领期间是日本宪兵队刑讯中国革命者的地方，也是他们杀人的地方。据说，到现在还能听到鬼叫。我居德国十年，心中鬼神的概念已经荡然无存。即使是这样，我现在住在这一座空荡荡的大楼里，只感到鬼影憧憧，鬼气森森，我不禁毛发直竖。

第二天，我去见汤用彤先生。由陈寅恪先生推荐，汤用彤先生接受，我受聘为北京大学教授。这次去见汤先生，由代校长傅斯年陪伴。校长胡适正在美国。在路上，傅斯年先生一个劲地给我做思想工作，说在国外获得博士学位以后，回国到北大都必须先当两年的副教授，然后才能转为正教授。这是多年的规定，不允许有例外。我洗耳恭听，一言不发。见到汤先生以后，他明确无误地告诉我：聘我为北京大学正教授，先做一个礼拜的副教授，表示并不是无端跳过了这一个必经的阶段。我当然感激之至。这是我在六十年前进入北大时的一段佳话。

这一年和下一年——1947年，我都在北大教书。一直到1948年，我才得到一个机会，搭乘飞机，飞回济南。我已经离家十三年了。这一次回来，也可以说是一享家人父子之乐吧。

荷姐当然见到了。她漂亮如故，调皮有加。一见我，先是高声呼叫“季大博士”。这我并不奇怪，我们从小互相开玩笑惯了。但是，她接着左一个“季大博士”，右一个“季大博士”，说个不停。这就引起了我的疑心。我悚然听之，我猛然发现，在她的内心深处蕴藏着一点凄凉，一点寂寞，一点幽怨，还有一点悔不当初。一谈到悔不当初，我就必须说，这是我们自己酿成的一杯苦酒，必须由我们自己来品尝。在这里，主要当事人是荷姐本人，我一点责任都没有。

从此以后，就同荷姐失去了联系，到现在已经快六十年了。其间，我曾由李玉洁陪伴回济南一次，目的是参加山大校庆。来去匆匆，没有时间去探寻荷姐的行踪。到了今天，又已经过去了几年。看来，要想见到荷姐，只有梦中团圆了。

2006.4.8

异国光阴肯滞人

纪念一位德国学者西克灵教授

昨天晚上接到我的老师西克先生（Prof. Dr. Emil Sieg）从德国来的信，说西克灵教授（W.Siegling）已经于去年春天死去，看了我心里非常难过。生死本来是一种自然现象，值不得大惊小怪。但死也并不是没有差别。有的人死去了，对国家、对世界一点影响都没有。他们只是在他们亲族的回忆里还生存一个时期，终于也就渐渐被遗忘了。有的人的死却是对国家、对世界都是一个损失。连不认识他们的人都会觉得悲哀，何况认识他们的朋友们呢？

西克灵这名字，对许多中国读者大概还不太生疏，虽然他一生所从事研究的学科可以说是很偏僻的。他是西克先生的学生。同他老师一样，他也是先研究梵文，然后才转到吐火罗语去的。转变点就正在四十年前。当时德国的探险队在Grünwedel和Ven Le Coq领导之下从中国的新疆发掘出来了无量珍贵的用各种文字写的残卷运到柏林去。德国学者虽然还不能读通这些文字，但他们却意识到这些残卷的重要。当时柏林大学的梵文正教授Pischel就召集了许多年轻的语言学者，尤其是梵文学者，来从事研究。西克和西克灵决心合作研究的就是后来定名为吐火罗语的一种语言。当时他们有的是幻想和精力，这种稍稍带有点冒险意味，有的时候简直近于猜谜式的研究工作，更提高了他们的兴趣。他们日夜地工作，前途充满了光明。在三十多年以后，西克先生每次谈起来还不禁眉飞色舞，仿佛他自己又走回青春里去，当时热烈的情景就可以想见了。

他们这合作一直继续了几十年。他们终于把吐火罗语读通。在这期间，他们发表的震惊学术界的许多文章和书，除了在第一次世界大战西克灵被征从军的一个期间外，都是用两个人的名字。西克灵小心谨慎，但没有什么创造的能力，同时又因为住在柏林，在普鲁士学士院(Preussische Akademie der Wissenschaften)里做事情，所以他的工作就偏重在只是研究抄写Brāhmi字母。他把这些原来是用Brāhmi字母写成的残卷用拉丁字母写出来寄给西克，西克就根据这些拉丁字母写成的稿子来研究文法，确定字义。但我并不是说西克灵只懂字母而西克只懂文法。他们两方面都懂的，不过西克灵偏重字母而西克偏重文法而已。

两个人的个性也非常不一样。我已经说到西克灵小心谨慎，其实这两个形容词是不够的。他有时候小心到我们不能想象的地步。根据许多别的文字，一个吐火罗字的字义明明是毫无疑问地可以确定了，但他偏怀疑，偏反对，无论如何也不承认。在这种情形下，西克先生看到写信已经没有效用，便只好自己坐上火车到柏林用三寸不烂之舌来说服他。我常说，西克先生就像是火车头的蒸汽机，没有它火车当然不能走。但有时候走得太猛太快也会出毛病，这就用得着一个停车的闸。西克灵就是这样的一个让车停的闸。

他们俩合作第一次出版的大著是*Tocharische Sprachreste*(1921)。两本大书充分表现了这合作的成绩。在这书里他们还很少谈到文法，只不过把原来的Brāhmi字母改成拉丁字母，把每个应该分开来的字都分了而已。在1931年出版的*Tocharische Grammatik*里面他们才把吐火罗语的文法系统地整理出来。这里除了他们两个人以外，他们还约上了大比较语言学家柏林大学教授舒尔慈（Wilhelm Schulz）来合作。结果这一本五百多页的大著就成了欧洲学术界划时代的著作。一直到现在研究中亚古代语言和比较语言的学者还不能离开它。

写到这里，读者或者以为西克灵在这些工作上都没有什么不得了的贡献，因为我上面曾说到他的工作主要是在研究抄写Brāhmi字母。这种想法是错的。Brāhmi字母并不像我们知道的这些字母一样。它是非常复杂的。有时候两个字母的区别非常细微，譬如说t同n，稍一不小心，立刻就发生错误。法国的梵文学家莱维(Sylvain Lévi)在别的方面的成绩不能不算大，但看他出版的吐火罗语B（龟兹语）的残卷里有多少读错的地方，就可以知道只是读这字母也并不容易了。在这方面西克灵的造诣是非常惊人的，可以说是并世无二。

也是为了读Brāhmi字母的问题，我在1942年的春天到柏林去看西克灵。我在普鲁士学士院他的研究室里找到他。他正在那里埋首工作，桌子上摆的墙上挂的全是些Brāhmi字母的残卷，他就用他特有的蝇头般的小字一行一行地抄下来。在那以前，我就听说，只要有三个学生以上，他就一句话也说不出来了。所以他一生就只在学士院里工作，只有很短的一个时间在柏林大学里教过吐火罗语，终于还是辞了职。见了面他给我的印象同传闻的一样。人很沉静，不大说话。问他问题，他却解释无遗。我从他那里学到了不少读Brāhmi字母的秘诀。我发现他外表虽冷静，但骨子里他却是个很热情的人，正像一切良好的德国人一样。

以后，我离开柏林，回到哥廷根，战争愈来愈激烈，我也就再也没能到柏林去看他。战争结束后，自己居然还活着，听说他也没被炸死。心里觉得非常高兴。我也就带了这高兴在去年夏天里回了国来。一转眼就过了半年。在这期间，因为又接触了一个新环境，终天糊里糊涂的，连回忆的余裕都没有了。最近，心情方面渐渐安静下来，于是又回忆到以前的许多事情，在德国遇到的这许多师友的面影又不时在眼前晃动，想到以前过的那个幸福的时期，恨不能立刻再回到德国去。然而正在这时候，我接到西克先生的信，说西克灵已经去世了。即便我能立刻回到德国，师友里面已经少了一个了。对学术界，尤其是对我自己，这个损失是再也不能弥补的了。

我现在唯一的安慰就是在西克先生身上了。他今年已经八十多岁，但他的信上说，他的身体还很好。德国目前是既没有吃的穿的，也没有烧的。六七个人挤在一个小屋里，又以他这样的高龄，但他居然还照常工作。他四十年来一个合作者西克灵，比他小二十多岁的一个朋友，既然先他而死了，我只希望上苍还加佑他，让他再壮壮实实多活几年，把他们未完成的大作完成了，为学术，为他死去的朋友，我替他祝福。

1947年1月29日于北平

西谛先生

西谛先生不幸逝世，到现在已经有二十多年了。听到飞机失事的消息时，我正在莫斯科。我仿佛当头挨了一棒，惊愕得说不出话来。我是震惊多于哀悼，惋惜胜过忆念，而且还有点儿惴惴不安。当我登上飞机回国时，同一架飞机中就放着西谛先生等六人的骨灰盒。我百感交集。当时我的心情之错综复杂可想而知。从那以后，在这样漫长的时间内，我不时想到西谛先生。每一想到，都不禁悲从中来。到了今天，震惊、惋惜之情已逝，而哀悼之意弥增。这哀悼，像烈酒，像火焰，燃烧着我的灵魂。

倘若论资排辈的话，西谛先生是我的老师。30年代初期，我在清华大学读西洋文学系。但是从小学起，我对中国文学就有浓厚的兴趣。西谛先生是燕京大学中国文学系的教授，在清华兼课。我曾旁听过他的课。在课堂上，西谛先生是一个渊博的学者，掌握大量的资料，讲起课来，口若悬河泻水，滔滔不绝。他那透过高度的近视眼镜从讲台上向下看挤满了教室的学生的神态，至今仍宛然如在目前。

当时的教授一般都有一点儿所谓“教授架子”。在中国话里，“架子”这个词儿同“面子”一样，是难以捉摸、难以形容描绘的，好像非常虚无缥缈，但它又确实存在。有极少数教授自命清高，但精神和物质待遇却非常优厚。在他们心里，在别人眼中，他们好像是高人一等，不食人间烟火，而实则饱餍粱肉，进可以攻，退可以守，其中有人确实也是官运亨通，青云直上，成了令人羡慕的对象。存在决定意识，因此就产生了架子。

这些教授的对立面就是我们学生。我们的经济情况有好有坏，但是不富裕的占大多数，然而也不至于挨饿。我当时就是这样一个学生。处境相同，容易引起类似同病相怜的感情；爱好相同，又容易同声相求。因此，我就有了几个都是爱好文学的伙伴，经常在一起，其中有吴组缃、林庚、李长之等等。虽然我们所在的系不同，但却常常会面，有时在工字厅大厅中，有时在大礼堂里，有时又在荷花池旁“水木清华”的匾下。我们当时差不多都才20岁左右，阅世未深，尚无世故，正是天不怕、地不怕的时候。我们经常高谈阔论，臧否天下人物，特别是古今文学家，直抒胸臆，全无顾忌。幼稚恐怕是难免的，但是没有一点儿框框，却也有可爱之处。我们好像是《世说新语》中的人物，任性纵情，毫不矫饰。我们谈论《红楼梦》，我们谈论《水浒》，我们谈论《儒林外史》，每个人都努力发一些怪论，“语不惊人死不休”。记得茅盾的《子夜》出版时，我们间曾掀起一场颇为热烈的大辩论，我们辩论的声音在工字厅大厅中回荡。但事过之后，谁也不再介意。我们有时候也把自己写的东西，什么诗歌之类，拿给大家看，而且自己夸耀哪句是神来之笔，一点儿也不脸红。现在想来，好像是别人干的事，然而确实是自己干的事，这样的率真只在那时候能有，以后只能追忆珍惜了。

在当时的社会上，封建思想弥漫，论资排辈好像是天经地义。一个青年要想出头，那是非常困难的。如果没有奥援，不走门子，除了极个别的奇才异能之士外，谁也别想往上爬。那些少数出身于名门贵阀的子弟，他们丝毫也不担心，毕业后爷老子有的是钱，可以送他出洋镀金，回国后优缺美差在等待着他们。而绝大多数的青年经常为所谓“饭碗问题”担忧，我们也曾为“毕业即失业”这一句话吓得发抖。我们的一线希望就寄托在教授身上。在我们眼中，教授简直如神仙中人，高不可攀。教授们自然也是感觉到这一点的，他们之所以有架子，同这种情况是分不开的。我们对这种架子已经习以为常，不以为怪了。

我就是在这样的气氛中认识西谛先生的。

最初我当然对他并不完全了解。但是同他一接触，我就感到他同别的教授不同，简直不像是一个教授。在他身上，看不到半点儿教授架子；他也没有一点儿论资排辈的恶习。他自己好像并不觉得比我们长一辈，他完全是以平等的态度对待我们。他有时就像一个大孩子，不失其赤子之心。他说话非常坦率，有什么想法就说了出来，既不装腔作势，也不以势吓人。他从来不想教训人，任何时候都是亲切和蔼的。当时流行在社会上的那种帮派习气，在他身上也找不到。只要他认为有一技之长的，不管是老年、中年还是青年，他都一视同仁。因此，我们在背后就常常说他是一个宋江式的人物。他当时正同巴金、靳以主编一个大型的文学刊物《文学季刊》，按照惯例是要找些名人来当主编或编委的，这样可以给刊物镀上一层金，增加号召力量。他确实也找了一些名人，但是像我们这样一些无名又年轻之辈，他也决不嫌弃。我们当中有的人当上了主编，有的人当上特别撰稿人。自己的名字都惶惶然印在杂志的封面上，我们难免有些沾沾自喜。西谛先生对青年人的爱护，除了鲁迅先生外，恐怕并世无二。说老实话，我们有时候简直感到难以理解，有点儿受宠若惊了。

在这样的情况下，我们既景仰他学问之渊博，又热爱他为人之亲切平易，于是就很愿意同他接触。只要有机会，我们总去旁听他的课。有时也到他家去拜访他。记得在一个秋天的夜晚，我们几个人步行，从清华园走到燕园。他的家好像就在今天北大东门里面大烟筒下面。现在时过境迁，房子已经拆掉，沧海桑田，面目全非了。但是在当时给我的印象却是异常美好、至今难忘的。房子是旧式平房，外面有走廊，屋子里有地板，我的印象是非常高级的住宅。屋子里排满了书架，都是珍贵的红木做成的，整整齐齐地摆着珍贵的古代典籍，都是人间瑰宝，其中明清小说、戏剧的收藏更在全国首屈一指。屋子的气氛是优雅典丽的，书香飘拂在画栋雕梁之间。我们都狠狠地羡慕了一番。

总之，我们对西谛先生是尊敬的，是喜爱的。我们在背后常常谈到他，特别是他那些同别人不同的地方，我们更是津津乐道。背后议论人当然并不能算是美德，但是我们一点儿恶意都没有，只是觉得好玩而已。比如他的工作方式，我们当时就觉得非常奇怪。他兼职很多，常常奔走于城内城外。当时交通还不像现在这样方便。清华、燕京，宛如一个村镇，进城要长途跋涉。校车是有的，但非常少，有时候要骑驴，有时候坐人力车。西谛先生挟着一个大皮包，总是装满了稿子，鼓鼓囊囊的。他戴着深度的眼镜，跨着大步，风尘仆仆，来往于清华、燕京和北京城之间。我们在背后说笑话，说郑先生走路就像一只大骆驼。可是他一坐上校车，就打开大皮包拿出稿子，写起文章来。

据说他买书的方式也很特别。他爱书如命，认识许多书贾，一向不同书贾讲价钱，只要有好书，他就留下，手边也不一定就有钱偿付书价，他留下以后，什么时候有了钱就还账，没有钱就用别的书来对换。他自己也印了一些珍贵的古籍，比如《插图本中国文学史》《玄览堂丛书》之类。他有时候也用这些书去还书债。书贾愿意拿什么书，就拿什么书。他什么东西都喜欢大，喜欢多，出书也有独特的气派，与众不同。所有这一切我们也都觉得很好玩，很可爱。这更增加我们对他的敬爱。在我们眼中，西谛先生简直像长江大河，汪洋浩瀚；泰山华岳，庄严敦厚。当时的某一些名人同他一比，简直如小水洼、小土丘一般，有点儿微末不足道了。

但是时间只是不停地逝去，转瞬过了四年，大学要毕业了。清华大学毕业以后，我回到故乡去，教了一年高中。我学的是西洋文学，教的却是国文，用现在的话说，就是“不结合业务”，因此心情并不很愉快。在这期间，我还同西谛先生通过信。他当时在上海，主编《文学》。我寄过一篇散文给他，他立即刊登了。他还写信给我，说他编了一个什么丛书，要给我出一本散文集。我没有去搞，所以也没有出成。过了一年，我得到一份奖学金，到很远的一个国家里去住了十年。从全世界范围来看，这正是一个天翻地覆的时代。在国内，有外敌入侵，大半个祖国变了颜色；在国外，正在进行着第二次世界大战。我在国外，挨饿先不必说，光是每天躲警报，就真够呛。杜甫的诗：“烽火连三月，家书抵万金。”我的处境是“烽火连十年，家书无从得”。同西谛先生当然失去了联系。

一直到了1946年的夏天，我才从国外回到上海。去国十一年，飘洋万里，到了那繁华的上海，连个落脚的地方都没有。我曾在克家的榻榻米上睡过许多夜。这时候，西谛先生也正在上海。我同克家和辛笛去看过他几次，他还曾请我们吃过饭。他的老母亲亲自下厨房做福建菜，我们都非常感动，至今难以忘怀。当时上海反动势力极为猖獗。郑先生是他们的对立面。他主编一个争取民主的刊物，推动民主运动。反动派把他也看作眼中钉，据说是列入了黑名单。有一次，我同他谈到这个问题。完全出乎我的意料，他的面孔一下子红了起来，怒气冲冲，声震屋瓦，流露出极大的义愤与轻蔑。几十年来他给我的印象是和蔼可亲，平易近人，光风霁月，菩萨慈眉。我万万没有想到，他还有另一面：疾恶如仇，横眉冷对，疾风迅雷，金刚怒目。原来我只是认识了西谛先生的一面，对另一面我连想都没有想过。现在总算比较完整地认识西谛先生了。

有一件事情，我还要在这里提一下。我在上海时曾告诉郑先生，我已应北京大学之聘，担任梵文讲座。他听了以后，喜形于色，他认为，在北京大学教梵文简直是理想的职业。他对梵文文学的重视和喜爱溢于言表。1948年，他在他主编的《文艺复兴•中国文学专号》的《题辞》中写道："关于梵文学和中国文学的血脉相通之处，新近的研究呈现了空前的辉煌。北京大学成立了东方语文学系，季羡林先生和金克木先生几位都是对梵文学有深刻研究的。……在这个'专号'里，我们邀约了王重民先生、季羡林先生、万斯年先生、戈宝权先生和其他几位先生们写这个'专题'。我们相信，这个工作一定会给国内许多的做研究工作者们以相当的感奋的。"西谛先生对后学的鼓励之情洋溢于字里行间。

解放后不久，西谛先生就从上海绕道香港到了北京。我们都熬过了寒冬，迎来了春天，又在这文化古都见了面，分外高兴。又过了不久，他同我都参加了新中国成立后派出去的第一个大型文化代表团，到印度和缅甸去访问。在国内筹备工作进行了半年多，在国外和旅途中又用了四五个月。我认识西谛先生已经几十年了，这一次是我们相聚最长的一次，我认识他也更清楚了，他那些优点也表露得更明显了。我更觉得他像一个不失其赤子之心的大孩子，胸怀坦荡，耿直率真。他喜欢同人辩论，有时也说一些歪理。但他自己却一本正经，他同别人抬杠而不知是抬杠。我们都开玩笑说，就抬杠而言，他已达到出神入化的境界，应该选他为“抬杠协会主席”，简称之为“杠协主席”。出国前在检查身体的时候，他糖尿病已达到相当严重的程度，有几个“+”号。别人替他担忧，他自己却丝毫不放在心上，喝酒吃点心如故。他那豁达大度的性格，在这里也表现得非常鲜明。

回国以后，我经常有机会同他接触。他担负的行政职务更重了。有一段时间，他在北海团城里办公，我有时候去看他，那参天的白皮松给我留下了难忘的印象。这时候他对书的爱好似乎一点儿也没有减少。有一次他让我到他家去吃饭。他像从前一样，满屋堆满了书，大都是些珍本的小说、戏剧、明清木刻，满床盈案，累架充栋。一谈到这些书，他自然就眉飞色舞。我心里暗暗地感到庆幸和安慰，我暗暗地希望西谛先生能够这样活下去，多活上许多年，多给人民做一些好事情……

但是正当他充满了青春活力，意气风发，大踏步走上前去的时候，好像一声晴天霹雳，西谛先生不幸过早地离开我们了。他逝世时的情况是什么样子，谁也说不清楚。我时常自己描绘，让幻想驰骋。我知道，这样幻想是毫无意义的，但是自己无论如何也排除不掉。过了几年就爆发了“文化大革命”。我同许多人一样被卷了进去。在以后的将近十年中，我是如临深渊，如履薄冰，天天在战战兢兢地过日子，想到西谛先生的时候不多。间或想到他，心里也充满了矛盾：一方面希望他能活下来，另一方面又庆幸他没有活下来，否则他一定也会同我一样戴上种种的帽子，说不定会关进“牛棚”。他不幸早逝，反而成了塞翁失马了。

现在，恶贯满盈的“四人帮”终于被打倒了。普天同庆，朗日重辉。但是痛定思痛，我想到西谛先生的次数反而多了起来。将近五十年前的许多回忆，清晰的、模糊的、整齐的、零乱的，一齐涌入我的脑中。西谛先生的一举一动，一颦一笑，时时奔来眼底。我越是觉得前途光明灿烂，就越希望西谛先生能够活下来。像他那样的人，我们是多么需要啊。他一生为了保存祖国的文化，付出了多么巨大的劳动！如果他还能活到现在，那该有多好！然而已经发生的事情是永远无法挽回的。“念天地之悠悠”，我有时甚至感到有点凄凉了。这同我当前的环境和心情显然是有矛盾的，但我无论如何也抑制不住自己。我常常不由自主地低吟起江文通的名句来：

春草暮兮秋风惊，秋风罢兮春草生；绮罗毕兮池馆尽，琴瑟灭兮丘垄平。自古皆有死，莫不饮恨而吞声。

呜呼！生死事大，古今同感。西谛先生只能活在我们回忆中了。

1980年1月8日初稿
1981年2月2日修改

华东师范大学出版社编辑部出了一个绝妙的题目，实在是先得我心。我十分愉快地接受了写这篇文章的任务。

唐代的韩愈说："古之学者必有师。师者，所以传道、授业、解惑也。"今之学者亦然。各行各业都必须有老师。"师傅领进门，修行在个人。"虽然修行要靠自己，没有领进门的师傅，也是不行的。

我这一生，在过去的六十多年中，曾有过很多领我进门的师傅。现在虽已年逾古稀，自己也早已成为"人之患"（"人之患，在患为人师"），但是我却越来越多地回忆起过去的老师来。感激之情，在内心深处油然而生。我今天的这一点点知识，有哪一样不归功于我的老师呢？从我上小学起，经过了初中、高中、大学，一直到出国留学，我那些老师的面影依次浮现到我眼前来，我仿佛又受了一次他们的教诲。

关于国内的一些老师，我曾断断续续地写过一些怀念的文章。我现在想选一位外国老师，这就是德国的瓦尔德施密特教授。

我于1934年从清华大学西洋文学系毕业，在故乡济南省立高中当了一年国文教员。1935年深秋，我到了德国，在哥廷根大学学习。从1936年春天起，我从瓦尔德施密特教授学习梵文和巴利文。我在清华大学读书时曾旁听过陈寅恪先生的"佛经翻译文学"，我当时就对梵文发生了兴趣。但那时在国内没有人开梵文课，只好画饼充饥，徒唤奈何。到了哥廷根以后，终于有了学习的机会，我简直如鱼得水，乐不可支。教授也似乎非常高兴。他当时年纪还很轻，看上去比他的实际年龄更年轻，他刚在哥廷根大学得到一个正教授的讲座。他是研究印度佛教史的专家，专门研究新疆出土的梵文《贝叶经》残卷。除了梵文和巴利文外，还懂汉文和藏文，对他的研究工作来说，这都是不可缺少的。我一个中国人为什么学习梵文和巴利文，他完全理解。因此，他从来也没有问过我学习的动机和理由。第一学期上梵文课时，班上只有三个学生：一个乡村牧师，一个历史系的学生，第三个就是我。梵文在德国也是冷门，三人成众，有三个学生，教授就似乎很满意了。

教授的教学方法是典型的德国式的。关于德国教外语的方法我曾在几篇文章里都谈到过，我口头对人“宣传”的次数就更多。我为什么对它如此地偏爱呢？理由很简单：它行之有效。我先进一讲具体的情况。同其他外语课一样，第一年梵文（正式名称是：为初学者开设的梵文）每周两次，每次两小时。德国大学假期特长特多。每学期上课时间大约只有二十周，梵文上课时间共约八十小时，应该说是很少的。但是，我们第一学期就学完了全部梵文语法，还念了几百句练习。在世界上已知的语言中，梵文恐怕是语法变化最复杂、最烦琐、词汇量最大的语言。语法规律之细致、之别扭，哪一种语言也比不上。能在短短的八十个小时内学完全部语法，是很难想象的。这同德国的外语教学法是分不开的。

第一次上课时，教授领我们念了念字母。我顺便说一句，梵文字母也是非常啰嗦的，绝对不像英文字母这样简明。无论如何，第一堂我觉得颇为舒服，没感到有多大的压力。我心里满以为就会这样舒服下去的。第二次上课就给了我当头一棒。教授对梵文非常复杂的连声规律根本不加讲解。教科书上的阳性名词变化规律他也不讲。一下子就读起书后面附上的练习来。这些练习都有是一句句的话，是从印度梵文典籍中选出来的。梵文基本上是一种死文字，不像学习现代语言那样一开始先学习一些同生活有关的简单的句子：什么“我吃饭”“我睡觉”等等。梵文练习题里面的句子多少都脱离现代实际，理解起来颇不容易。教授要我读练习句子，字母有些还面生可疑，语法概念更是一点也没有。读得结结巴巴，译得莫名其妙，急得头上冒汗，心中发火。下了课以后，就拼命预习。一句只有五六个字的练习，要查连声，查语法，往往要做一两个小时。准备两小时的课，往往要用上一两天的时间。我自己觉得，个人的主观能动性真正是充分调动起来了。过了一段时间，自己也逐渐适应了这种学习方法。头上的汗越出越少了，心里的火越发越小了。我尝到了甜头。

除了梵文和巴利文以外，我在德国还开始学习了几种别的外语。教学方法都是这个样子。相传19世纪德国一位语言学家说过这样的话：“拿学游泳来打个比方，我教外语就是把学生带到游泳池旁，一下子把他们推下水去。如果他们淹不死，游泳就学会了。”这只是一个比方，但是也可以看出其中的道理。虽然有点夸大，但道理不能说是没有的。在“文化大革命”中，我自己跳出来，成了某一派“革命”群众的眼中钉、肉中刺，被“打翻在地，踏上了一千只脚”，批判得淋漓尽致。我宣传过德国的外语教学法，成为大罪状之首，说是宣传德国法西斯思想。当时一些“革命小将”的批判发言，百分之九十九点九是胡说八道，他们根本不知道，这种教学法兴起时，连希特勒的爸爸都还没有出世哩！我是“死不改悔”的顽固分子，今天我仍然觉得这种教学法能充分调动学生的积极性，尽早独立自主地“亲口尝一尝梨子”，是行之有效的。

这就是瓦尔德施密特教授留给我的第一个也是最深刻的一个印象。从那以后，一直到1939年第二次世界大战爆发，他被征从军为止，我每一学期都必选教授的课。我在课堂上（高年级的课叫做习弥那尔）读过印度古代的史诗、剧本，读过巴利文，解读过中国新疆出土的梵文《贝叶经》残卷。他要求学生极为严格，梵文语法中那些古里古怪的规律都必须认真掌握，决不允许有半点马虎和粗心大意，连一个字母他也决不放过。学习近代语言，语法没有那样繁复，有时候用不着死记，只要多读一些书，慢慢地也就学通了。但是梵文却绝对不行。梵文语法规律有时候近似数学，必须细心地认真对付。教授在这一方面是十分认真的。后来我自己教学生了，我完全以教授为榜样，对学生要求严格。等到我的学生当了老师的时候，他们也没有丢掉这一套谨严细致的教学方法。教授的教泽真可谓无远弗届，流到中国来，还流了几代。我也总算对得起我的老师了。

瓦尔德施密特教授的专门研究范围是新疆出土的梵文《贝叶经》。在这一方面，他是蜚声世界的权威。他的老师是德国的梵文大家吕德斯教授，也是以学风谨严著称的。教授的博士论文以及取得在大学授课资格的论文，都是关于新疆《贝叶经》的。这两本厚厚的大书，里面的材料异常丰富，处理材料的方式极端细致谨严。一张张的图表，一行行的统计数字，看上去令人眼花缭乱，令人头脑昏眩。我一向虽然不能算是一个马大哈，但是也从没有想到写科学研究论文竟然必须这样琐细。两部大书好几百页，竟然没有一个错字，连标点符号，还有那些稀奇古怪的特写字母或符号，也都是个个确实无误，这实在不能不令人感到吃惊。德国人一向以彻底性自诩，我的教授忠诚地保留了德国的优良传统。留给我的印象让我终生难忘，终生受用不尽。

但是给我教育最大的还是我写博士论文的过程。按德国规定，一个想获得博士学位的学生必须念三个系：一个主系和两个副系。我的主系是梵文和巴利文，两个副系是斯拉夫语文系和英国语文系。指导博士论文的教授，德国学生戏称之为“博士父亲”。怎样才能找到博士父亲呢？这要由教授和学生两个方面来决定。学生往往经过在几个大学中获得的实践经验，最后决定留在某一个大学跟某一个教授做博士论文。德国教授在大学里至高无上，他说了算，往往有很大的架子，不大肯收博士生，害怕学生将来出息不大，辱没了自己的名声。越是名教授，收徒弟的条件越高。往往经过几个学期的习弥那尔，教授真正觉得孺子可教，他才点头收徒，并给他博士论文题目。

对我来讲，我好像是没有经过那样漫长而复杂的过程。第四学期念完，教授就主动问我要不要一个论文题目。我听了当然是受宠若惊，立刻表示愿意。他说，他早就有了一个题目《〈大事〉伽陀中限定动词的变化》，问我接受不接受。我那时候对梵文所知极少，根本没有选择题目的能力，便满口答应。题目就这样定了下来。佛典《大事》是用所谓“混合梵文”写成的，既非梵文，也非巴利文，更非一般的俗语，是一种乱七八糟杂凑起来的语言。这种语言对研究印度佛教史、印度语言发展史等都是很重要的。我一生对这种语言感兴趣，其基础就是当时打下的。

题目定下来以后，我一方面继续参加教授的习弥那尔，听英文系和斯拉夫语文系的课，另一方面就开始读法国学者塞那校订的《大事》，一共厚厚的三大本，我真是争分夺秒，“开电灯以继晷，恒兀兀以穷年”。我把每一个动词形式都做成卡片，还要查阅大量的图书杂志，忙得不可开交。此时国际环境和生活环境越来越恶劣。吃的东西越来越少，不但黄油和肉几乎绝迹，面包和土豆也仅够每天需要量的三分之一至四分之一。黄油和面包都掺了假，吃下肚去，咕咕直叫。德国人是非常讲究礼貌的。但在当时，在电影院里，屁声相应，习以为常。天上还有英美的飞机，天天飞越哥廷根上空。谁也不知道，什么时候会有炸弹落下，心里终日危惧不安。在自己的祖国，日本军国主义者奸淫掳掠，杀人如麻。“烽火连三年，家书抵万金。”我是根本收不到家书的。家里的妻子老小，生死不知。我在这种内外交迫下，天天晚上失眠。偶尔睡上一点，也是噩梦迷离。有时候梦到在祖国吃花生米，可见我当时对吃的要求已经低到什么程度。几粒花生米，连龙肝凤髓也无法比得上了。

我的论文就是在这种情况下慢慢地写下去的。我想，应当在分析限定动词变化之前写上一篇有分量的长的绪论，说明“混合梵语”的来龙去脉以及《大事》的一些情况。我觉得，只有这样，论文才显得有气派。我翻看了大量用各种语言写成的论文，做笔记，写提纲。这个工作同做卡片同时并举，经过了大约一年多的时间，终于写成了一篇绪论，相当长。自己确实是费了一番心血的。“文章是自己的好”，我自我感觉良好，觉得文章分析源流，标列条目，洋洋洒洒，颇有神来之笔，值得满意的。我相信，这一举一定会给教授留下深刻印象，说不定还要把自己夸上一番。当时欧战方殷，教授从军回来短期休假。我就怀着这样的美梦，把绪论送给了他。美梦照旧做了下去。隔了大约一个星期，教授在研究所内把文章退还给我，脸上含有笑意，最初并没有说话。我心里咯噔一下，直觉感到情势有点不妙了。我打开稿子一看，没有任何改动，只在第一行第一个字前面画上了一个前括号，在最后一行最后一个字后面画上了一个后括号。整篇文章就让一个括号括了起来，意思就是说，全不存在了。这真是“坚决、彻底、干净、全部”消灭掉了。我仿佛当头挨了一棒，茫然、懵然，不知所措。这时候教授才慢慢地开了口：“你的文章费劲很大，引书不少。但是都是别人的意见，根本没有你自己的创见。看上去面面俱到，实际上毫无价值。你重复别人的话，又不完整准确。如果有人对你的文章进行挑剔，从任何地方都能对你加以抨击，而且我相信你根本无力还手。因此，我建议，把绪论统统删掉。在对限定动词进行分析以前，只写上几句说明就行了。”一席话说得我哑口无言，我无法反驳。这引起了我激烈的思想斗争，心潮滚滚，冲得我头晕眼花。过了好一阵子，我的脑筋才清醒过来，仿佛做了黄粱一梦。我由衷地承认，教授的话是完全合情合理的。我由此体会到：写论文就应该是这个样子。

这是我一生第一次写规模比较大的学术论文，也是我第一次受到剧烈的打击。然而我感激这一次打击，它使我终生头脑能够比较清醒。没有创见，不要写文章，否则就是浪费纸张。有了创见写论文，也不要下笔千言，离题万里。空洞的废话少说不说为宜。我现在也早就有了学生了，我也把我从瓦尔德施密特教授那里接来的衣钵传给了他们。

我的回忆就写到这里为止。这样一个好题目，我本来希望能写出一篇像样的东西，但是却是事与愿违，文章不怎么样。差幸我没有虚构，全是大实话，这对青年们也许还不无意义吧。

1987年3月18日晨

室伏佑厚先生一家

这篇文章我几年前就已经动笔写了。但是只起了个头，再也没有写下去，宛如一只断了尾巴的蜻蜓。难道是因为我没有什么可写的吗？难道说我没有什么激情吗？都不是，原因正相反。我要写的东西太多，我的激情也太充沛，以致我踟蹰迟疑，不知如何下笔。现在我由于一个偶然的机会，又来到了香港，住在山顶上的一座高楼上，开窗见海，混混茫茫，渺无涯际。我天天早晨起来，总要站在窗前看海。我凝眸远眺，心飞得很远很远，多次飞越大海，飞到东瀛，飞到室伏佑厚一家那里，我再也无法遏止我这写作的欲望了。

我认识室伏佑厚先生一家，完全是一件偶然的事。约在十年前，室伏先生的二女儿法子和他的大女婿三友量顺博士到北大来参观，说是要见我。见就见吧。我们会面了。我的第一个印象是异常好的：两个年轻人都温文尔雅，一举一动，有规有矩。当天晚上，他们就请我到北海仿膳去，室伏佑厚先生在那里大宴宾客。我这是第一次同室伏先生见面，我觉得他敦厚诚悫，精明内含，印象也是异常好的。从此我们就成了朋友。其实我们之间共同的东西并不多，各人的专行也相距千里，岁数也有差距。这样两个人成为朋友，实在不大容易解释。佛家讲究因缘，难道这就是因缘吗？

实事求是的解释也并非没有。1959年，日本前首相石桥湛山先生来中国同周恩来总理会面，商谈中日建交的问题。室伏佑厚先生是石桥的私人秘书，他可以说是中日友谊的见证人。也许是在这之前他已经对中国人民就怀有好感，也许是在这之后，我无法也无须去探讨。总之，室伏先生从此就成了中国人民的好朋友。在过去的三十年内，他来中国已经一百多次了。他大概是把我当成中国人民某一方面的一个代表者。他的女婿三友量顺先生是研究梵文的，研究佛典的，这也许是原因之一吧。

不管是出于什么原因，我们从此就往来起来。1980年，室伏先生第一次邀请我访问日本，在日本所有的费用都由他负担。他同法子和三友亲自驱车到机场去迎接我们。我们下榻新大谷饭店，我在这里第一次会见了日本梵文和佛学权威、蜚声世界学林的东京大学教授中村元博士。他著作等身，光是选集已经出版了二十多巨册。他虽然已是皤然一翁，但实际上还小我一岁。有一次，在箱根，我们笔谈时，他在纸上写了四个字“以兄事之”，指的就是我。我们也成了朋友。据说他除了做学问以外，对其他事情全无兴趣，颇有点书呆子气。他出国旅行，往往倾囊购书，以致经济拮据。但是他却乐此不疲。有一次出国，他夫人特别叮嘱，不要乱买书。他满口应允。回国时确实没有带回多少书，他夫人甚为宽慰。然而不久，从邮局寄来的书就联翩而至，弄得夫人哭笑不得。

我们在万丈红尘的东京住了几天以后，室伏先生就同法子和三友亲自陪我们乘新干线特快火车到京都去参观。中村元先生在那里等我们。京都是日本故都，各种各样的寺院特别多，大小据说有一千五百多所。中国古诗：“南朝四百八十寺，多少楼台烟雨中。”一个城中有四百八十寺，数目已经不算小了。但是同日本京都比较起来，仍然是小巫见大巫。我们在京都主要就是参观这些寺院，有名的古寺都到过了。在参观一座古寺时，遇到了一位一百多岁的老和尚。在谈话中，他常提到李鸿章。我一时颇为吃惊。但是仔细一想，这位老人幼年时正是李鸿章活动的时期，他们原来是同时代的人，只是岁数相差有点悬殊而已。我们在这里参加了日本国际佛教讨论会，会见了许多日本著名的佛教学者。还会见日本佛教一个宗派的门主，一个英姿飒爽的年轻的东京大学的毕业生，给我留下了深刻而亲切的印象。

在参观佛教寺院时，我的第一个想法就是：在日本当和尚实在是一种福气。寺院几乎都非常宽敞洁净，楼殿巍峨，佛像庄严，花木扶疏，曲径通幽，清池如画，芙蕖倒影，幽静绝尘，恍若世外。有时候风动檐铃，悠扬悦耳，仿佛把我们带到了另外一个世界去，西方的极乐世界难道说就是这个样子吗？

中村元先生在大学里是一个谨严的学者，他客观地研究探讨佛教问题。但是一进入寺院，他就变成了一个信徒。他从口袋里掏出念珠，匍匐在大佛像前，肃穆虔诚，宛然另外一个人了。其间有没有矛盾呢！我看不出。看来二者完全可以和谐地结合起来的。人生的需要多矣，有一点宗教需要，也用不着大惊小怪。只要不妨碍他对于社会和国家做出贡献，可以听其自然的。

在日本期间，最让我难以忘怀的是箱根之行。箱根是日本，甚至世界的旅游胜地，我也久仰大名了。室伏先生早就说过，要我们到箱根去休养几天。我们从京都回到东京以后，又乘火车到了一个地方，下车换成缆车，到了芦湖边上，然后乘轮船渡芦湖来到箱根。记得我们到的时候，天已经黑下来了。街灯也不是很亮，在淡黄的灯光中，街上寂静无人。商店已经关上了门，但是陈列商品的玻璃窗子仍然灯火通明。我们看不清周围的树木是什么颜色，但是苍翠欲滴的树木的浓绿，我们却能感觉出来。这浓绿是有层次的，从淡到浓，一直到浓得漆黑一团，扑上我们眉头，压上我们心头。此时，薄雾如白练，伸手就可以抓到。我有一种奇异的感觉，仿佛遨游在阆苑仙宫之中。这一种感觉我从来没有过，从那以后也没有过。至今回忆，当时情景，如在眼前。

旅馆的会客厅里则是另一番景象，灯火辉煌，华筵溢香。室伏先生把他的全家人都邀来了。首先是他的夫人千津子，然后是他的大女儿、三友先生的夫人厚子，最后是他的外孙女——才不过一岁多的朋子。我抱过了这一个小女孩儿，她似乎并不认生，对着我直笑。室伏先生等立刻拍下了这个镜头，说是要我为他的外孙女儿祝福。这个小孩子的名字来自中国的一句话：我们的朋友遍天下。据说还是周总理预先取下来的。这无疑是中日友好的一桩佳话。到了1986年，室伏先生第二次邀请我访日时，我们又来到了箱根，他又把全家都找了来。此时厚子已经又生了一个小女孩：明子。朋子已经三四岁了。岁数大了，长了知识，见了我反而不像第一次那样坦然了。这也是很自然的事情，人生本来就是这样。我同室伏先生一家两度会面，在同一个地方——令人永远忘不掉的天堂乐园般的箱根。这是否是室伏先生有意安排的，我不知道。但是我个人却觉得，这真是再好不过的安排。在这样一个地方，会见一家这样的日本朋友，难道这不算是珠联璧合吗？难道说这不是非常有意义吗？我眼前看到这一个祖孙三代亲切和睦的日本家庭，脑筋里却不禁又回忆起第一次见面时的情景。我简直想把这两幅情景连接在一起，又觉得它们本来就是在一起的。除了增添了一个小女孩外，人还是那一些人，地方还是那个地方，虽然实际上不是一回事，但看上去又确乎像是一回事。我一时间真有点迷离恍惚，然而却满怀喜悦了。

这一次在箱根会面，同上次有一点不同之处，就是，中村元先生也参加了。这一位粹然儒雅又带有一点佛气的日本大学者，平常很少参加这样的集会。这次惠然肯来，对我们来说，实在是一种幸福。我们虽然很少谈论佛教和梵学问题，但是谈的事情却多与此有关。我们有共同的爱好，所以很容易谈得来。他曾对我说，日文中的“箱根”，实际上就是中文的“函谷（关）”。我听了很感兴趣。在箱根这个人间胜境，同这样一位日本学者在一起生活了几天，确实令我永远难忘。这两件事情：一件是能来到箱根，第二件是能同中村元先生在一起，都出于室伏佑厚先生之赐。因此，只要我想到室伏一家，就会想到中村元先生；只要想到中村元先生，就会想到室伏一家。对我来说，这两者真有点难解难分了。

我最近越来越感觉到，佛家说人生如电光石火，中国古人说人生如白驹过隙，这两句话意思一样，确是都非常正确的。我从前很少感觉到老，从来也不服老。然而，一转瞬间，蓦地发现，自己已垂垂老矣。室伏先生也已届还历之年，也算是初入老境了。当我在他这个年龄时，自认为还是中年。他的心情怎么样，我没有问过他。但是，我想，他也会有同样的心情吧。遥望东天，我潜心默祷，祝他长寿超过百岁！

我同几乎所有的人一样，忙忙碌碌了几十年，天天面对实际，然而真正抓得到的实际好像并不多。一切事物几乎都如镜花，似水月，如轻梦，似白云，什么也抓不住。对待人生，我自认为态度是积极的，唯物的。我觉得，人有生、老、病、死，是自然规律，用不着伤春，也用不着悲秋，叹老不必，嗟贫无由。将来有朝一日离开这个世界时，我也决不会饮恨吞声。但是，如果能在一切都捉不住的情况下，能捉住哪怕是小小的一点东西，抓住一鳞半爪，我将会得到极大的安慰。同室伏佑厚先生一家的交往，我个人认为，就属于这种极难捉到的东西之一，是异常可贵的。但愿在十年以后，当我即将进入期颐之年，而室伏先生庆祝他的古稀华诞时，我们都还能健壮地活在人间，那时我将会再给他的一家写点什么。

1988年11月3日写于香港中文大学会友楼

救护车亮着红灯开走了
带走了一连串的梦
住了五十年的地方
只留下一片迷离的竹影

老伴去年先她离开了人世
儿女都在万里外飘零
日夜伴随着她的寂寥的
只有房前月季和屋后青松

如今月季和青松也失去了主人
小房子是人去房空
我再在夜里走过时
不会再看到那一盏昏黄的孤灯

湖水依旧粼粼
垂柳依旧青青
人生就是如此
如此就是人生

附记：顿有所感，诗兴大作，十分钟内写成此诗。这大概是我一生第二次写诗。工拙非所计也。

追忆哈隆教授

1935年深秋，我来到了德国的哥廷根。

我曾有过一个公式：天才+勤奋+机遇＝成功

我十分强调机遇。我是从机遇缝里钻出来的，从山东穷乡僻壤钻到今天的我。

到了德国以后，我被德国学术交换处分配到哥廷根，而乔冠华则被分配到吐平根(Tübingen)。如果颠倒一下的话，则吐平根既无梵学，也无汉学。我在那里混上两年，一无所获，连回国的路费都无从筹措。我在这里真不能不感谢机遇对我的又一次垂青。

我到了哥廷根，真是如鱼得水。到了1936年春，我后来的导师E. Waldschmidt调来哥廷根担任梵学正教授。这就奠定了我一生研究的基础。梵文研究所设在东方研究所（都不是正式的名称）内，这个研究所坐落在大图书馆对面Gauss-Weber-Haus内。这是几百年前大数学家Gauss和他的同伴Weber鼓捣电报的地方。房子极老，一层是阿拉伯研究所、巴比伦亚述研究所、古代埃及文研究所。二层是梵文研究所、斯拉夫语研究所、伊朗研究所。三层最高层则住着俄文讲师V. Grimm夫妇。

大学另外有一个汉学研究所，不在Gauss-Weber-Haus内，而在离开此地颇远的一个大院子中大楼里。院子极大，有几株高大的古橡树矗立其间，上摩青天，气象万千。大楼极大，我不知道是做什么用的，楼中也很少碰到人。在二楼，有六七间大房子、四五间小房子，拨归汉学研究所使用。同Gauss-Weber-Haus比较起来宽敞多了。

汉学研究所没有正教授，有一位副教授兼主任，他就是G.哈隆（G.Haloun）教授，这个研究所和哈隆本人都不被大学所重视。他告诉我：他是苏台德人，不为正统的德国人所尊重。事实上也确实是这样的，我从来没有见过他同德国人有什么来往。哥廷根是德国的科学重镇，有一个科学院，院士们都是正教授中之佼佼者。这同他是不沾边的。在这里，他是孤独的，寂寞的。陪伴他出出进进汉学研究所，我只看到他夫人一个人。在汉学研究所他的办公室里，他夫人总是陪他坐在那里，手里摆弄着什么针线活，教授则埋首搞自己的研究工作，好像这里就是他们的家庭。他们好像是处在一个孤岛上，形影不离，相依为命。

哈隆教授对中国古籍是下过一番苦功的。尤其是对中国古代音韵学有深湛的研究。用拉丁字母来表示汉字的发音，西方有许多不同的方法。但是，他认为，这些方法都不能真正准确地表示出汉字独特的发音，因此，他自己重新制造了一个崭新的体系，他自己写文章时就使用这一套体系。

在我到达哥廷根以前若干年中，哈隆教授研究中心问题，似与当时欧洲汉学新潮流相符合，重点研究古代中亚文明。他费了许多年的时间，写了一篇相当长的论文《论月支(化)问题》，发表在有名的《德国东方学会会刊》上，受到了国际汉学家广泛的关注。

哈隆教授能读中文书，但不会说中国话。看这个问题应该有一个历史的观点。几百年前，在欧洲传播一点汉语知识的多半是在中国从事传教活动的神甫和牧师。但是，他们虽然能说中国话，却不是汉学家。再晚一些时候，新一代汉学家成长起来了。

他们精通汉语和一些少数民族的语文，但是能讲汉语者极少。比如鼎鼎大名的法国的伯希和(Paul Pelliot)，我在清华念书时曾听过他一次报告，是用英语讲的。可见他汉话是不灵的。

上个世纪30年代，我到了德国，汉学家不说汉语的情况并没有改变。哈隆教授绝非例外。一直到比他再晚一代的年轻的汉学家，情况才开始改变。“二战”结束，到中国来去方便，年轻的汉学家便成群结队地来到了中国，从此欧洲汉学家不会讲汉语的情况便永远成为历史了。

我初到哥廷根时，中国留学生只有几个人，都是学理工的，对汉学不感兴趣。此时章士钊的妻子吴弱男（曾担任过孙中山的英文秘书）正带着三个儿子游学欧洲，只有次子章用留在哥廷根学习数学。他从幼年起就饱读诗书，能作诗。我们一见面，谈得非常痛快，他认为我是空谷足音。他母亲说，他平常不同中国留学生来往，认识我了以后，仿佛变了一个人，经常找我来闲聊，彼此如坐春风。章用同哈隆关系不太好。章曾帮助哈隆写过几封致北京一些旧书店买书的信。1935年深秋，我到了哥廷根，领我去见哈隆的记得就是章用。我同哈隆一见如故。对于哈隆教授这一代的欧洲汉学家，我有自己的实事求是的看法，他们的优缺点，我虽然不敢说是了如指掌，但是八九不离十。我们中国人首先应当尊敬他们，是他们把我国的文化传入欧美的，是他们在努力加强西方人对中国文化的了解。他们有了困难，帮助他们是我们的天职。我们没有任何理由小看他们，不尊重他们。

哈隆教授，除了自己进行研究工作以外，他最大的成绩就是努力创造了一个规模不小的汉学图书馆。他多方筹措资金，到中国北京去买书。我曾给他写过一些信给北京琉璃厂的某书店，还有东四脩绠堂等书店，按照他提出的书单，把书运往德国。哥廷根大学图书馆并不收藏汉文书籍，对此也毫无兴趣。哈隆的汉学图书馆占有五六间大房子和几间小房子。大房子中，书架上至天花板，估计有几万册。线装书最多，也有不少的日文书籍。记得还有几册明版的通俗小说，在中国也应该属于善本了。对我来讲，最有用的书极多，首先是《大正新修大藏经》一百册。这一部书是我做研究工作必不可少的。可惜在哥廷根只有Prof. Waldschmidt有一套，我无法使用。现在，汉学研究所竟然有一套，只供我一个人使用，真如天降洪福，绝处逢生。此外，这里还有一套长达百本的笔记丛刊。我没事时也常读一读，增加了一些乱七八糟的知识。在这样的情况下，我在哥廷根十年，绝大部分时间是在梵学研究所度过的，其余的时间则多半是在汉学研究所。

我对哈隆的汉学图书馆也可以说是做过一些贡献的。中国木版的旧书往往用蓝色的包皮装裹起来，外面看不到书的名字，这对读者非常不方便。我让国内把虎皮宣纸寄到德国，附上笔和墨。我对每一部这样的书都用宣纸写好书名，贴到书上，让读者一看就知道是什么书，非常方便。而且也美观。几个大书架上，仿佛飞满了黄色的蝴蝶，顿使不太明亮的大书库里也充满了盎然的生气。不但我自己觉得很满意，哈隆更是赞不绝口，有外宾来参观，他也怀着骄傲的神色向他们介绍，这种现象在别的汉学图书馆中也许是见不到的。

时间已经到了1937年，清华同德国的交换期满了，我再也拿不到每月120马克了。但这也并非绝路，既到了德国，总会有办法的，比如申请洪堡基金等等。但是，哈隆教授早已给我安排好了，我被聘为哥廷根大学汉语讲师，工资每月150马克。我的开课通知书赫然贴在大学教务处开课通知栏中，供全校上万名学生选择。在几年中确实有人报名学习汉语普通话，但过不了多久，一一都走光。在当时，汉语对德国用处不大。不管怎样，我反正已经是大学的成员之一。对我来说，在当时的政治环境下，这是非常有利的。

这时陆续有几个中国留学生来到哥廷根。他们中有的是考上了官费留学的，这在当时的中国，没有极强硬的后台是根本不可能的。据说，在两年内，他们每月可以拿到八百马克。其余的留学生中有安徽大地主的子弟，有上海财阀的子女。平时财大气粗；但是，1939年“二战”一爆发，邮路梗阻，家里的钱寄不出来，立即显露出一副狼狈相。反观我这区区150马克，固若金汤，我毫无后顾之忧，每月到大学财务处去领我的工资。所有这一切，我当然必须感谢哈隆教授。

哈隆教授的汉学图书馆在德国在欧洲是名声昭著的。我到图书馆去的时候，时不时地会遇到一些德国汉学家或欧洲其他国家的汉学家来这里查阅书籍，准备写博士论文或其他著作。英国的翻译家Arthur Waley，就是我在这里认识的。

时间大概是到了1938年，距“二战”爆发还有一年的时间。有一天，哈隆教授告诉我，他已接受英国剑桥大学的邀请去担任汉语讲座教授，对他对我这都是天大的喜事。我向他表示诚挚的祝贺。他说，他真舍不得离开他的汉学图书馆。但是，现在是不离开不行的时候了。他要我同他一起到剑桥去，在那里他为我谋得了一个汉学讲师的位置。我感谢他的美意；但是，我的博士论文还没有完成。此事只好以后再提。

他去国的前几天，我同当时在哥廷根的中国留学生田德望在市政府地下餐厅设宴为他饯行。我们都准时到达。那一天晚上，我看哈隆教授是真动了感情。他坐在那里，半天不说话，最后说：“我在哥廷根十几年，没有交一个德国朋友，在去国之前，还是两个中国朋友来给我饯行。”说罢，真正流出了眼泪。从此以后，他携家走英伦。1939年“二战”爆发，我的剑桥梦也随之破灭。我再也没有见到过他。

在《站在胡适之先生墓前》那一篇文章里，我曾列举了平生有恩于我的师友，在德国，我只列了两位：Sieg和Waldschmidt。现在看来，不够了，应该加上哈隆教授，没有他的帮助，我在哥廷根是完成不了那样多的工作的。

2003年6月30日于三〇一医院